Королева Ортруда
Queen Ortruda
Федор Сологуб
Fyodor Sologub

Queen Ortruda

Copyright © JiaHu Books 2016

First Published in Great Britain in 2016 by JiaHu Books – part of
Richardson-Prachai Solutions Ltd, 434 Whaddon Way, MK3 7LB

ISBN: 978-1-78435-200-4

A CIP catalogue record for this book is available from the British
Library

Visit us at: jiahubooks.co.uk

Глава тридцать четвертая

Обычность, — она злая и назойливая, и ползет, и силится оклеветать сладкие вымыслы, и брызнуть исподтишка гнусною грязью шумных улиц на прекрасное, кроткое, задумчивое лицо твое, мечта! Кто же победит в земных веках? Она ли, отравленная всеми гнилыми ядами прошлого обычность, лицемерная, трусливая, тусклая, облеченная в черную мантию обвинителя, мантию изношенную, покрытую пылью старых книг? Или ты, милая, с розами улыбок на благоуханных устах, ты, роняющая один за другим легкие, полупрозрачные, многоцветные свои покровы, чтобы предстать в озарении торжественной, вечной красоты?

Мы только верим, мы только ждем. Вы, рожденные после нас, созидайте.

Вот уже не серая, не мглистая страна, не наша милая родина, где обычное становится ужасным, а ужасное обыкновенным, — иная страна, далекий край, и там синее море, голубое небо, изумрудные травы, черные волосы, знойные глаза. В этой яркой стране сочетается фантазия с обычностью и к воплощениям стремятся утопии.

Уже на этот скрытый путь по серым, пыльным проселкам, — высокий, радостный и потом скорбный путь королевы Ортруды в счастливом, далеком краю, под лазурным небом, на островах среди лазурных волн. Но все еще путь омраченный и все еще страна необрадованная.

Эта страна — Соединенные Острова, где царствовала Ортруда, рожденная, чтобы царствовать. Острова, где она насладилась счастием, истомилась печалями, на страстные всходила костры и погибла. На переломе двух эпох горела ее жизнь факелом, горящим напрасно, когда уже солнце близко и белый свет под землею, и отвращаются от факела людские утомленные взоры, но еще когда солнца нет, и мглистый передрассветный холод объемлет долины.

События в Королевстве Соединенных Островов, некогда знаменитом и сильном, ныне же заключенном в скромные пределы двух групп островов на Средиземном море, уже несколько лет тому назад стали привлекать к себе внимание широких кругов общества в Европе.

Ортруда Первая, королева Соединенных Островов, молодая, прекрасная, очаровательная женщина, не была счастлива в семейной жизни. Легкий шелест наглого скандала, притаившийся в багряных складках ее королевской мантии, уже давно радовал международную публику, жестокое чудовище смеха и злословия.

Ортруда имела редкое счастие наследовать престол еще до своего появления на свет и родилась королевою. Ее отец, король Роланд Седьмой, умер за несколько недель до ее рождения. Смерть его была неожиданная, загадочная. Говорили даже, что он был отравлен.

Партия церковников и крупных землевладельцев возлагала большие надежды на его вдову, королеву Клару, женщину очень преданную интересам церкви, очень набожную, владелицу крупной земельной собственности. Изящные патеры и красноречивые епископы католической церкви были постоянными посетителями королевы Клары. Взгляды ее были строго консервативны. Она всегда стояла на страже добрых нравов и сама усердно предавалась духовным упражнениям, покорно подчиняясь дисциплине отцов иезуитов. Полумонашеская община благочестивых дам и девиц лучшего общества, «Дом Любви Христовой», в уединенном квартале столицы, основанные отчасти на ее средства, находилась под особенным ее покровительством.

Сделавшись после смерти Роланда Седьмого правительницею королевства, королева Клара употребляла постоянно все свое влияние в пользу клерикалов и аграриев. Реакционные министерства были ей радостны; она проливала горькие слезы, когда состав парламента изменялся и вынуждал ее вручать власть буржуазно-радикальному министерству.

Королева-мать тщательно воспитала Ортруду при помощи знаменитых в том королевстве ученых и педагогов. Да и не одна вдовствующая королева заботилась о воспитании Ортруды. Каждое министерство, вступая во власть, принимало на себя вместе с другими национальными делами также и заботу о воспитании Ортруды. Все политические партии, кроме самой непримиримой части социалистов, ревниво следили за тем, как Ортруда воспитывалась. Воспитанию маленькой королевы придавалось особое значение, потому что вражда партий и классов в это время достигла значительного напряжения. Высшие классы жадно цеплялись за то, что осталось от их ветхих привилегий. Буржуазия стала очень сильна, но уже и рабочий класс приобрел влияние на законодательство и политику и добился довольно сносных законов о труде и о синдикатах.

Ничто не было упущено, чтобы образовать из маленькой резвушки с быстрыми черными глазенками и миленьким смугленьким личиком конституционную государыню, любезную и просвещенную. Труд воспитателей не был тяжел. Они имели дело с весьма благодарным материалом. Ортруда обладала способностями и талантами, редкими даже и в высокой среде, — а ведь где же и не быть высоким талантам, как не там, где живут повелители мира и владыки людей? Притом же в вопросах воспитания в этой стране было нечто единящее аристократию и народ: эллинская, мудрая любовь ко всему прекрасному, любовь к человеческому радостно-сильному телу; из этой всенародной, простодушной любви рождались стремление к воспитанию простому, суровому, близкому к природе, к дружеству свободных, чистых стихий.

Веселые, обнаженные дети радовали взоры и сердца жителей Соединенных Островов, и сами они, красивые, стройные, смелые, не испытывали в такой степени, как их европейские соседи, стыдливого ужаса перед своим телом. Смуглое тело Ортруды любило знойные лобзания и пламенные ласки высокого в небесах Змия. Ее сильно дышащая грудь радовалась ветру с лазурного моря и глубокой прохладе морских волн. Ее стройные ноги радостно приникали к изумрудам теплых трав и к хрупкому песку взморий.

Ортруда была красива, умна, добра, талантлива. Живо усваивала она знания, которые ей преподавались, и хотела узнавать еще новое. Она любила искусство и сама хорошо рисовала и писала красками.

Буржуа, сидя в кафе и любуясь последним портретом маленькой королевы или улыбаясь напечатанному в его газете новому анекдоту из ее жизни, говорил:

— Ортруда щедро одарена природою.

Клерикал благочестиво говорил:

— Ортруда щедро одарена Богом.

Придворный льстец говорил:

— Любовь народа окружает счастливое, безоблачное детство нашей возлюбленной королевы.

А народ, как и всякий почти народ в мире, любил всяких детей, простых и знатных одинаково. Любил поэтому и Ортруду.

Наконец королеве Ортруде исполнилось шестнадцать лет.

С великим торжеством, привлекательным для толпы, при стечении народа, в кафедральном соборе столицы, в кругу высоких иноземных гостей, придворной знати, военных начальников и народных представителей, шестнадцатилетняя девушка Ортруда была коронована. Гладко бритый, седой, розовый кардинал в треугольной раздвоенной митре помазал ее лоб сладко-благоухающим мирром, потом возложил на ее смоляно-черные кудри королевскую золотую корону, сверкающую переливными огнями бриллиантов, изумрудов, яхонтов и сапфиров, — и на плечи Ортруды упала тяжелая багряница, и в маленьких полудетских руках засверкали скипетр и золотое яблоко царской власти. Ортруда по-детски радостно улыбалась.

Жителям столицы и Соединенных Островов надолго остался памятен этот день, не только воспоминанием о пышном трржестве, но и по зловеще-странному совпадению — в этот самый день, в час торжества жители столицы узнали о первых признаках того явления, которое, все усиливаясь во время правления Ортруды, разрешилось наконец ужаснувшею весь цивилизованный мир катастрофою.

Очаровательная Ортруда в сияющем венце и в тяжелой порфире, конец которой несли за нею шесть раззолоченных камергеров, вышла из собора, осененная балдахином, сопровождаемая блестящим двором. С радостною и благосклонною улыбкою поклонилась она своему народу и потом села в золоченую парадную карету. Восторженные крики толпившегося по пути народа сопровождали Ортруду до дворца. Длинный кортеж великолепных экипажей тянулся за ее каретою. День был ясен. Улыбки Змия переливно играли на золоте и на бриллиантах. Легкий бриз развевал разноцветные флаги. Благоуханием цветов был сладостно напоен воздух радостной столицы, веселого города Пальмы.

Как очаровательное видение, мелькнувшее, обольстившее и скрывшееся, Ортруда исчезла для толпы в дверях дворца. Но люди не расходились. Ждали, что Ортруда еще покажется в королеском одеянии, выйдет на балкон, вознесет над толпою свою нежную, увенчанную красоту. Стояли, глазели, кричали, пели. В толпе шныряли бронзово-загорелые, смуглые, красивые мальчишки, и веселые их смехи и вскрики резали знойный воздух, как звонкие птичьи голоса.

Вдруг на площади раздался крик мальчишки-газетчика:

— Телеграмма! Вулкан дымится!

Толпа бросилась к разносчикам газет. Листки с тревожною новостью раскупались нарасхват. Узнали: на острове Драгонера над вулканом, который давно считался погасшим, сегодня утром показался легкий дым.

Толпа волновалась. А при дворе говорили:

— Это не опасно.

— Пустяки.

— Да еще и верно ли?

— Газеты так легко преувеличивают.

— Из-за розничной продажи гонятся за сенсационными новостями.

— Министерство знало это еще рано утром, но, конечно, не придавало никакого значения. Даже не говорили королевам.

— И правильно.

— Но какая бестактность — пустить теперь в продажу эти листки!

— Хоть бы до завтра подождали.

Блестящее течение придворных торжеств не прерывалось. Королева Ортруда три раза выходила на балкон. Ее радостная улыбка и увенчанное блеском короны безоблачное чело очаровали опять толпу и успокоили ее минутную тревогу.

Потом был, как полагалось по церемониалу, торжественный обед у королевы, пышный, с положенными тостами, после которых палили из пушек по многу раз. Юная королева очень устала, потому что должна была сидеть в короне и с порфирою на плечах. Но она улыбалась. Смотрела на принца Танкреда Бургундского и улыбалась.

Ортруда только три дня тому назад познакомилась с ним и уже влюбилась. Она любовалась его высоким ростом, стройным станом, белым тевтонским лицом, синими глазами.

Ах, как сладко быть влюбленною королевой!

И принц Танкред любовался Ортрудою. И он влюбился.

Что-то говорила Ортруде мать, королева Клара. В ответ ей нежно улыбалась Ортруда. Но только одно услышала слово, — милое имя:

— Танкред.

И были многие блистающие очи, — но только синие глаза Танкреда мерцали перед нею.

Потом Ортруда отдыхала одна, мечтая, в тихом сумраке опочивальни. А на улицах веяли флаги, шумел народ, смеялись дети, гремела музыка и танцевали на перекрестках и на площадях. Радовались.

Вечером был у королевы бал. Опять нарядная толпа, и высокие гости, и Танкред между ними, — и опять улыбалась и радовалась Ортруда.

Она танцевала. Сияла радостью, когда порядок этикета дал ей возможность подать руку Танкреду.

В промежутке между двумя танцами королева Ортруда легким движением кружевного веера показала Танкреду место рядом. Он сел, склоняясь к ее плечу, чуть-чуть свободнее, чем следовало бы, и тихо спросил:

— Вы очень устали, ваше величество?

И еще тише сказал, совсем едва слышно:

— Вы очаровательны, Ортруда.

Ортруда вспыхнула, радостно улыбнулась и сказала:

— Да, устала, но не очень. Совсем немножко. И я уже отдохнула. И мне очень весело.

Взглянула прямо в его синие глаза, — влюбленно-стыдливый взгляд. Принц Танкред говорил тихо и нежно:

— Я очень рад, что имел счастие познакомиться с вами.

И опять совсем тихо:

— Милая Ортруда!

Ортруда зарадовалась, засияла улыбками, сказала с детскою живостью:

— О, это я рада этому.

Танкред говорил, и как музыка был его глубокий голос:

— Я особенно рад потому, что это в ваши торжественные дни я узнал вас, увенчанную короною ваших предков. Она так идет к вашим черным, как ночь, волосам.

Шепнул ли совсем тихо? Послышалось ли ей?

— Люблю вас, Ортруда.

Она очень покраснела. Слезинки блеснули на глазах. Притворно-безмятежным голосом она сказала:

— Корона тяжелая и порфира тяжелая. Хорошо, что я сильная. Но мне весело. Я рада. Я не боюсь тяжелого в моей судьбе, на моем королевском пути. Я — королева, я выбираю.

И все тише и тише:

— Я хочу выбрать вас. Я хочу полюбить вас.

И совсем тихо:

— Я вас люблю.

В это время гофмаршал Теобальд Нерита говорил королеве Кларе:

— Кому же, как не вашему величеству, знать сердце вашей дочери? Молодой человек очарован, и не скрывает этого.

Тихо ответила королева Клара:

— Очарование здесь взаимное.

Глава тридцать пятая

Высокие и знатные гости смотрели издали на беседу влюбленных, несколько более долгую, чем следовало бы. Ни для кого не было в этом ничего неожиданного. Это была приличная, одобренная, предначертанная любовь. Немножко слишком скоро, — ну что ж! Королева Ортруда так еще молода, так наивна, принц Танкред так очарователен. Судьба молодых людей была окончательно решена в эти дни. В конце коронационных торжеств было официально объявлено о помолвке королевы Ортруды и принца Танкреда Бургундского.

В предположенном союзе счастливо сочетались и законы сладостной любви, и суровые требования высшей политики. Принц Танкред был красивый, стройный, надменный молодой человек, командир кавалерийского полка на своей родине. Он много путешествовал, бывал во всех частях света, видел многое и многих. Образование он получил довольно поверхностное, но умел говорить легко, свободно и просто, порассказать о многом виденном и слышанном, о своих приключениях и встречах. Он был очаровательно любезен, когда хотел.

На его родине и во многих иных странах в него влюблялись, и нередко искренно и бескорыстно, многие девушки и женщины, знатные и простые. Мимолетные связи с женщинами всех рас и наций, всякого цвета и всякого состояния еще не утомили ни его сильного тела, ни его души, ненасытно жаждущей и все не находящей любви, а множество приключений под всеми небесами земли закалили его неугомонный характер предприимчивого человека.

Как многие другие, молодые и прекрасные, влюбилась в него

и Ортруда. Так открыта была для любви ее юная душа, еще солнечно-ясная, — и она полюбила.

Для династии и для буржуазного правительства в Королевстве Соединенных Островов это казалось очень кстати. Принц Танкред имел обширное родство среди европейских династий. Хотя его лицо и вся фигура носили ясно выраженный германский характер, хотя на тех языках, которыми он владел, он говорил с легким, но все-таки заметным немецким акцентом, хотя он сам считал себя немцем и гордился славными победами Германии, — но в жилах его текла очень смешанная кровь. Он принадлежал к тому маленькому царствующему народу, который целыми столетиями стоял во главе европейских наций, одинаково близкий всем им и одинаково от всех их далекий, как бы символизирующий единство европейской истории. Члены его легко, как и подобает людям высокой космополитической культуры, переменяли язык, нравы и отечество и в новой обстановке чувствовали себя так же хорошо и свободно, как и в старой, — повелителями людей, верными интересам своей новой родины, насколько они понимали эти интересы. Не было никаких оснований сомневаться и в том, что принц Танкред будет хорошим патриотом в государстве Соединенных Островов.

Свадьба назначена была, однако, только через год после коронования Ортруды. Королева Ортруда была еще так молода. Считали неприличным торопиться. Находили более удобным, чтобы юная королева имела достаточно времени войти в понимание государственных дел до своего бракосочетания. В этом политические деятели видели некоторую гарантию того, что государственные дела не будут решаться под влиянием чужестранца, и двор по представлению министерства не мог отказать в этой гарантии.

Этот год длился для Ортруды медленно-сладкою, влюбленно-нежною сказкою. Письма Танкреда радовали ее, — они были частые, остроумные, легкие, нежные, пересыпанные изящно-забавными рассказами. И она писала ему часто, доверчиво открывала ему свои мечтания, рассказывала все, что вокруг нее случалось, что она сама делала. Иногда были встречи, — краткие, всегда при посторонних, но все же солнечно-радостные.

За этот год королева Ортруда ознакомилась с высокою властью, с очаровательною магиею повелевающих, но таких неизбежных, предначертанных слов, с великим могуществом всегда осторожно подсказанных Да и Нет. И познала королева Ортруда сладости королевской власти и ее тягости. Она скоро научилась понимать, что высокая королевская власть — цепь, гипнотизирующая своим блеском умы народных множеств, цепь, носимая с горделивою улыбкою торжества, но тяжелая, как монашеские вериги, и так же режущая нежное тело слабой женщины.

Тяжелый призрак власти! Его обманчивый блеск издевался над бессилием коронованной девушки, над ее сентиментальными мечтами о всеобщем благе, над ее наивными намерениями осчастливить свой народ.

Большинство в парламенте в это время, как и во все правление королевы Ортруды, принадлежало партиям буржуазным. Две крупные партии парламентского центра, называвшиеся прогрессистами и радикалами, поочередно сменялись у власти. Но разница между ними была очень малая. Оппозицию составляли с одной стороны небольшая, но буйная группа аграриев, с другой — социалисты; к социалистическим фракциям принадлежали самые образованные и красноречивые ораторы парламента. Их блестящие речи были полны неотразимою убедительностью; в комиссиях они были превосходными работниками, и порою им удавалось кое-что сделать для рабочих, когда осторожные буржуа бывали напуганы манифестациями рабочих и грозным призраком всеобщей забастовки.

Наконец настал радостный для юной королевы день, — королева Ортруда была обвенчана с принцем Танкредом.

Парламент ассигновал Танкреду, как принцу-супругу, совершенно приличный цивильный лист. Только малая часть оппозиции резко протестовала против этого ассигнования.

В первое время принцу Танкреду было достаточно его цивильного листа, и он не испытывал нужды в деньгах. Но положением своим он скоро стал недоволен.

В конституционном государстве положение принца-супруга очень щекотливо. Народное представительство ревниво охраняет источники высокой власти от тайных, неответственных влияний. Ревниво, но не всегда успешно.

На поверхностный взгляд могло показаться, что после первых легких неловкостей принц Танкред быстро освоился с положением принца-супруга. Освоился, но в душе не примирился. В политику принц Танкред, по-видимому, не вмешивался. Он даже не входил никогда и на короткое время в кабинет королевы, когда она принимала первого министра или работала с одним из своих секретарей.

С парламентскими деятелями при необходимых встречах при дворе или в обществе принц Танкред держался превосходно. Его обращение с ними было великолепною смесью уверенного превосходства и чрезвычайной любезности. Блистательный пример этой манеры вести себя подавал европейским принцам царственный лондонский джентльмен, издавна признанный законодатель мод и приличий, — и принц Танкред был одним из удачнейших его подражателей.

В день бракосочетания принц Танкред был зачислен в ряды армии королевства Островов. Но и в военной службе вначале принц Танкред не искал видного положения и даже решительно отклонял попытки военного министерства ускорить его карьеру. Казалось, что он вполне доволен тою же, как и на родине, ролью полкового командира, и спокойно ожидает своей очереди, чтобы после старших чином полковников получить чин генерала-майора и кавалерийскую бригаду в командование. Служебные свои обязанности он исполнял не очень ревностно, но и не лениво; он держался той благоразумной середины, на которой им были одинаково довольны и подчиненные и начальники. Офицеры и генералы говорили про него:

— Отличный офицер и славный товарищ.

А иногда, в своем кругу, говорили тихо:

— Он был бы хорошим королем.

Говорили так в те минуты, когда почему-нибудь были недовольны правительством.

Думали, что народ в первые годы был доволен принцем Танкредом. Вернее, население Соединенных Островов было к нему совершенно равнодушно, и простые люди ничего о нем не думали. Да вначале и не было никаких причин к неудовольствию принцем Танкредом, как не было и оснований для народной любви к нему. Но прошли годы, и принц Танкред стал непопулярен.

На это были две причины: его любовные похождения,

чрезмерно многочисленные, и его слишком аристократические и реакционные взгляды, которых он не сумел скрыть, да, может быть, и не хотел. Впоследствии присоединилась и третья причина. Его стали обвинять в воинственных замыслах и в том, будто бы он старается внушить королеве и министерству мнение о необходимости заключить союзы с группою великих держав. Это могло привести к войне. Война была в интересах высшего дворянства; буржуазия войны боялась, рабочим война была ненавистна.

Как могла произойти такая перемена в отношениях к Танкреду?

Всегда спокойный и сдержанный в обыкновенном состоянии, принц Танкред имел печальную слабость, в товарищеских кружках однополчан или патрициев, под влиянием излишне выпитого вина давать волю языку. Кое-какие острые словечки, неосторожно сказанные принцем Танкредом против парламентаризма, получили широкую огласку. По их поводу столичные газеты напечатали несколько сдержанно-укоризненных статей; сдержанных, чтобы не обидеть любимую в народе королеву Ортруду. Но так как она и после нескольких лет жизни с Танкредом все еще была влюблена в него, то эти статьи больно ее ранили. Еще большее огорчение причинил ей сатирический журнал «Sancta Simplicitas»; на его страницах был помещен ряд карикатур, в которых узнавали намеки на принца Танкреда.

Положение принца Танкреда становилось двусмысленным, неловким. Прошло десять лет со дня его торжественного въезда в город Пальму, столицу Соединенных Островов, — и он очутился в центре сложной сети запутанных отношений и интриг. Ортруда все еще любила его нежно, с тем большею страстностью, что детей у них пока еще не было. О его любовных похождениях она почти ничего не знала, а если и слышала иногда что-нибудь, то объясняла это минутною прихотью, капризом избалованного жизнью и путешествиями человека. А принца Танкреда его прихоти и капризы разоряли, и он наделал долгов.

Много планов составляли его друзья, чтобы помочь ему распутаться с долгами. Близость принца Танкреда к королеве внушала им мысль сделать политику орудием личного обогащения и самого Танкреда, и его друзей. Мечтали о постройке сильного флота, о приобретении колоний в Африке; завязывали тайные сношения с честолюбивыми неудачниками в южно-американских республиках. В консервативной прессе стали появляться статьи об экзотических предприятиях. Несколько богатых аристократов сложились и образовали фонд для покупки и эксплуатации земель в Африке. Были горячие головы, мечтавшие о создании великой империи, которая должна была объединить все народы латинской расы. Более умеренные довольствовались планами домашнего государственного переворота, — парламент распустить, конституцию отменить, Танкреда объявить королем и соправителем Ортруды.

Все эти преступные планы держались, конечно, в строгой тайне. Поэтому Ортруда наслаждалась еще семейным счастьем. Оно омрачалось только все учащавшимися с течением времени приступами странной слабости Танкреда и его непонятного равнодушия к ласкам молодой жены.

Милые женщины, как сладостны ваши ласки! как широк и разнообразен круг ваших очаровательных слабостей и несовершенств! От одной к другой бежал бы неутомимо и к прежним подругам не забывал бы вернуться, — но так мало, так мало у человека сил! Сорок поколений предков, необузданно ласкавших жен, любовниц, пленниц, рабынь, служанок и случайных очаровательниц, как мало, как мало вы оставили сил вашему наследнику!

Так еще счастлива была Ортруда, но уже множились мрачные предзнаменования. Вулкан на острове Драгонера продолжал дымиться с того дня, когда Ортруда была коронована. Легкий, полупрозрачный на лазурном небе дымок над двойною вершиною зеленовато-серой горы не усиливался за эти десять лет, но и не ослабевал. Среди радостного сверкания оранжевых скал, яркой многотонной зелени трав, пурпура и синели пышных цветений, лазури легких волн и ласковых небес, снежной белизны каменных построек и национальных одежд, таилась легкая, слабая, полупризрачная грусть зловещего, серого дыма. Легкий запах гари вмешивался порою в слитное, нежное благоухание роз и лимонов.

Грусть этого предзнаменования была близка Ортруде. Утомленная бессилиями королевской власти, она все чаще искала отдыха в очарованиях искусства, красоты и простой жизни; все чаще удалялась в одно из своих имений, к успокоениям радостной природы. И в милой тишине зловещий, легкий дым.

Еще зловещее предзнаменование: в одиннадцатый год правления Ортруды стал появляться призрак белого короля.

Была таинственная комната в королевском замке, известная под именем опочивальни белого короля. Туда входили редко, только по необходимости, и всегда со страхом. С этою комнатою была связана легенда. Верили, что иногда возникает в ней белый призрак, выходит из нее ночью и, обойдя залы и коридоры старого замка, опять туда возвращается. Это бывает, верили все, в те дни, когда королевскому дому грозит опасность. То был призрак короля Арнульфа Второго, изменнически, из засады убитого в 1527 году, на пятнадцатом году жизни. Убийца, его дядя, захватил престол и царствовал под именем Роланда Пятого. Начатое преступлением, то было бурное и кровавое царствование.

Глава тридцать шестая

В неисчислимой повторяемости скучных земных времен, опять повторяясь беспощадно, длился багряный, знойный, непонятно почему радостно-яркий день. Он слепил глаза и гнал под соломенные желтые навесы полуобнаженных работников и работниц с полей и плантаций. На пыльных дорогах он воздвигал ярко-фиолетовые мароки, и они стекались к перекресткам, махая призрачными рукавами на бесплотных руках и пугая темноглазых ребятишек, зашалившихся в поле, вдали от дома. Над яркою синевою лазурного моря он поднимал от мглистого горизонта миражи белых башен, оранжевых равнин и стройных зелено-золотых пальм.

Только лес хранил прохладу, тишину и покой. Молодая женщина, очарованная его тишиною, уже давно шла одна в его задумчивых сенях, улыбаясь чему-то и сладко мечтая.

Она была одета в легкий и простой, но красивый наряд, какой носили местные простые женщины. Белое короткое платье с зеленою вышивкою, с широко вырезанном воротом и узкими лямками на плечах, широкими и свободными складками опускалось немного ниже колен и было схвачено под грудью широким поясом, — зеленою лентою, скрепленною на левом боку двойным бантом, продетым в матовую белую квадратную пряжку. Из-под платья был виден шитый ворот тонкой сорочки и ее совсем короткие рукава. Белая с зеленым шитьем и красными бусами повязка обхватывала сложенные на голове смоляно-черные косы молодой красавицы. Легкие сандалии из светлой кожи были прикреплены своими двойными тонкими ремешками к пряжке пояса и висели праздно, оставив ноги молодой женщины открытыми для теплых, ласковых прикосновений родной земли; только узкими розовыми ленточками были охвачены тонкие щиколотки загорелых, легких ног.

Лицо и все манеры молодой женщины обличали ее принадлежность к тому классу, который только правит и распоряжается, не утомляя рук работою, длящеюся до утомления. Привыкшие к раздумьям складочки на коже красиво развитого лба, привычно-внимательный взор, привычно-сдержанная улыбка, налитые соком счастливой жизни плечи, руки, тонкие, легкие пальцы, эластичная кожа которых не знает черных точек от уколов швейной, вечно сердитой иглы, и другие приметы говорили все о том же. Переодевание радовало ее, очевидно, как радовал и этот дикий, яркий и мрачный вместе вид природы. Это чувство радостного освобождения от каких-то условных пут и радостной близости к милой земле бросало на ее лицо ясный, счастливый свет.

Узкая тропинка, то мягкая от ярко-зеленых мхов, то рассыпчато-сухая под ногами, вилась совсем, по-видимому, ненужными, слабыми извивами ленивой змеи среди густого, темного, но и в прохладных мраках своих все же яркого леса. Порою она выбегала к подножиям белых и зеленых скал, взбиралась косо на их крутые склоны, то голые, то заросшие колючими, ветвистыми травами с багряными и фиолетовыми цветами, от которых пахло странно и душно, или хитрым ужом вползала в узкие расселины скал и скользила на дне глубокого провала, сжатого теснотою темных и высоких стен. Порою тропинка почти совсем терялась в гуще диких зарослей, и молодой женщине приходилось пробираться с трудом, отстраняя руками от смуглого, прекрасного лица упрямые ветки буйных на воле кустарников. Если бы не ее зоркая и внимательная осторожность, то не раз были бы поранены ее стройные руки и ноги зазубренными толстыми краями голубовато-зеленых, сочных листьев агав. Но напрасною свирепостью томились их громадные, желтовато-зеленые цветы.

Встречались порою странные цветы с пряным и резким запахом; качаясь на длинных, крепких стеблях, они раскрывали перед молодою женщиною свои багряные, огромные пасти. Их длинные красные и лиловые тычинки напоминали змеиные языки, и казалось, что они источают из себя липкую, ядовитую пыль. Но молодая женщина смело склонялась к этим жутким цветам и вдыхала их душный аромат, хотя кружилась от него голова, и кровь стучала тонкими, жидкими молоточками, как ртуть, в виски.

Когда ручей, возникший из плескучих струй, под скалою, раскрыл в бассейне из пестрых, золотистых кремней свое прозрачное зеркало, молодая женщина застоялась на его хрупком берегу, наклонившись к изображению своего прекрасного лица, улыбаясь, любуясь яркими розами смуглых щек и улыбающихся нежно уст. И казалось, что вокруг ее безоблачного чела вились мечты жужжащим роем, — мечты о возлюбленном, о милом.

Пошла дальше, за собою оставив звонкий смех холодных струй, мимоходом поцеловавших ее колени. Тропинка подымалась в гору. Все более редкими становились обставшие ее деревья. Все круче поднимались острые ребра молчаливых скал, из-за которых, казалось, кто-то чужой и равнодушно-суровый следил тяжелыми взорами за идущею беспечно и смело красавицею. Был странно-резок контраст между ясными, невинными просветами высокой лазури и неподвижною зеленовато-белою мрачностью камня. Молодой женщине было жутко и весело.

Вдали, между деревьями и скалами, блеснуло голубою, узкою, но радостною ленточкою море. Впечатление исхода из иного, древнего и темного бытия к светлым, звучным очарованиям жизни неотразимо овладело молодою женщиною. Ее слух жадно ловил далекие, еле слышные здесь, на высоте скал, шумы и голоса вечно беспокойных волн милого, непокорного моря. Она пошла прямо к морю, с привычною внимательностью выбирая путь.

Вдруг за скалою на повороте тропы она увидела впереди себя, не очень далеко, три медленно и осторожно подвигавшиеся фигуры. Шли трое мужчин с большими на плечах узлами, по-видимому, тяжелыми, как можно было судить по их тяжело согнутым спинам.

Молодая женщина приостановилась и, прячась за выступом скалы, смотрела на путников. По их медленным движениям, сторожким взглядам по сторонам и по тому, как они выбирали наиболее закрытые снизу, от моря, места, она догадалась, что это — контрабандисты. Она удивилась, что они вышли на опасный свой промысел днем. Движениями осторожными и легкими она пошла за ними, отклоняясь от принятого прежде направления. Прошла за ними с полсотни шагов и вдруг догадалась, что они заметили ее. Нерешительно сделала она еще несколько шагов, остановилась, опять пошла, увлекаемая любопытством, меж тем как рассудок говорил ей, что идти за ними опасно, что следует поскорее удалиться от них, притворяясь, что и не видела их.

Впрочем, чего ей бояться? Но, впрочем, на что же ей смотреть? Пусть эти бедные люди идут куда хотят, — ей-то что за дело! И она повернулась было уходить, но в это время трое контрабандистов вдруг сбросили с плеч свою ношу и остановились, всматриваясь во что-то. В руках их были теперь карабины, которых молодая женщина раньше не заметила.

Вдруг она увидела, что все трое пристально смотрят на нее. Теперь, когда и они, и она стояли, было видно, что расстояние между ними и молодою женщиною гораздо меньше, чем раньше казалось ей. Своими зоркими глазами она различала теперь каждую складку их пыльных одежд. Двое были постарше, с короткими полуседыми бородами; третий, бритый и краснолицый, был помоложе; но глаза у них у всех были одинаково пламенно-жгучи и горели волчьею голодною угрюмостью. Их мрачные лица обвеяли было молодую женщину внезапным, но мгновенным испугом.

«Что же они со мною сделают? — думала она. — Неужели убьют?»

Но любопытство было сильнее страха, — непобедимый инстинкт женщины.

Откуда-то из-за скал, скользя, как изворотливая зеленая на песке ящерица, выбежал четвертый, — совсем еще мальчишка, лет пятнадцати, в заломленной набок шапчонке, украшенной для чего-то петушиным крылом, с исцарапанными икрами проворных ног, с громадными на темном лице белками испуганных глаз. Подбегая к своим старшим товарищам, он бросил им гортанным резким звуком какое-то незнакомое молодой женщине слово, очевидно, на воровском условном языке. Потом, подойдя к ним вплотную, он принялся что-то быстро и тихо рассказывать им, отчаянно жестикулируя, и на его худощавом, подвижном лице смешивались выражения страха, гордости принесшего важную новость и отчаянной решимости драчливого мальчишки. Суетливый и нервный, едва прикрытый лохмотьями изношенной одежды, из дыр которой сквозило тело, он казался похожим на рассерженную чем-то обезьянку. По тому, как он вертелся на месте, тыкая пальцем в разные стороны, и по тому круговому движению рукою, которым он закончил свой рассказ, молодая женщина догадалась, что контрабандисты окружены пограничною стражею.

Выслушав рассказ, старший из контрабандистов хлопнул его по плечу широкою ладонью и сказал спокойным, тихим, но внятным голосом, как говорят люди с очень властным характером:

— Молодец, Лансеоль!

Лицо зоркого мальчишки багряно запылало от гордости. Он поправил свою шапчонку, со скромным достоинством, отодвинулся шага на два от старших товарищей и, скрестив ногу на ногу, прислонился к стволу чахлой горной пинии в небрежно-красивой позе человека, исполнившего свой долг. Он был маленький, гордый, немножко забавный и трогательный, — и молодая женщина невольно залюбовалась им.

Контрабандисты о чем-то оживленно спорили вполголоса; иногда говор их становился громче, и до молодой женщины долетали обрывки их речей. Но и без этого, по тем свирепым взглядам, которые они бросали на нее, было ей понятно, что говорят о ней.

— Она, что и говорить!

— Если бы она, зачем же она торчит здесь у нас на виду?

— Оплошала, теперь хитрит, — притворяется, что ее дело — сторона.

— Подослали женщину, — ну и народ!

— Говорил я вам, что здешний капитан — пройдоха.

— Ну, пусть сунутся.

— А ей нож в горло.

— Зачем убивать зря?

— Вернее. Мертвые не болтают.

День был так ясен, очертания скал и деревьев так отчетливы, душа молодой женщины была так открыта для радостных восприятий от природы, что это неожиданное приключение было для нее как внезапный кошмар в полуденной ясности. Не кажется ли все это? Не слышатся ли ей только эти грозящие речи? И душа ее упрямо не верила страху, даже и тогда, когда контрабандисты вдруг пошли к ней. И она сделала несколько шагов им навстречу.

Трое стали вокруг нее, совсем близко, мальчишка Лансеоль все держался немного позади их. Старший сказал ей:

— Ты нас выслеживала, ты навела на нас проклятых карабинеров, — но ты первая умрешь.

Глаза молодой женщины были прикованы к кинжалам, которые были засунуты за их широкие пестрые пояса. Тускло сверкали их изогнутые широкие рукоятки.

Ах, милое солнце, золотое в лазури! неужели в последний раз ты блистаешь, улыбаясь, надо мною! и не сойду на влажный песок взморий, и в дом мой не вернусь, и милого не поцелую.

И, побледневшими улыбаясь губами, сказала:

— Не убивайте меня, добрые люди, и не делайте мне никакого зла. Я не видела карабинеров и не знаю о них ничего. Я шла своею дорогою и сбилась с пути. Сама не знаю, как я сюда попала. Но вот я вижу море, — отпустите меня, добрые люди, я спущусь вниз. Клянусь вам спасением моей души, я никому не скажу о том, что встретила вас.

— Болтай себе, — злобно сказал второй контрабандист, угрюмые глаза которого смотрели из-под низкого упрямого лба пристально на молодую женщину, — ты нас не обманешь.

— Я вам пригожусь, — с легкою улыбкою говорила она, — вы всегда успеете меня убить, — один удар кинжала — не правда ли? — но вы увидите, что я спасу вас от карабинеров. Мне достаточно сказать им одно слово, и они уйдут, они меня послушаются.

Уже почему-то опять не было ей страшно, и кинжалы их казались ей бутафорскими, и мрачные лица их только забавными. Она любовалась красивым мальчишкою Лансеолем.

— Карабинеры! — крикнул вдруг Лансеоль и метнул на

молодую красавицу свирепый взор, такой забавный, что она весело улыбнулась.

Старый контрабандист схватил ее за руку и потащил за собою. Все спрятались за выступом скалы и чутко ждали. Чувствовалось приближение чужой, грозной силы. Еще никого не было видно, только изредка блеснет на солнце привинченный к карабину плоский нож с двумя остриями.

С двух сторон сразу показались солдаты с наведенными карабинами. Контрабандисты приготовились к стрельбе. Лансеоль вынул кинжал и стал рядом с молодою красавицею. Она повторила:

— Добрые люди, пустите меня подойти поближе к солдатам. Они уйдут, как только меня увидят. Пошлите со мною этого мальчугана с кинжалом, если мне так не верите.

В это время раздался громкий крик:

— Эй вы там, выходите, сдавайтесь, не то плохо будет.

Контрабандисты переглянулись. Быстро заговорили между собою шепотом. Потом старший шепнул что-то Лансеолю, — и тот весь насторожился и задрожал от радости.

— Иди, — коротко сказал старший красавице.

Она вышла из-за скалы и осмотрелась. Невдалеке за деревом виднелась чья-то полуспрятанная фигура. Молодая женщина догадалась, что это офицер, махнула белым платком и пошла к нему.

Лансеоль шел за нею, сжимая в руке рукоять обнаженного кинжала. Старый контрабандист крикнул:

— Только что заметишь, сейчас же всади ей нож между лопаток.

— Знаю, — коротко ответил мальчишка, и она почувствовала на своей шее его близкое, горячее дыхание.

Офицер увидел платок, которым еще раз махнула молодая женщина, и вышел из-за своего прикрытия. Он всмотрелся в остановившуюся за несколько шагов от него красавицу, и на лице его изобразилось чрезвычайное удивление и взволнованность. Машинальным движением человека, впитавшего в себя привычки военной дисциплины, он вытянулся и приложил руку к околышу своей форменной черной шляпы с оранжевым галуном: он узнал королеву Ортруду. Улыбаясь, Ортруда приложила палец к губам и потом сказала:

— Капитан, подойдите ко мне.

Капитан молча повиновался. Королева Ортруда сказала:

— Я вижу, вы меня узнали. Но не говорите об этом и не трогайте этих добрых людей. Сегодня они переносят вещи с моего позволения, и я сама внесу за них пошлину. А теперь уведите ваших людей, дорогой капитан. До свиданья, желаю вам счастливого пути.

С застывшим на лице выражением тупого недоумения капитан отправился исполнять волю королевы. Послышались слова команды, и скоро солдаты, уже не таясь, спускались в долину.

— Отчего мы уходим? — спросил молодой лейтенант.

— Так хочет королева, — досадливо отвечал капитан.

— Королева! — с удивлением воскликнул лейтенант.

— Ну да, она была там, — сказал капитан. — Но вы об этом никому не говорите. Хорошие дела, нечего сказать!

Королева Ортруда, весело улыбаясь, вернулась к контрабандистам. Лансеоль шел за нею и ошалелыми от удивления глазами засматривал в ее лицо.

— Видите, добрые люди, — сказала Ортруда, — я сделала, как обещала. Солдаты ушли. Сегодня не вернутся.

Контрабандисты, дивясь, переглядывались и перешептывались. В их глазах отражалось выражение суеверного страха. В горной тишине живописною группою стояли они четверо, и опять королева Ортруда невольно залюбовалась Лансеолем; он глядел на нее глазами, в которых пылало темное пламя внезапной юной влюбленности. Она спросила его тихо и торжественно:

— Милый юноша, ты знаешь, кто я?

Черноглазый красавец отвечал простодушно:

— Ты — добрая волшебница или фея этих гор.

Ортруда удивилась. Остальные трое в лад словам Лансеоля утвердительно кивали головами. Ортруда опять спросила:

— Где же я живу, как ты думаешь, милый Лансеоль?

Мальчишка отвечал:

— Ты живешь на неприступном верху гор, в лазурном гроте. К нему можно добраться, только зная волшебное слово. В этом гроте сто дверей для входа, и все они свободны, и только одна для выхода, да и ту стережет дракон. Кто к тебе придет, тот погибнет заласканный, зацелованный, защекотанный.

Ортруда смеялась. Контрабандисты смотрели на нее. Старший шептал товарищам:

— Хорошо, что она смеется, — это к удаче.

— Лансеоль, — сказала Ортруда, — скажи мне, а ты хотел бы попасть в мой лазурный грот?

— О, — воскликнул Лансеоль, — только позови, а уж я приду!

Смеялась Ортруда.

Глава тридцать седьмая

Скоро королева Ортруда простилась с контрабандистами и торопливо спускалась вниз к морю. Через полчаса выбранная ею тропинка привела ее на дорогу, которая шла от какой-то приморской деревни в глубину острова. Улыбчиво и легко вспоминала Ортруда о своем внезапном приключении.

Когда-то, в ранней юности, Ортруда очень боялась смерти, — в те дни, когда еще она не была знакома с Танкредом. Рассказы о кровавых событиях, вычитанные ею из истории ее государства и из старых хроник ее королёвского рода, рано приучили ее думать о насильственной смерти. Многие из ее предков были убиты или на войне, или руками восставших и мстителей; и Ортруде такой конец ее жизни не казался невероятным. Темное чувство страха, иногда овладевавшее ею, казалось ей порою зловещим предчувствием.

Любовь смягчила этот темный страх, но не истребила его до конца. Наследственное мужество и гордость королевы заставляли ее не бежать от опасности. Когда предчувствие убийства опять поднималось порою в ее душе, то она ясно сознавала в то же время, что покорно и смело взглянет в глаза неизбежному. Кинжал за ее спиною в руке Лансеоля — это было ее первое испытание, и ей радостно было вспоминать, что через это испытание она прошла бестрепетно.

Утомленная долгою ходьбою и полуденным зноем, она села на большой плоский камень в тени старого дерева с раскидистыми ветвями и светло-зеленою тесною тучею радостной листвы. Смотрела по дороге вверх и вниз и точно ждала чего-то. И как же не дожидаться? В дороге всегда что-нибудь случается.

Вдали по дороге сверху свивались и кружились тонкие облачка пыли. Розово-серый все ближе и ближе придвигался зыбкий и странный, из мечты и праха сотканный призрак. Ортруда внимательно всматривалась в него. Ее зоркие глаза скоро различили, что это быстро скачут, спускаясь к ней с горы, двое всадников. И почему-то было понятно, что не мимо, а к ней.

«Кто?» — быстро подумала она.

И вдруг ей нетерпеливо захотелось, чтобы это был кто-нибудь близкий. Ее сердце на краткий миг сладко замерло в блаженстве радостного ожидания.

«Мой Танкред?»

Но нет, не он.

Все ближе, все отчетливее в полуденной ясности дробится и сыплется по камням сухой топот копыт. Веет над черною шляпою черный вуаль, колышутся складки черной одежды. И кто-то за нею юношески тонкий на быстром и легком скакуне.

Наконец Ортруда узнала наездницу и обрадовалась ей. Это была ее постоянная в последнее время спутница, знойно-красивая девушка, Афра Монигетти. Она принадлежала к одному из древнейших и знатнейших родов страны. Ее предки всегда занимали высокие должности при королевском дворе, а потому и Афра получила почетное придворное звание.

Каприз судьбы рано лишил ее родителей. Она воспитывалась в семье своего дяди, известного профессора здешнего университета, очень умного человека и очень насмешливого, искусно скрывавшего свое странное в культурном человеке пристрастие к Сатане под быстро меняемыми личинами холодного скептицизма и едкой иронии. В этом доме Афра перевидала много разных людей и всяких разговоров наслушалась. И теперь она сохраняла многие связи и знакомства в разных слоях общества. Хотя знания у нее были довольно поверхностные, но она интересовалась многим и читала многие книги по религии, философии и общественным наукам. Были многие предметы, любимые ею, и многие ей ненавистные.

Из людей она любила двух: королеву Ортруду за то, что она ясная и смелая, словно воплотившая в своем теле пламенную душу светозарного, и доктора Филиппо Меччио, который занимался политикою и стоял во главе республиканской партии. Его она любила «за то, что любила». Ненавидела из людей она одного — принца Танкреда, когда-то и в нее влюбившегося мимоходом. Его искания встретили в ней суровый отпор.

Спутник Афры был пятнадцатилетний Астольф Нерита, сын гофмаршала, мальчишка красивый, страстный и уже влюбленный в Ортруду, — как и прилично было его званию пажа королевы.

Афра стремительно спускалась с горы, и уже Ортруда видела отчетливо, как сыпались по дороге из-под копыт ее коня желтые и розовые камешки и как на бегу раздувались розовые ноздри разгоряченных скакунов. Ортруда пошла навстречу всадникам. Сказала:

— Вот где я. Устала по горам. Одна. И рада очень, что вижу вас.

Афра, остановив тяжело водящего боками усталого скакуна, радостно воскликнула:

— Наконец-то мы вас нашли! А мы уже начали бояться.

Ортруда, улыбаясь не то радостно, не то смущенно, сказала:

— Бог хранит путников. Однако, милая Афра, если бы вы знали, где я сейчас была и что я видела!

Она принялась рассказывать о своем приключении с контрабандистами. Афра слушала ее внимательно и, по-видимому, спокойно, но со сдержанным волнением. Любовалась Ортрудою. Испытывала нетерпеливое желание стать перед Ортрудою на колени и целовать нежно и долго пленительные стопы ее ног, приникнуть к ней близко и в сладком дыхании Ортруды ощутить пламенную душу возлюбленного, светозарного гения. Она сошла с коня, бросила повод Астольфу. К ногам Ортруды села. Смотрела снизу вверх в ее лицо, светлыми улыбками легко озаренное, пронизанное сладкими очарованиями исходящей из трепетной плоти прелести.

Астольф, стоя немного в стороне, держал за поводья обеих лошадей. Смотрел на Ортруду сияющими глазами. Завидовал тому мальчишке в горах, который так близко и свободно стоял за ее спиною и даже, может быть, держал ее за тонкий локоть обнаженной руки. Завидовал Афре, которая сидит у милых ног и в милое так близко смотрит лицо. И досадовал на нее, — зачем к Ортрудиным ногам она прижалась и закрыла их складками своего черного платья.

Ортруда сказала задумчиво, вспоминая о Лансеоле, улыбаясь своим воспоминаниям:

— Какой красивый мальчишка! Дикий, страстный, такой ловкий, в своих живописных лохмотьях. И этот острый, блестящий, беспощадный кинжал в его сильной руке. Ах, если бы ты, Афра, видела, как он сжимал рукоятку своего кинжала, как он крался за мною, гибкий, как дикая кошка, какими он смотрел на меня горящими, как у волчонка, глазами, как горячо дышал прямо в мою шею! А потом с какою очаровательною наивностью он рассказывал мне про зачарованный лазурный грот, в котором я живу! И эти добрые люди, простодушные, как и этот ребенок, думали так же, как и он.

Осторожно, каким-то неверным звуком, точно хитро искушая Ортруду, спросила ее Афра, внимательно и печально глядя в ее мечтательные глаза — глаза истинной царицы зачарованных стран:

— Государыня, а имя того дракона, который стережет ваш лазурный грот, вы знаете? И знаете, чего он хочет? Чего он ждет? Чему он радуется и чего боится?

Не поворачивая к ней головы, глядя прямо перед собою, тихо-тихо, точно сама себе отвечая, сказала Ортруда, улыбаясь печально:

— Дракон, стерегущий так прилежно мой лазурный грот, кто он и чего он хочет? Ах, я не знаю! Но чувствую давно его ровное еще дыхание и роковую его ко мне близость. Тяжелый взор его не смыкающихся ни на одну минуту очей, змеиных очей, все чаще тяготеет на мне. Может быть, близок день, когда моей крови захочет дикий зверь и положит косматую, громадную лапу на мою грудь, и вопьются в мое сердце его когти, острые и беспощадные.

Странно и неверно улыбаясь, тихо и нерешительно сказала Афра:

— Говорят... Вздорные, может быть, слухи... Говорят, народ так беден, так много земли в руках у немногих богатых землевладельцев, рабочие на фабриках и в шахтах получают так мало, — и те, и другие мало надеются на парламент! В Пальме говорят все чаще, что возможно восстание. И скоро.

Ортруда слушала молча. Когда Афра остановилась, Ортруда вопросительно взглянула на нее, чувствуя в ее словах недоговоренность. Афра продолжала еще тише и нерешительнее:

— Быть может, эти добрые люди, которых вы сегодня встретили, занимаются иногда тайною перевозкою оружия из-за границы.

— О! — живо воскликнула Ортруда. — В тех мешках, которые я у них видела, не могло быть ружей или пулеметов. Они были для этого слишком малы.

Афра спокойно возразила:

— Могли быть патроны.

Ортруда засмеялась. Сказала:

— Это было бы недурно.

Потом, наклонясь к уху Афры, шепнула:

— Я тоже не очень верю в парламент.

Афра улыбнулась. Ортруда продолжала громко:

— Но этот мальчишка Лансеоль! Его лицо снова и снова вспоминается мне, неотвязчивым наваждением знойной красоты, ранней страсти. О, пусть бы смерть пришла ко мне в таком прекрасном облике, — я сказала бы ей радостно: здравствуй, милая смерть!

— Нет, государыня, — страстно возразила Афра, — не обрадовала бы ее красота того, кто жаждет жизни, так жаждет, как вы и как я.

— Вот, мы жаждем жизни, — тихо говорила Ортруда, — и она приходит к нам очаровательная и увлекает нас в сладкое кружение любви и восторга. Но стоит за порогом снова из мертвых воскресший прекрасный обольститель, зовущий к познанию истины. И я зову: о, приди ко мне на заре утренней или вечерней, приди ко мне, светоносный, озари предо мною мир, дай мне понять вечный сон тихо возрастающих деревьев, и сонную, благоуханную любовь розы, и слепую любовь птиц, — и умереть!

С неожиданною нежностью сказала Ортруда это страшное для людей слово — умереть. И грустны и нежны были ее глаза.

— Правда, государыня, — полувопросом сказала Афра, — что любовь всегда приводит к нам печаль и легкий призрак смерти. Когда истинно любим, не боимся умереть. И, может быть, их три сестры роковые, — сон, смерть, любовь.

— Да, — сказала Ортруда, — ирония судьбы в том, чтобы это было так.

Ортруда и Афра спустились по дороге почти к самому морю. Тихо шли тихим берегом. Тихо говорили о том, что волнует душу.

Успокоены были волны, и смутный гул их был ровен и благостен. Переливами лазурных красок сияла поверхность моря до тонкой черты горизонта, где иная, светлая, восходила над морем лазурь, объемля мир безмерностью высокой синевы. Зеленовато-белые скалы сверкали на солнце. То убегали от воды, то к самому придвигались пенистому шуму легких волн. Ярко белел в синеве морской чей-то близкий, быстрый по легкому ветру парус.

Ортруда говорила:

— Я счастлива, Афра. Мне кажется иногда, что уж я достигла вершины счастья, и уже идти выше нельзя, — некуда и незачем. Сесть бы мне в лодку, наставить бы парус, в открытое море уплыть бы, утонуть бы в лазурной бесконечности, — умереть бы мне теперь, в эти минуты, умереть бы мне безмерно счастливою, любимою, молодою и прекрасною.

И на лице Афры были восторг и страдание.

Глава тридцать восьмая

За скалою, на повороте дороги, Ортруда и Афра увидели совсем близко деревню. За зеленою листвою деревьев весело краснели ее черепитчатые кровли. Пыль крутилась по дороге порою, а когда она падала, гладкие, крупные плиты деревенской улицы блестели на солнце и казались почти белыми. Вниз от деревни к морю и по другую сторону вверх у скатов скал лепились виноградники. Вдали виднелись островерхие башенки сельской церкви — там, на скале, за домами, — и она казалась легкою, светлою, задумчивою. Казалось, что от нее и к ней были быстрые полеты острокрылых птиц и тревожные их вскрики.

Несколько поодаль от деревни, ближе к берегу залива, стоял красивый школьный домик. Распахнув широко все свои окна, занавесив их от знойных взоров Дракона белизною навесов и стены все изукрасив разноцветным узором изразцов, он казался игрушкою, даром чьей-то прихотливой и щедрой руки. Веселая роща зеленела около школы, закрывая школу от деревни и от пыльной дороги.

В заливе купались дети перед тем, как опять идти в школу после двухчасового обеденного перерыва. Слышны были еще издалека их голоса и серебряно-звонкие смехи. В лазури ясных волн кипело золото их гибких тел, и брызги от их проворных ног были радужною пеною. Чья-то лодка шла к берегу качаясь, потому что кудрявый шалун ухватился за ее борт и влез отдохнуть на ее влажном и теплом дне.

В государстве Соединенных Островов, где любили детей очень, школы для них устраивали красивые и удобные. Заботились о том, чтобы в школьных зданиях было много воздуха и света. Двери их никогда не запирались перед родителями и родными школьников, и даже перед посторонними. Когда ожидался интересный урок, то часто и старые приходили послушать. Учебные пособия и книги, какие бывали в школе, не томились в тесных шкапах праздною скукою ожидания того часа в году, когда их достанет учитель: школы были как музеи, — правда, иногда довольно бедные, население Соединенных Островов не было богато, — и были назначены часы, когда можно было смотреть карты и картины, перелистывать справочники и брать для чтения книги.

Да и что же двери и стены! Теплый, мягкий климат Соединенных Островов давал возможность заниматься с детьми чаще на открытом воздухе, чем в стенах, — и рощи около этой школы слышали больше уроков, чем увешанные таблицами стены ее классной комнаты.

Ортруда остановилась на дороге близ деревни. Сказала Афре:

— Этот домик за рощею, мне кажется, школа. Мне хочется зайти в нее. Астольф пока отправится верхом домой и приведет мою лошадь, а мы зайдем в школу. Или нет, Астольф, пусть лучше пришлют коляску.

Астольф вскочил на лошадь и быстро умчался, уводя с собою и лошадь Афры. Афра улыбалась как-то нерешительно. Точно хотела возразить что-то. Но сказала:

— Конечно, отчего же не зайти, если вам это угодно. Вы отдохнете. Если не боитесь неприятных встреч.

— Почему неприятных? — возразила Ортруда. — Я люблю моих добрых соотечественников. Притом же здесь, кажется, некого встретить, кроме детей да их учительницы. Здесь, как и в горах, меня не узнают, и все это будет забавно и весело.

— Да, — сказала Афра, — все равно, этикет давно и основательно забыт. Старые дамы в Пальме будут иметь еще один повод для того, чтобы осторожно и почтительно побрюзжать.

— О, что мне до того! — спокойно сказала Ортруда. — Я давно догадываюсь, что титулованные дамы-патронессы Дома

Любви Христовой и их почтенные мужья меня сильно недолюбливают.

— Ее величество, — начала Афра.

Ортруда живо перебила ее:

— О, я знаю, что мама любит меня очень. Это в ней уживается — пристрастие ко всему этому ее антуражу и нежная любовь ко мне. А я, милая Афра, люблю простую жизнь и простых людей. Как дочь немецкого пастора, я люблю идиллии.

— Иногда, — возразила Афра. — Но когда бушует буря и молнии пересекаются в небе, тогда в королевском замке просыпается в чьей-то груди дикая душа валкирии; прекрасная женщина, красотою подобная Деннице, бежит, неистовая, разметав свои косы, на верх северной башни, там сбрасывает свои одежды и стоит нагая, поднявши напряженные стройные руки. Тогда, как и теперь, она меньше всего думает о том, что скажут о ней в Пальме.

— Пусть говорят, что хотят, — спокойно ответила Ортруда. — Как растение чувствует себя хорошо только в своей почве, так и я весела и счастлива совсем только среди моих гор и полей.

Ортруда и Афра были уже совсем близко от школы, как вдруг услышали они, кто-то недалеко от них крикнул:

— Королева!

Точно это было магическое слово, внезапно преобразившее все окрест. Еще никого не было видно, кроме плещущихся в воде детей, но уже чувствовалось, как прозрачная волна смятения обежала тихую дотоле деревню и ее дремотные виноградники и поля. То здесь, то там возникали крики и шумы, кружились топоты бегущих ног, и в легких вздохах ветра чудилась чья-то задыхающаяся торопливость. По деревне из дома в дом бежали радостные крики:

— Наша Ортруда пришла к нам!

— Она там, около школы.

— Она одета по-нашему.

— Она идет пешком, с какою-то знатною барышнею.

— И ноги у нее в пыли.

— Идите скорее, пока она не вошла в школу.

— Сейчас за нею приедет золотая карета.

И бежали по тропинкам, еще издали жадно всматриваясь в Ортруду.

Ортруда сказала досадливо:

— Нас узнали.

— Что же делать! — ответила Афра, слегка улыбаясь. — Такова доля королей. Портреты вашего величества висят во всех школах на самом видном месте.

Скоро на площадке перед школою собралась толпа крестьянок и крестьян. Простодушно глазели, вполголоса обмениваясь впечатлениями. Простосердечно радовались чему-то. Дети, выскочив на песочный берег, быстро накинули на себя свои легонькие одежды, и сбежались пестрою толпою к школьному порогу. Знали, что это — королева. Но были веселые, подвижные, крикливые, как шныряющие над ними птицы.

Торопливо пришла, — почти прибежала, — учительница. Это была очень молоденькая, хорошенькая, миленькая и, судя по слишком простодушному лицу, глупенькая девушка. В такой же одежде, какую носят местные крестьянки. Ее темные, с легким золотистым оттенком, волосы, схваченные тонкою легкою сетью и едва, наскоро сложенные, были еще мокры, и капли воды, светлые на золотистой, загорелой коже, зыбко дрожали на тонких руках и на подъемах быстрых ног.

Королева Ортруда, сидевшая на скамье у дверей школы, приветливо улыбалась ей. Девушка стремительно добежала, остановилась, низко поклонилась Ортруде, и назвала себя:

— Учительница здешней школы, Альдонса Жорис, дочь крестьянина этой деревни.

Она смотрела спокойно и весело и не казалась смущенною. Ортруде нравилась ее спокойная непринужденность и та простодушная откровенность, с которою Альдонса отвечала на ее первые вопросы. Был урок пения, и Ортруда не без удовольствия слушала пискливый и крикливый хорик, в котором недостаток искусства заменялся избытком усердия и детской веселости. При том же, влюбленная в свои мечты, она едва вслушивалась в детское пение, милое, но несколько смешное, потому что без низких голосов, — она мечтала о Светозарном и еще о Танкреде, которого все еще любила нежно и страстно.

Детей отпустили. Ортруда сказала Альдонсе ласково:

— Где вы живете, милая? Покажите мне вашу квартиру.

Альдонса радостно улыбнулась. Сказала:

— Прежде я жила у моих родителей. Но в прошлом году они умерли, и я живу здесь, при школе. Вот здесь.

Она показала крыльцо на боковой стороне дома. Ортруда и

Афра вошли в квартиру Альдонсы. Бедная, чистая, трогательно-простая обстановка.

Ортруда вздохнула от невольной жалости. Ах, зачем не все живут в чертогах! Для чего есть на свете бедные жилища, плохая одежда! И бедность, и несовершенства жизни, зачем вы, когда мать-земля так щедра и плодоносна!

Небогатое население Соединенных Островов не могло тратить на школы много. Королева Ортруда знала, как мало получают сельские учительницы. Почти все они были из местных жительниц, и замуж выходили за своих же. Они не были барышнями, приехавшими из городов, чтобы способствовать поднятию народных масс. В государстве Соединенных Островов они жили общею с народом жизнью. И только потому, что школьные дома были поместительнее других зданий, принадлежавших сельским коммунам, школы естественно служили местом собраний и митингов, а в избирательные периоды около них сосредоточивалась агитация политических партий.

Скоро Ортруда различила лежащую на этой бедной обстановке знакомую королеве и издавно привычную ей печать праздничной счастливости. Видно было, что Альдонса старательно убирает свои комнаты, — может быть, для кого-то. В глиняных вазочках, расписанных пестро, но красиво, яркие благоухали цветы. Травы были брошены на пол, и пол был празднично чист, — сама Альдонса прилежно мыла его каждое утро. Белые занавесочки, картиночки на стенах. Светло, бело и розово.

Набожна Альдонса, — как и все крестьяне Соединенных Островов, — в ее комнате образа висят и крестики, — стоит у стены каменная Мадонна, грубо сделанная, но сладко благословляющая на любовь и на печали; в углу темнеет деревянное распятие, — у ног Мадонны, у ног Христа цветы живые и бумажные пестрые гирлянды. На столе книжки, издания Дома Любви Христовой. А вот на кровати из-под подушки зачем же виден прочитанный наполовину роман Пьера Луиса? Ну, это, конечно, привез милый, когда ездил в город покупать соль или гвозди.

Краснела, краснела Альдонса, когда жестокая Афра вытащила из-под подушки книжку в желтой обложке и, медленно перелистывая ее, сказала:

— Что-то скажет здешний священник, когда войдет к

Альдонсе Жорис и увидит эту книжку?

— Альдонса ее спрячет, — сказала, улыбаясь, Ортруда и спросила: — Ты счастлива здесь, Альдонса?

— О, да, ваше величество! — живо ответила Альдонса. — Я здесь очень счастлива. Люди ко мне ласковы. Дети такие милые. И море близко.

Глаза Альдонсы блестели, как блестят они только у влюбленных. Видно было, что слова о детях, о море — это так только, потому что прячется знойный бес сладострастия, за всякие прячется личины. И как было Ортруде, все еще влюбленной, не догадаться о том, что влюбленная стоит перед нею! Ортруда, улыбаясь, спросила:

— У тебя, Альдонса, есть друг, не правда ли? Ведь я угадала верно?

Багряно краснея, улыбнулась Альдонса, и еле слышно шепнула:

— Да, есть.

— Кто же он, твой друг? — ласково спрашивала Ортруда.

— Не знаю, — сказала Альдонса.

Напряженно знойным оставался румянец ее смуглых щек. Но все так же радостна была ее улыбка. Ах, счастливы глупые!

— Как же ты этого не знаешь! — спросила Ортруда, дивясь.

И подумала вдруг:

«Почему-нибудь скрывает. Глупая!»

Альдонса рассказывала:

— Ко мне приезжает иногда верхом на вороном коне прекрасный сеньор. О, как он меня любит! Как любит! Как ласкает!

И почти шепотом, с трепещущею в голосе страстностью:

— Он зовет меня своею Дульцинеею.

Ортруда багряно вспыхнула.

Как! Почему это имя? такое знакомое ей! из милых слышанное уст!

Ортруда вспомнила, что в последнее время Танкред несколько раз называл ее своею Дульцинеею. А себя сравнивал с Дон-Кихотом, — особенно в те минуты, когда развивал перед нею грандиозные планы колониальной политики.

Но почему же и эту девушку ее возлюбленный зовет сладким именем Дульцинеи, прекраснейшей из дам?

Ах, да, это потому, конечно, что и она тоже Альдонса, как

героиня бессмертного Сервантесова романа, — крестьянская девица Альдонса. Какое забавное совпадение! Но что она говорит, глупая Альдонса! Какими чертами описывает его наружность!

— Он высокий и стройный, такой высокий, каких я никогда не видела. Волосы его светлы, как золото, и глаза его ласковы и сини, как небеса небес.

— Как же зовут твоего друга? — тоскливо спросила Ортруда.

Нахмурила брови. Альдонса робко ответила:

— Он не говорит мне своего имени.

— Отчего? — спросила Ортруда.

— Он не может еще открыться. Надо верить ему и ждать.

— Но неужели ты ничего не знаешь о нем? Из какой он семьи? Где живет? Что делает?

Простодушно улыбаясь, ответила Альдонса:

— Правда, я ничего о нем не знаю.

И видно было, что она ничего не скрывает.

Ортруда говорила:

— А разве ты не спрашиваешь? Как же ты не допыталась у него? Он, может быть, бандит.

— О, нет, — с живостью возразила Альдонса, — он — знатный сеньор. Это по всему видно. Но имени своего он не говорит.

Афра сказала холодно:

— Упросили бы.

— О, зачем же! — возразила Альдонса. — Я и так ему верю, — ведь я же его люблю. Он сам скажет, когда придет время. Сначала я приставала к нему, но он очень сердился. И теперь я даже боюсь его спрашивать.

«Какой-нибудь авантюрист!» — подумала Ортруда.

Ее Танкред никогда на нее не сердился.

Афра стояла у окна, спиною к свету, хмурая. Спросила:

— А вы как думаете, кто он?

— Я думаю, — сказала Альдонса, — что он — иностранец, русский революционер, которого ищет полиция. Но скоро там будут у власти социалисты, и тогда мой милый сможет открыть свое имя.

— Вам он и теперь мог бы его открыть, — сказала Афра.

— Нет, — возразила Альдонса, — мы, женщины, так болтливы. И я могла бы проболтаться. И дошло бы до тех, от кого он скрывается.

Ортруда весело смеялась. Глупая девочка, полюбила какого-то беглеца!

Знойно-смуглое лицо Афры было строго, и гордые губы ее не улыбались. Она догадалась, что возлюбленный Альдонсы, — Танкред. Сердце ее болело от жалости к Ортруде. Все в Пальме знают о любовных похождениях Танкреда. С кем он только не сходился! Не знает ничего только одна доверчивая Ортруда.

— Вот его подарок, — с восторгом говорила Альдонса. — Он недавно был у меня и оставил мне это. Скоро он опять придет.

Ортруда рассматривала золотую брошь. Что-то смутно припоминалось ей. Вспомнила. Видела на днях на столе у Танкреда футляр с брошью, такою же, как эта. Держала ее в руках. Подумала тогда спокойно, что это приготовленный подарок для дочери или жены кого-нибудь из слуг Танкреда, по случаю какого-нибудь их семейного праздника. Даже и не спросила тогда — забыла, и не было интересно. А теперь в душе ревнивое подозрение, — чего раньше никогда не бывало.

Ортруда всмотрелась в брошь, сделанную медальоном, нашла глазами пружину, — открыть бы! По влюбленным и испуганным глазам Альдонсы догадалась Ортруда, что там портрет ее милого. Стоит только нажать пружину, — только взглянуть, он или не он.

Вдруг она отстранила брошь. Нет, ей, королеве, неприлично так узнавать чужие тайны.

— Он ласков с тобою, Альдонса? — спросила она.

— О! — воскликнула Альдонса, — если бы вы видели, как он меня ласкает! Как он добр ко мне! Правда, иногда он меня дразнит до слез. А потом утешит.

Глава тридцать девятая

Ортруда вернулась домой, в старый королевский замок, задумчивая и опечаленная. Хотелось ей хоть не надолго остаться одной — и не удалось. Хотелось спросить о чем-то принца Танкреда. Но как спросить?

Наконец она рассказала ему о своей встрече с Альдонсой Жорис. Танкред слушал ее с любезною внимательностью, как всегда, смотрел спокойно, улыбался весело, шутил над таинственным женихом простодушной Альдонсы. Синие глаза его были так ясны, вся его высокая и стройная, хотя, уже начинающая немного полнеть фигура дышала такою спокойною уверенностью, и голос его был так обычно ровен и ласков, что темные, ревнивые подозрения Ортруды растаяли понемногу легкими облачками под лживыми улыбками высокого, надменно торжествующего Дракона. И как же иначе могло быть? Кто любит, тот верит вопреки всему до конца.

В тихий час обычной послеобеденной беседы принц Танкред опять принялся развивать перед Ортрудою свои великолепные планы, свои дерзкие замыслы. Уже не первый раз говорил он с нею об этом, каждый раз с новыми подробностями, с новыми аргументами.

Влюбленная Ортруда слушала его хитро построенные речи. Порою казалось, что доказательства его неотразимо убедительны и что мысли Танкреда совершенно совпадают с ее собственными мыслями. Порою просыпалась в ней опять благоразумная осторожность конституционной государыни и шептала ей, что рискованные предприятия, к которым так настойчиво склонял ее Танкред, могут привести небольшое и несильное государство Островов к чувствительным поражениям и потерям, к внутренней смуте и даже к совершенной погибели. Тогда вдруг просыпалась в ней наследственная гордость, и душа ее горела негодованием и стыдом при мысли о том, что ее государство превратится в испанскую или итальянскую провинцию, что из ее старого замка сделают музей для хранения древностей, статуй и картин и что ей самой придется доживать свой век в холодном, сером, шумном, буржуазном Париже, скучая по лазури волн и небес, по знойно томительным благоуханиям, по роскошно звездным тьмам, по яростным блистаниям молний в ее милой Пальме.

Она сказала Танкреду:

— Твои планы очаровательны, милый Танкред, но мои Острова так бедны и слабы! К чему нам гнаться за великими державами и заводить большой флот? Для нас это, право, совсем лишняя роскошь.

Танкред воскликнул так страстно, что синие глаза его потемнели:

— О, ты спрашиваешь, зачем нам большой флот! Я знаю зачем! Будь у нас большой флот, я создал бы для тебя, Ортруда, могучую касту твоих рыцарей и воинов, я завоевал бы тебе Корсику и половину Африки, мечом или золотом я приобрел бы для тебя, Ортруда, все латинские республики в южной и средней Америке, я освободил бы Рим, вечный Рим, и в соборе святого Петра папа возложил бы на твою голову, на твои смоляно-черные кудри прекраснейшую из земных корон, венец вечной Римской империи. Под твоею державою я объединил бы все латинские страны Старого и Нового света. Пусть тогда мужики во фраках и в цилиндрах, захватившие власть на берегах угрюмой Сены, продолжали бы именовать свое чиновническое государство республикою, — общий восторг латинских рас, возрожденных к новой славной жизни, заставил бы их чеканить на золоте их монет твой профиль и твое сладкое и надменное имя, Ортруда Первая, императрица вечного Рима. И были бы столицами твоими, Ортруда, Рим, Париж, Мадрид, Рио-Жанейра и наша Пальма. О, я знаю, зачем нам, таким же островитянам, как англичане и японцы, нужен сильный флот.

Ортруда недоверчиво покачала головою.

— Англия, Япония, — сказала она, — великаны сравнительно с нами. И своего великодержавного положения они достигли только очень медленно.

Танкред возразил:

— Потому мы и должны вступить в союз с Англиею. С ее помощью мы достигнем многого. И скоро. На что прежде нужны были века, то теперь в наш торопливый и предприимчивый век достигается годами напряженного труда.

— Англии не нужен наш союз, — сказала Ортруда.

— Чтобы Англия имела основание ценить наш союз, — возразил Танкред, — мы опять-таки должны иметь могущественный флот.

— И воевать? — спросила Ортруда укоризненно.

— Да, если понадобится, — отвечал Танкред улыбаясь.

По его слегка при этом покрасневшему лицу и радостно заблестевшим глазам было видно, что думать о войне для него приятно.

— Воевать! — повторила Ортруда. — Зачем? Как это странно! О, милый Танкред, наш дворец стоит слишком близко к морю, и я боюсь, что снаряды с неприятельских броненосцев разрушат его древние стены и башни.

— Ну, что ж! — сказал Танкред. — Этот дворец уже давно следовало бы перестроить, а еще лучше построить бы другой в более удобном месте, где ничьи бомбы не достигли бы его.

— Ни за что! — воскликнула Ортруда. — Как можно трогать этот замок, с которым связано так много исторических воспоминаний!

— Милая Ортруда, — убеждающим голосом говорил Танкред, — неужели мрачный вид этого средневекового замка не наводит на твою нежную, впечатлительную душу тягостного уныния? Эти бесконечные коридоры под низкими сводами, эти узкие винтовые лестницы, неожиданные тайники, извилистые переходы то вверх, то вниз, эти окна в слишком толстых стенах, то чрезмерно узкие, то непомерно высоко пробитые, круглые, как совиные очи, эти балконы и выступы башен над морскою бездною, в полу которых скользкие плиты, кажется, раздвигались когда-то, чтобы сбросить в волны окровавленное тело, — все это, по-моему, слишком романтично для нашего расчетливого, практического и элегантного века. Это хорошо для музея или чтобы показывать праздным туристам, — но жить здесь постоянно, право же, невесело!

— Я люблю его, этот старый замок, — спокойно сказала Ортруда, — я ни за что не решусь согласиться на какие-нибудь переделки в нем. Я в нем родилась. Он слишком мой для того, чтобы я могла с ним расстаться.

— Одна эта зловещая спальня белого короля чего стоит! — продолжал Танкред. — При всем моем скептицизме я не могу одолеть в себе жуткого чувства, когда иду один мимо этого сумрачного покоя, каменный пол которого кажется еще и теперь сохраняющим старые пятна, — может быть, следы крови несчастного юного короля, предательски убитого в этом коварном замке. Не понимаю, милая Ортруда, за что ты любишь этот мрачный дом.

— Знаешь, Танкред, — сказала, улыбаясь, Ортруда, — говорят, что белый король опять начал ходить. Говорят, что это не к добру.

— Вот, — живо сказал Танкред, — чтобы суеверные люди не говорили вперед таких глупостей, надо оставить совсем и поскорее этот неприветливый замок.

— Но белый король все-таки будет ходить по его коридорам, — сказала Ортруда.

Не понять было по ее лицу, шутит ли она или боится. Танкред сказал с раздражением:

— Пусть он ходит один в пустом замке, если это ему нравится. На его месте я бы сюда и заглянуть не захотел после этой неприятной истории.

— Хотелось бы мне его увидеть хоть один раз, — тихо сказала Ортруда.

Еще тише, призрачно-хрупким голосом из-за темной чащи зеленеющих у террасы миртов, сказал ей кто-то грустный и незримый:

— Ты увидишь его скоро. Он придет...

И еще что-то, но уже невнятны стали слова. Ортруда вздрогнула, оглянулась тревожно, — но никого не было на вечереющей багряно-белой террасе, только она и Танкред. Только легкий ветер с моря шелестел в кустах, точно поспешно убегал кто-то, прячась боязливо, да из сумрачной тишины открытых зал слышен был мерный ход старых часов.

Ортруда посмотрела на Танкреда. Он ничего не слышал. Заметил только ее невольное движение и сказал озабоченно:

— Ты дрожишь, Ортруда. Тебе холодно. Уйдем отсюда. День был нынче слишком зноен, и здесь, над морем, слишком резок переход к ночной прохладе.

Ортруда встала.

— Нет, здесь тепло, — сказала она, — но я устала. Мы уйдем, и пусть придет сюда тот, кто любит сидеть долго на месте, покинутом людьми, и мечтать о жизни прекрасной, мудрой, какой мы еще не знаем.

Танкред посмотрел на нее с удивлением и сказал тихо:

— О, моя милая мечтательница!

Они пошли через галерею, где висели портреты членов королевского дома, — длинный ряд старых и молодых лиц, написанных то знаменитыми, то безызвестными художниками. Перед портретом Арнульфа Второго, белого короля, Ортруда остановилась. Сказала:

— Посмотри, Танкред, как изменилось в последние дни лицо Арнульфа. Его румяные щеки поблекли, и лицо его стало печально-серым, точно дым из вулкана осел на нем. И глаза его смотрят не так, как прежде, уже не по-детски весело и смело, — смотри, Танкред, какие они стали мрачные, какие в них угрозы!

— Это от времени выцветает живопись, — сказал спокойно Танкред. — Если бы душа бедного мальчугана переселилась в этот портрет, то мы наблюдали бы другие явления: его глаза, конечно, блестели бы от радости и гордости, глядя на тебя, проходящую перед ним, милая Ортруда!

Не отводя опечаленных глаз от портрета, задумчиво сказала Ортруда:

— Его душа… не знаю… Но его предсмертный стон пережил века. Его глаза, могильною закрытые мглою, но все еще жадные смотреть на земное наше солнце, — его глаза угрожают нам, когда немилостивая судьба готовит нашему роду печали и беды. Вот, древний род наш истощается. Может быть, я в нем последняя. Может быть, смерть уже стережет меня. Недаром с самого дня моего коронования стал дымиться этот вулкан. Силы, которые мирно дремали в земле, восстанут скоро, и сердце мое верит зловещим приметам.

Танкред хотел остановить ее нежными словами утешения. Но Ортруда говорила, не останавливаясь, — быстрым, звонко-журчащим ручьем струилась ее речь, и как нежная мелодия была свирельная речь ее вещей печали. И она приникла к Танкреду, влюбленными смотрела на него глазами, вливая страстную и светлую свою душу в обманчиво ясное, лазурное мерцание его глаз, и говорила:

— Но с тобою, Танкред, ничто меня не страшит!

А он, вечно влюбленный в какую-то всегда новую, неведомую женщину, прижимал Ортруду к своей широкой груди, к сердцу, жаждущему измен, и казался растроганным ею, влюбленным в нее. И говорил:

— Верь мне, верь, верная моя Ортруда, жена моя и царица. Рука моя сильна, сердце мое не ведает боязни. Рыцарский меч мой остер и тяжел, и рукоять его крестообразна. От вражьей силы, здешней и нездешней, тебя защитит твой, Ортруда, верный рыцарь, твой Танкред. Столь же верный, но более счастливый, чем славный Ламанчский рыцарь, прославит он тебя, для света гордая Ортруда, для меня милая Дульцинея, прекраснейшая из дам.

Он обнимал ее охваченный тонким черным шелком стан, и целовал ее легкие руки, и, к ногам ее склоняясь, целовал ее белый атласный башмачок, — а в мечте его стояла перед ним, с круглым улыбающимся лицом, с туго налитою под серым полотном сорочки грудью, простонародно-красивая, босая девушка, простодушная, доверчивая Альдонса.

Глава сороковая

Ночь настала. Была она душная, знойная, черная. Дышала близостью бури. Звезды казались слишком крупными и горели жутко на черных безднах высоких, слишком высоких небес. В ясном сиянии луны была напряженная печаль. И луна проливала печаль свою на землю, и резкими тенями дрожала бессильная, недвижная земля. И луна проливала печаль свою на море, и, повинуясь холодному очарованию печали, вздымалася морская зыбь миллионами шумно ропщущих волн. Все чаще и чаще набегали на луну тучи и убегали, и опять струился лунный свет, зелен и настойчиво-печален.

Ортруда стояла у окна вместе в Афрою и смотрела на море. Круглый небольшой зал, где они находились, составлял основание Северной башни. В переднем, выходящем к морю, полукружии его массивной стены были пять высоких и узких окон, — среднее из них самое высокое, боковые меньше и меньше. Они доходили до самого пола, который был сложен из громадных плит. За ними, снаружи, висел над морем узкий полукруглый балкон, обнесенный невысокою каменною балюстрадою. Против среднего окна, в заднем полукружии стены, видна была широкая ниша, завешенная темным сукном; коридор за нею вел в опочивальню королевы. По бокам этой ниши две железные двери; за одною из них — узкая круговая лестница в башенной стене приводила несколькими оборотами на верхнюю площадку башни; за другою — такая же лестница вниз.

Разговаривали и прислушивались к морским голосам. Далекий, глухой из-за закрытых окон шум волн возрастал, словно тосковало о чем-то и томилось беспокойное ночное море. Тихо и печально говорила Ортруда, склонив голову на руку, лежащую на тяжелом, темном переплете оконной рамы:

— Моему Танкреду не нравится мой замок. А я его так люблю! Танкред мечтает о славе, о блестящей жизни, о войне. Обо всем, что мне совсем не нужно, что чуждо и враждебно мне. Или мне не следовало царствовать?

— Ты — лучшая из королев всего мира, милая Ортруда, — сказала Афра.

Видно было по ее лицу, что слова Ортруды как-то странно волнуют ее. Казалось, что она с трудом противится желанию сказать что-то Ортруде. Томительная игра противочувствий сказывалась в напряженном выражении ее черных, как ночь грозовая, глаз, в дрожании ее страстно-алых губ. Ортруда, не оборачивая к ней своего печального лица, продолжала говорить тихо, точно сама с собою:

— Танкреду скучно стало в моей милой Пальме. А я все больше приникаю душою к этому старому дому. Если бы ты знала, Афра, как грустно почувствовать, что души любимых не сливаются в одном желании! Если бы он не был со мною всегда так неизменно-нежен, я подумала бы, что он меня разлюбил.

Афра молчала и смотрела на Ортруду с выражением восторга и страдания, и глаза ее были ревнивы, и гневные слова, которых она не скажет, жгли ее губы.

Говорила Ортруда:

— О, если бы Светозарный предстал предо мною! В сверкании молний и в хоре громов сказал бы мне вещее слово! Приближается великая буря с востока, и снова приближению бури радуется мое сердце. Вызов небу брошу снова, и, может быть, ныне наконец неложное услышу слово откровения.

— Небеса молчат, — тихо сказала Афра. — Не с них сойдет тот, кто возвестит истину. Из темной бездны поднимется Светозарный.

— Да, — говорила Ортруда, — Демиург утаил от нас истинное знание. В сокровенном своем единстве заключив все ведение и всю мудрость, на неведение он обрек нас, предал нас мукам отчаяния и нищеты духовной, томлению нестерпимому. Из земли, из красной глины, как и первый человек, восстал утешающий мудрый Змий. Он хотел открыть людям истинное знание, — и они испугались, и не отстояли своего рая, и робко бежали во тьму. Афра, во мне пламенная душа, и я хочу говорить с громами и в шуме бурь утвердить мою державную волю.

— А ты не боишься, Ортруда? — искушая и улыбаясь радостно, спросила Афра.

Ортруда повернулась к ней. Смотрела на нее внимательно. Говорила тихо и задумчиво, словно взвешивая каждое слово:

— Боюсь? Может быть. Но и над страхом есть победа. Я побеждаю всегда. Бессильный лежит мир перед моею мыслью. Вечное есть противоречие между моею свободою и роковою необходимостью, которой подчиняется косный мир.

Но пусть люди на этой земле остаются во власти законов и долга, — я возношу мою жизнь в мир моей верховной воли.

Горя восторгом и улыбками, воскликнула Афра:

— Ортруда, или ты не знаешь, что в тебе самой обитает Светозарный, которого ты призываешь! Земным образом светлого духа стоишь ты передо мною, Ортруда, и за то я люблю тебя нежно и преданно, и мне сладко целовать край твоей одежды. Ты прекрасна, — ты прекраснее всех живущих на земле, и недаром он, тот, которого ты так безумно и так напрасно любишь, недаром он называет тебя Дульцинеею, прекраснейшею из всех дам. Ты сама знаешь, как ты прекрасна и очаровательна, — ты это знаешь, ты любишь откровенные, правдивые зеркала, ты любишь и зыбкие отражения в поверхности спокойных вод.

Афра склонилась к ногам Ортруды и целовала ее белые башмаки. И, улыбаясь нежно, Ортруда подняла ее и сказала:

— Сладкие и безумные говоришь ты слова, Афра. Ты истощаешь для меня всю свою нежность, — и что же у тебя останется сказать твоему милому?

— Любовь рождает слова неистощимо, — ответила Афра. Бледным светом вспыхнул темный покой, — вдали сверкнула первая молния. Долгие и медленные прошли секунды, и донеслось далекое рокотание грома. Радостное возбуждение, как всегда во время грозы, опять охватило Ортруду. Она торопливо простилась с Афрою и ушла к себе.

Под легкою рукою Ортруды повернулись бесшумно бронзовые выключатели, — заискрились ограненные покровы электрических веселых лампочек, стало весело, нарядно и уютно в просторной опочивальне, и было странно слышать в ней возрастающие за стеною голоса яростной бури. Ортруда позвонила. Ловкая молодая девушка проворно и безмолвно раздела Ортруду, откинула одеяло ее постели, переложила со столика у окна на столик у кровати начатый роман и ушла.

Прежде чем лечь, Ортруда раздернула занавеси одного из окон. Легла, смотрела в окно, слушала могучие вопли бури.

После знойного дня налетела на Острова буря, ведьма безобразная, страшная, с разметавшимися косами. Она ревела от злости и от боли, разрывая в неистовых метаниях о скалы и о пальмы свое свинцово-темное, струистое тело. Непроглядный мрак окутывал испуганную землю, дрожащие в ярости волны и ожесточенное небо. Жалобно стонали и трещали деревья, — страх смерти носился над ними. Ветер свистел, миллионы змей неслись в воздухе с яростным шипением. Морские волны шумно бились у подножия королевского замка. Они казались безумно пьяными от бешенства и от печали. На краткий миг проглатывая тьму, с безумною торопливостью насыщая бешенство желаний, одна за другою быстро вспыхивали синие и зеленые змеи молний. И тогда вдруг страшный гром покрывал все звуки неба и земли — и уносился. Удар за ударом, молния за молниею, повторялись все чаще, все яростнее, все ближе. Казалось, что земля дрожит, что стены замка колеблются.

Ортруда откинула одеяло, сбросила с себя одежды и лежала, томясь и вздыхая. Электрические лампочки бросали равнодушный свет на ее приосененное белым покровом алькова тело. При ярких вспышках молний их близкий, пленный свет, казалось, меркнул, и тело Ортруды словно загоралось зеленоватыми и синеватыми огнями.

Ей было душно, и какое-то странное ожидание томило ее. Быть может, она ждала Танкреда? Она знала, что он засиделся после ужина со своими военными друзьями за бутылкою вина. Придет поздно.

Но вдруг поняла Ортруда, что не его она ждет в эту ночь. Голоса бури звали ее. Дикий восторг внезапно поднял ее с постели. Торопливо закутала она темным плащом свое обнаженное тело, быстро пробежала коридор и в круглом зале открыла дверь на башню.

На узкой лестнице было темно. Только сверкание молний в маленькие окошечки освещало порою часть влажной, покрытой плесенью стены и две-три истертые ступени. Были холодны их каменные плиты под ногами Ортруды. Здесь еще слышнее было яростное неистовство бури. Казалось, что прочные, толстые стены замка непрерывно дрожат. Казалось, что несокрушимая башня трепещет, готовая упасть.

Вот уже нет потолка над головою Ортруды, и вот уже она на верхней площадке. Только невысокий каменный парапет, такой же, как на балконе в круглом зале, ограждает ее от падения в клокочущую ярость морской пучины. Ветер неистово рвет складки ее плаща. Ортруда порывисто развела руки и сбросила плащ. Клубясь и свиваясь черною змеею, он скользнул по камню холодных плит и упал на краю площадки, остановленный преградою парапета.

Широко простирая руки, Ортруда звала Светозарного. Потоки дождя низвергались на нее. Сверкали молнии, и гром гремел над ее головою, — но на высоте над замком и над морем, в полыхании мгновенных пожаров, в диком хоре воющих и гремящих голосов не откликался ей тот, которого она звала.

Знакомый голос назвал ее имя, знакомые шаги услышала она так близко за собою — это был принц Танкред. Он поднял сброшенный ею плащ, закутал ее поспешно и увлек по лестнице вниз. Ортруда, не сопротивляясь, шла за ним. Опять взволнованный ее близостью, он шептал ей нежные слова. Она не слышала его. Печаль томила ее. Она сказала тихо:

— Он меня не услышал. Но он услышит меня.

Танкред наклонился к ней. Он не расслышал ее слов, но почему-то не захотел переспросить ее. Сказал:

— Этот ужасный замок внушает тебе, милая Ортруда, безумные поступки. Невозможно делать то, что ты делаешь.

Вслушавшись в его слова, Ортруда приостановилась и сказала с нежною настойчивостью:

— О, только люби меня, Танкред, люби меня и безумно поступающую, люби меня и восходящую на башню сбрасывать земные одежды и говорить с громами. Люби меня, люби меня, Танкред!

— Ты знаешь, Ортруда, как я люблю тебя, — отвечал Танкред, — ты вся холодная и мокрая.

Ортруда засмеялась.

— Если бы я жила в средние века, — сказала она, — я бы летала на шабаш каждую ночь и во всякую погоду. А днем, молодая и прекрасная колдунья, я бы шла босая по болотным топким тропам собирать чародейные тайные травы. Накликав на страну мою дождь, я шла бы на высокий холм и там кружилась бы в неистовой пляске. И жгли бы меня потом на костре, а я бы выла от нестерпимой боли и смеялась бы. А теперь кто заплетет, кто поведет чародейные хороводы?

— У тебя начинается лихорадка, — сказал Танкред.

Он поднял ее на руки, и понес, и целовал, обнимая.

Вдруг, в блеске, вскрикнула испуганная чем-то Ортруда.

Недалеко от Северной башни находилась в королевском замке квартира гофмаршала Нерита. Его сын, Астольф, в эту ночь долго не мог заснуть. Долго вертелся он на своей постели. Сладкая истома мучила его. Мечталось Астольфу прекрасное лицо королевы Ортруды и знойно-ласковая улыбка на нем. Мечтались ему ее обнаженные ноги, лобзаемые лазурною синевою тихих волн. Их легкий загар рождал в душе его стыдливые соблазны. Метался Астольф на душной постели, и уже не раз с уст его срывался невольно легкий стон, и уже не раз быстрые слезы струились по его щекам.

Уже несколько ночей подряд переживал он эти томления. Почему-то вспоминалась ему старая легенда о белом короле. Почти бессознательная хитрость подсказала ему, что если кто-нибудь и увидит, как он пробирается по коридорам к дверям королевской опочивальни бросить взгляд, — один только взгляд, — на спящую Ортруду, то его примут за призрак белого короля и не задержат. И вот, томимый странною тоскою нежных предчувствий, уже не первый раз вставал он в эти знойные ночи с постели и тихо прокрадывался к ее дверям. Но открыть дверь еще ни разу не осмелился и только к ее дыханию прислушивался или к тихому звуку ее речей, когда она разговаривала с Танкредом.

Сегодня Астольф долго ждал, когда в их квартире затихнут шаги и голоса и заснет отец. Уже когда дрожали зыбко в его окне бешеные перемигивания молний, он встал, набросил на себя легкий плащ и тихо вышел в коридор. С бешеным свистом сквозь разбитое стекло окна метнулся ему навстречу холодный вихрь. И холод плит под ногами, и блистание огненных змей, и непрерывное грохотание громов, и шум ветра и волн, — и так трудно идти навстречу этой стихийной злости! Но Астольф, не останавливаясь, пробегал коридор за коридором.

Вдруг близко от себя он услышал шаги, голоса, — Ортрудин голос. Все ближе. Молния вспыхнула. Танкред несет Ортруду. Ревнивою злостью зажглись глаза Астольфа. Ее лицо. Ресницы длинные приподняты, и взор ее на нем, и в глазах ее испуг. Вскрикнула. Он испугал ее!

Астольф бросился бежать.

В глазах Ортруды мгновенно мелькнуло смуглое лицо, жгучие очи. Над многоголосым шумом бури вспыхнул алым, острым лучом яркий вопль Ортруды.

— Что с тобою, Ортруда? — спросил тревожно Танкред.

Опять блеск молнии. Где же он? Исчез бледный призрак с

пламенными глазами. Ортруда шептала:

— Белый король стоял передо мною. Лицо его было бледно, и глаза его сверкали черными огнями.

— Что ты говоришь, Ортруда! Ты совсем простужена. У тебя начинаются галлюцинации.

— Нет, милый Танкред, — отвечала спокойно Ортруда, — я видела его ясно. Он стоял здесь, у стены, против меня, и шептал мне что-то.

— Ты больна, Ортруда, — говорил Танкред.

Быстро внес ее в спальню. Позвонил.

— Не беспокой врача, Танкред, — сказала Ортруда. — Я ничуть не больна. А белый призрак… что ж! при блеске молний, может быть, мне только показалось, что стоит кто-то. Мы, женщины, так суеверны, так боязливы.

Глава сорок первая

Утро после бури взошло над Островами безмятежно ясное, тихое. Истощив свою внезапную ярость, природа опять улыбалась светло и невинно, как будто бы не было погибших в море людей, она ликовала, сияла, пела неисчислимыми множествами голосов и шумов. Пряные благоухания снова лились в широко открытые окна кабинета, где королева Ортруда занималась делами правления. В благоуханиях яркой радости казались забытыми навсегда гневный гром и яростные блистания полуночной бури.

В кабинете королевы Ортруды было светло, бело, просторно. Королева Ортруда не очень внимательно слушала, что говорил ей первый министр, Виктор Лорена. Да и что бы она могла сказать или сделать вопреки? Ведь она же доверяла этому Правительству, как доверяла бы и всякому другому, и называла его своим, как назвала бы и всякое другое.

Почти бессознательно выражая привычными словами свое согласие со всеми предложениями министра, почти машинально подписывая те бумаги, которые по закону требовали королевской подписи, Ортруда думала о своем. С напряжением, почти мучительным, стралась она что-то припомнить. Лицо, которое вчера на краткий миг вспыхнуло перед нею в фосфорическом блистании молнии, припоминалось ей. Знакомые черты мгновенного видения то отчетливо, но разрозненно вставали перед ее полузакрытыми глазами, то убегали в зыбкую мглу неопределенных очертаний. И наконец слились в один ясный образ.

Ортруда радостно улыбнулась. Так это, конечно, мальчишка Астольф Нерита. Странно, что она не узнала его сразу. Но зачем же он приходил? В его непонятном появлении в ночных переходах старого королевского замка не было ли связи с теми слухами, которые возникли недавно, слухами о явлениях белого короля? Может быть, начитавшись старых легенд, наслышавшись от старых слуг в замке всякой небывальщины, встает Астольф по ночам, и ходит сонный, и сам не знает о своих зловещих блужданиях? Душа белого короля не воплощалась ли всегда в теле какого-нибудь юного лунатика?

Забывши совсем, кто сидит перед нею в широком кресле у ее письменного стола, королева Ортруда задумчиво спросила:

— Скажите мне, что же вы думаете обо всем этом?

Подняв глаза на министра, она почти машинально добавила обычное обращение:

— Дорогой господин Лорена.

И сразу спохватилась, — зачем спрашивала его. Слегка покраснела, как-то неуверенно и смущенно улыбнулась и тревожно посмотрела на министра. Но, очевидно, не вышло никакой неловкости. Виктор Лорена и в парламенте отличался находчивостью; он понял вопрос королевы Ортруды в том смысле, что она хочет еще раз услышать его мнение относительно общего политического положения, и принялся с привычным многословием парламентского деятеля развивать свои взгляды. Королева Ортруда молчала и слушала его со спокойным, немного презрительным выражением.

Виктор Лорена был крупный, сильный, очень моложавый, очень самоуверенный человек лет пятидесяти пяти. Сын мелкого провинциального торговца, бывший адвокат, женатый на дочери богатого фабриканта, он был ловкий делатель карьеры. Его сшитый в Лондоне фрак сидел на нем превосходно, цилиндр блестел безукоризненно-ровно, его густая, черная, с легкою проседью борода была подстрижена, как у светского парижского модника, — и все-таки во всей его рослой фигуре было что-то неуклюжее и мужиковатое, и в спокойной уверенности, с которою он держал себя здесь, перед королевою, сказывалась какая-то неестественная преувеличенность. Это был настоящий буржуа, чувствующий свое засилие и желающий, чтобы и другие чувствовали его. Вся его повадка всегда очень не нравилась королеве Ортруде. Но тем любезнее она всегда разговаривала с ним.

То, что он говорил теперь, было дифирамбом буржуазии.

— Да, ваше величество, — говорил он, — европейская буржуазия еще не сказала своего последнего слова, еще не исчерпала своего исторического значения. Что бы ни говорили и ни писали о нас наши враги слева, как и наши противники справа, буржуазия все еще полна жизненных сил и будет с прежним успехом и впредь продолжать исполнение своей великой задачи, высоко держа знамя свободы, обеспечивая каждому из граждан охрану его законных интересов.

Королева Ортруда сказала неопределенным тоном:

— Господин Филиппо Меччио думает совсем иначе. Он предсказывает близкое крушение буржуазного строя. И многие ему верят. — Виктор Лорена пожал плечами и спокойно улыбнулся. Продолжал:

— Да, ваше величество, к сожалению, это правда, что в последнее время социалистическая пропаганда усиливается, число рабочих ассоциаций и синдикатов возрастает чрезвычайно, и химерические идеи социализма становятся весьма популярны в широких слоях народа. Именно широких, — малограмотных и малокультурных. Но все-таки еще не пришло время для установления господства рабочего пролетариата. Да оно и не придет никогда, — я в этом твердо убежден.

Королева Ортруда опять прервала его. Ее глаза смеялись, но на страстно-алых губах ее не было улыбки, когда она говорила:

— А доктор Меччио твердо убежден в том, что социалистический строй неизбежен.

— О, да! — воскликнул Виктор Лорена. — Все эти демагоги ораторствуют с видом людей, обладающих несомненною истиною. Они гордо распустили над Европою павлиний хвост якобы научной теории. Но они скромно умалчивают о том, что и наука, и жизнь уже внесли немало опустошений в их первоначальные положения. Лет сорок тому назад они предсказывали, что капиталы и земли будут собираться в руках все меньшего и меньшего количества владельцев.

Действительность показала совершенно обратное: и земли, и капиталы быстро раздробляются, число землевладельцев и мелких капиталистов растет.

— Что ж, — возразила королева Ортруда, — теоретические промахи всегда возможны, но они, как мы видим, не подрывают силы этого движения.

— Да, до поры до времени, — сказал Виктор Лорена. — Социализм силен только до тех пор, пока он еще остается в области приятных мечтаний и очаровательных обещаний. Чем более несбыточны эти мечты, чем нелепее и невозможнее эти фантастические обещания, тем охотнее верят им люди, — те нищие духом, которые готовы верить, что улучшения своей участи они добьются не своим личным трудом, не своею личною борьбою за блага жизни, а только таким преобразованием общества, которое обеспечивало бы каждому лентяю существование в обмен за кое-какую работу.

— Однако, — тихо сказала королева Ортруда, — одни боятся этого учения, другие ему верят.

— Правительства боятся социализма, — говорил Виктор Лорена, — и совершенно напрасно. Народы ему верят, — но их он в конце концов обманет, как и всякое учение химерическое, более религиозное, чем научное, более возбуждающее надежды, чем опирающееся на строгие доводы разума.

— А все-таки, — сказала королева Ортруда, — эти строгие доводы разума не удержат пролетариат, доведенный до отчаяния, от его выступлений. И кто знает, к чему это приведет нас!

— Выступления пролетариата, — возразил Виктор Лорена, — заранее обречены на неудачу. Современный человек слишком индивидуалист, чтобы поднять бремя социалистического строя. Время скоро покажет народам всю деспотическую сущность этих мечтаний и всю научную несостоятельность этой теории, такой стройной на первый взгляд, и даже, я бы сказал, слишком стройной.

— Итак, — спросила Ортруда, — дорогой господин Лорена, вы настроены оптимистически?

— Да, ваше величество, — со своею обычною уверенностью ответил Виктор Лорена.

— А все это движение, которое мы наблюдаем? — спрашивала опять Ортруда.

— Конечно, — говорил Лорена, — назревает необходимость некоторых перемен, но это вовсе не так опасно, как думают многие мнительные люди. Положение рабочих в некоторых отраслях промышленности, действительно, следует улучшить, и мы это сделаем. Вообще, мы пойдем вовремя на минимум необходимых уступок, — и только.

— Стало быть, бояться нечего? — с неопределенною улыбкою спросила Ортруда.

Лорена уверенно сказал:

— Готов поручиться чем угодно, ваше величество, что решительно нечего бояться. Я смотрю прямо в глаза будущему с большими и светлыми надеждами и без малейших опасений.

Королева Ортруда встала. Сказала с любезною улыбкою, одною из тех, которые так привычны, что их даже не замечают:

— Благодарю вас очень, дорогой господин Лорена. Вы совершенно рассеяли все мои сомнения.

Виктор Лорена поцеловал протянутую ему руку Ортруды, почтительно откланялся и ушел. С легкою насмешливою улыбкою смотрела за ним Ортруда. Она думала, что самоуверенность его не умна и что осведомленность его в теориях весьма поверхностна.

Ортруда ненадолго осталась одна. Думы ее были печальны, и душа ее была омрачена. Она томилась темными, но мрачными предчувствиями скорби неутешной. Зенитный час ее жизни был слишком ясен, как перед грозою. Таким безоблачным казался ей доныне облик милого ее Танкреда — лучезарный образ, созданный ее пылким воображением, щедро наделенный всеми достоинствами, которые она хотела в нем видеть.

Светлый лик! И так непонятна в его ярком озарении подстерегающая, по пятам крадущаяся за Ортрудою печаль. Или это — чародейный голос, предвещательный, из темной глубины восходящий?

От королевы Виктор Лорена прошел к принцу Танкреду, — еще накануне получил от него пригласительную записку.

В последнее время принц Танкред все чаще и чаще искал случаев поговорить с Виктором Лорена. Министр от этих встреч не уклонялся и часто по приглашениям Танкреда заходил к нему после докладов у королевы; иногда и перед ними. Всегда для таких приглашений у Танкреда находился какой-нибудь благовидный предлог, что-нибудь из спортивной или светской жизни. И всегда разговор очень скоро переходил на то, что Танкред принимался развивать снова свои великолепные планы, — об усилении флота, о колониях в Африке и на островах Тихого океана, о союзе с Англиею, о Латинской империи.

Виктор Лорена думал, что понимает, почему принц Танкред так занят мечтами о всех этих странных и опасных авантюрах. Он отлично знал, что Танкред в последние годы все более запутывается в долгах. Танкред влюблялся быстро и часто. Расходы его на любовниц становились наконец слишком велики. Притом же ему приходилось платить многим за молчание, чтобы Ортруда продолжала оставаться по-прежнему в блаженном неведении. Вот эта нужда в деньгах, все возраставшая с годами, и толкала Танкреда к политическим и финансовым авантюрам и заставляла его не избегать связей с банкирами и с биржевиками. Случалось ему даже иногда в прилично скрытых формах торговать своим влиянием. Поддерживать наилучшие отношения с министерством было для него очень важно.

Лорена никогда не спорил с принцем Танкредом по существу и соглашался на словах со всем, что говорил ему Танкред. При данных обстоятельствах принц Танкред казался ему человеком полезным для кабинета. Влияния и связи партии, втихомолку группировавшейся около Танкреда, партии военных честолюбцев и шовинистов, входили в расчеты и хитрого министра, который не прочь был воспользоваться тем, что в среде этой партии было немало людей, искусившихся в придворных интригах. Политик осторожный и ловкий, Виктор Лорена был уверен, что на этом, хотя и скользком, пути его не завлекут дальше, чем он сам захочет. Он надеялся, что в обмен на фразы сочувствия и на кое-какие обещания сумеет, по крайней мере, укрепить свое личное влияние в высоких сферах. И потому в разговоре с Танкредом он до небес превозносил его государственный ум. Только уклонялся от всякого решительного шага. Говорил, что к осуществлению этих планов следует приступить очень осторожно. Находил многие трудности и помехи.

Глава сорок вторая

Королеве Ортруде сказали, что гофмаршал Теобальд Нерита просит принять его. Ортруда с некоторым беспокойством ждала старого гофмаршала, хотя и сама ясно не понимала, что ее смущает. Она очень удивилась, когда увидела вошедшего вместе с ним его сына Астольфа, но ничего не сказала.

Мальчик вел себя с неловкою застенчивостью, которая сразу выдавала его переходный возраст. Он никак не мог воздержаться от того, чтобы время от времени не потрогать едва пробивающихся на верхней губе волосков. На нем была красивая и простая белая атласная одежда королевского пажа, плотно охватывавшая его тонкий стан. Кружевное жабо оттеняло тонкий, легкий очерк его неширокого подбородка. Короткие панталоны открывали высоко его стройные ноги, которые казались спокойно-гордыми.

Глядя на него, Ортруда вдруг опять вспомнила свою вчерашнюю встречу с Астольфом в коридоре во время грозы. Это воспоминание мгновенно смутило ее почему-то. Тридцать шесть поколений высоких предков оставили ей в наследство очень неуравновешенную нервную систему. С тоскливою боязнью сказала она:

— Я боюсь, что вчерашняя буря...

Остановилась. Ждала, что скажет гофмаршал. Но разговор скоро успокоил ее. Нет, в дворцовых садах вчерашняя буря не произвела никаких опустошений. Только в коридорах кое-где выбиты стекла.

Гофмаршал, опустившись в указанное ему королевою Ортрудою кресло, начал говорить о цели своего прихода. Астольф молча стоял рядом с его креслом.

Гофмаршал Теобальд Нерита принадлежал к тому странному, но обычному в этом кругу типу людей, в наружности у которых черты высокого положения и знатной породы как-то удивительно соединяются с чертами верного холопства. Это был высокий худощавый человек, еще не старый, но казавшийся гораздо старше своих лет. Его пергаментно желтое лицо с крупными морщинами, с седыми отвислыми бакенбардами, с большими, бесцветными глазами было немножко похоже на физиономию преданной хозяину собаки. Держался он сутуловато, по давней ли привычке к придворным низким поклонам, по старческой ли слабости, как знать! Шитый золотом придворный мундир висел на нем просторно и мешковато. В манере Теобальда Нерита носить его чувствовалась своеобразная непринужденность верного слуги, которому за преданность и долгую беспорочную службу позволены кое-какие маленькие вольности.

Очевидно, в молодости Теобальд Нерита был очень красив. В его прошлом насчитывалось немало романов. Женат он был неудачно. Его жена отличалась дикою необузданностью нрава и чрезмерною страстностью. Вырождение знатного и древнего рода явственно сказывалось на ней. Маленькая, тоненькая, смуглая, говорливая, подвижная, как мартышка, она влюблялась без конца в дюжих солдат-гвардейцев, конюхов и смазливых мальчишек. Когда дикие приключения неравных связей утомили ее, она ударилась в мистицизм. Ее страстные мольбы и потоки пролитых ею у ног королевы Клары слез убедили вдовствующую королеву в чистосердечности ее раскаяния. Королева Клара радовалась этому обращению очень.

Года два тому назад Вероника Нерита была назначена начальницею Дома Любви Христовой. Под ее опытным руководством и под высоким покровительством королевы Клары в этом Доме культивировались все виды религиозно-эротической ненормальности. Со времени назначения Вероники Нерита усилилось в значительной степени стремление молодых дам и девиц из высшего дворянства поступать в этот Дом или хотя посещать его. Произошло даже несколько с большим трудом потушенных скандалов.

Гофмаршал говорил королеве Ортруде:

— Может быть, вашему величеству уже известно, что существует с очень давних времен тайный подземный ход из королевского замка к уединенному месту морского берега. Высокая мудрость предков вашего величества подсказала им мысль об этой предосторожности.

— Чтобы удобнее было бежать во время удачного восстания? — спросила Ортруда.

Глаза ее были окутаны черным облаком печали, а губы улыбались привычно-приветливою улыбкою.

— Вообще, на случай всякой опасности, — ответил гофмаршал.

Пергаментно-желтое лицо его оставалось бесстрастным и спокойным, и выцветшие глаза его смотрели по-прежнему тупо и тускло. Если разговор и волновал его верноподданническую душу, то это волнение в его наружности и в его манерах ничем не сказывалось. Недаром он провел всю свою жизнь при дворе.

Ортруда вздохнула слегка и сказала:

— Я думала всегда, что это не более, как легенда — рассказы об этом тайном ходе, которого никто никогда не видел.

— Нет, ваше величество, — возразил Теобальд Нерита, — тайный ход действительно существует, и очень недалеко отсюда он начинается. Я ежедневно возношу благодарение всемогущему, который осенил ваше величество мудростью и мужеством противостоять всем советам о перестройке замка, хотя эти советы и были очень настойчивы и высоко авторитетны. Благодарение Господу, ход не тронут, и никто его не знает. Тайна подземного хода должна быть известна только царствующему государю и гофмаршалу. И больше никому. Даже самым близким к престолу лицам она не должна быть открываема.

— Суровое правило, — сказала Ортруда.

— Так ведется со времени короля Франциска Первого, — отвечал Нерита. — Предки вашего величества установили, как вашему величеству известно, чтобы должность гофмаршала была наследственною в нашем роде. Это было вызвано не только милостью государей к нашему роду за его заслуги, но и заботою о лучшем сохранении тайны королевского дома. Тайна подземного хода передавалась из рода в род уже много поколений. Я узнал ее от моего покойного отца и должен в свою очередь передать ее моему сыну, который ныне имеет высокую честь быть пажем вашего величества.

— Отчего же я до сих пор не знаю этой тайны? — с удивлением спросила Ортруда.

Если бы гофмаршал Нерита захотел или посмел быть откровенным, то он ответил бы королеве Ортруде, что ее любовь и слепое доверие к принцу Танкреду, столь понятное во влюбленной молоденькой девушке и в новобрачной, заставляли гофмаршала опасаться, как бы эта тайна не стала известна Танкреду, а от него и другим. Теперь же Нерита надеется на благоразумие королевы.

Но он предпочел сказать другое:

— Простите, ваше величество, это моя вина. Потайной ход —

темный, неприятный путь, связанный с многими тяжелыми воспоминаниями. Люди нашего века не привычны к жестоким, кровавым приключениям. Ни у одной из наших женщин уже не поднимется рука вырезать сердце из груди неверного супруга, как это сделала юная королева Джиневра. Поэтому я не решался омрачать первых лет вашего благополучного правления и вашей счастливой супружеской жизни. Теперь же я беру на себя смелость просить ваше величество осмотреть этот ход. Настала пора передать тайну моему сыну, а такая передача, по установленному издавна обычаю, совершается всегда в присутствии царствующего государя.

— А если бы вы, дорогой гофмаршал, — спросила Ортруда, — внезапно умерли раньше, чем успели бы это сделать?

— В моем роде еще не случалось, — с почтительною гордостью отвечал Нерита, — чтобы мы умирали, не исполнив своего долга. Впрочем, есть рукопись, где все это изложено. Она хранится в надежном месте, в ризнице капеллы святого Антония Падуанского, под замком, ключ от которого может быть получен только моим преемником по должности гофмаршала.

— Почему вы избрали именно этот день, милый мой гофмаршал? — с легкою усмешкою спросила Ортруда. — Вы еще вовсе не стары, чувствуете себя, слава Богу, хорошо, ваш Астольф еще так юн. Или вы в самом деле думаете, что этот ход скоро нам понадобится?

Теобальд Нерита посмотрел на королеву Ортруду с выражением скорбной преданности и с суровою торжественностью сказал:

— Когда по коридорам старого замка ходит белый король, мы должны быть готовы ко всему.

Ортруда быстро взглянула на Астольфа, улыбнулась и сказала:

— Может быть, какой-нибудь юный шалун ходит по ночам на свидание со своею милою, а все принимают его за тень белого короля.

Астольф испуганно вздрогнул и покраснел. Он догадался вдруг, что королева Ортруда узнала его вчера. Смотрел на нее умоляющими глазами.

— Так вы думаете, дорогой гофмаршал, — спросила Ортруда, — что надо ждать скоро народного восстания?

— О, нет, — возразил гофмаршал. — Мудрые предки вашего величества установили этот обычай на все времена и для всяких обстоятельств. Народ, как всем известно, благоговейно обожает августейшую особу вашего величества, и могут быть опасны только отдельные фанатики, революционно настроенные люди, сбитые с толку нелепыми речами агитаторов.

— От этих случайных нападений защитит меня мой Танкред, — сказала Ортруда.

Лицо ее осветилось доверчиво радостною улыбкою. Гофмаршал возразил:

— Но мы должны позаботиться и об охране особы принца-супруга.

Ортруда встала.

— Я готова идти за вами, любезный гофмаршал, — сказала она.

Нерита подошел к углу за камином. Всмотрелся в окружающий его орнамент, состоящий из семи рядов красных майоликовых маков, идущих по обе стороны камина. Показал королеве и Астольфу один из них, ничем не отличающийся от других, кроме своего положения, — в третьем ряду направо от камина седьмой цветок сверху.

Нерита нажал средний лепесток цветка. Только тихий шелест, непонятный для непосвященного в тайну, выдал движение скрытой за цветком пружины, но ничто не изменилось в очертаниях рисунка, ничто не сдвинулось с места. В замкнутой поверхности стены было угрюмое, недоверчивое ожидание. Нерита медленно, с легким усилием, вдавил узкую пластинку орнамента в стену и отодвинул ее за камин. Открылась табличка, составленная из восьми квадратных железных пластинок. На каждой пластинке был прикреплен эмалевый белый крест, — восемь крестов в ряд. Их нижние концы были длинны, они строго белели на темном железе.

Нерита говорил, обращаясь к Ортруде:

— Кроме имен, данных при крещении и занесенных во все календари, ваше величество, как и все ваши царственные предки, имеете еще тайное имя. Оно занесено только в Книгу, хранящуюся в алтаре замковой капеллы святого Антония Падуанского. Это имя — Араминта. Вот кресты на железных щитах, — каждый из щитов прикреплен к железной длинной полосе с алфавитом. Надо передвигать эти полосы одну за другою, пока на линии, теперь открытой перед нами, не составится это имя.

Ортруда молча наклонила голову. Таинственные приготовления начинали волновать ее. Нерита взялся за первый крест и толкнул его книзу. С легким железным лязгом на место щитка с крестом передвинулся щиток с эмалевою буквою А. Нерита выдвинул из-за стены сбоку конец стального прута и подвел его под этот щиток, чтобы удержать его на месте. Второй крест под пальцами гофмаршала скользнул вниз, и за ним потянулся длинный ряд щитков с буквами алфавита.

— Вот Р! — воскликнула Ортруда.

— Да, ваше величество, эта буква нам нужна теперь, — сказал гофмаршал.

Выдвинул еще дальше тот же прут и укрепил им этот щиток. Потом под его руками вместо третьего креста появилась опять буква А, вместо четвертого — М, и так, являясь одна за другою, буквы сложили имя Араминта.

— Ключ к тайной двери сложен, — сказал гофмаршал, — и теперь она в нашей власти. Если вам угодно, ваше величество, положить руку на ваше имя и толкнуть эту надпись вперед.

Ортруда исполнила это. Тогда вся часть стены справа от камина, занятая орнаментом, плавно двинулась под ее рукою в глубину и потом в сторону. Ортруда с тайным ужасом смотрела на зазиявший перед нею черный провал.

Это было начало узкого темного хода. Нерита вынул из кармана ручной электрический фонарь. Перекрестился. Сухие, бледные губы его двигались, шепча молитву, и в глазах его появилось набожное выражение. Почему-то собачье выражение на его лице стало явственнее. Потом он вошел в темное отверстие стены.

— Прошу вас, ваше величество, последовать за мною, — сказал он негромко.

Он имел вид заговорщика, идущего на опасное и преступное предприятие. Голос его звучал глухо и казался вздрагивающим. Ортруда вошла в дверь. За нею Астольф. Нерита пропустил их вперед, прижавшись к стене, и опять задвинул дверь. Сказал:

— Ваше величество, извольте обратить внимание.

Поднес фонарь близко к стене, — и Ортруда увидела, что на

оборотной стороне двери повторяется та же сеть восьми алфавитов. С обеих сторон у этой сети виднелись на высоте среднего человеческого роста две красные руки. Их пальцы указывали на ту линию, где было сложено имя Араминта. Это было как напоминание о возможности всегда вернуться. Но все-таки Ортруде было жутко. Такое впечатление, как будто она отрезана от всего мира.

Нерита шел впереди, освещая дорогу. Он показывал Астольфу и Ортруде все неровности и особенности пути.

Темный и узкий ход часто прерывался потайными дверьми, крутыми поворотами, лестницами вниз, а иногда и наверх. Множеством тайных дверей весь ход разделялся на ряд отдельных, замкнутых камер. Если бы в случае бегства преследователям и удалось открыть тайную дверь в королевском кабинете, то потом им пришлось бы одолеть еще не одну дверь. Притом же некоторые из отсеков потайного хода оканчивались тупиками, а двери из них, незаметные для того, кто не знал их хитрых примет, скрывались где-нибудь в боковых стенах.

Шли долго в темном коридоре, едва озаряемом слабым огоньком ручного фонаря. Астольф с трепетным вниманием следил за всеми движениями отца. Волнение его было очень заметно. Отец порою подбадривал его короткими фразами. Ортруда шла за ними, ощущая в себе внезапно воскресшую душу венчанной изгнанницы. Она с трудом подавляла в себе суеверный страх. Голова ее томно кружилась. Зыбкий мрак двигался перед ее глазами, и в нем едва различались диковинные предметы подземного мира. Иногда зачем-то железные кольца у стен и ржавые цепи.

Весь этот путь был страшен, как сошествие в ад. Ад безумный, созданный свирепыми людьми. Все здесь казалось странным, чужим, совершенно иным, чем наверху, и в то же время страшно близким и родным. Казалось, что тени давно отживших витают в этом месте, и воспоминания об ужасах чудовищного бытия и о беспощадных смертях неизгладимы в их замогильной, неподвижной памяти.

Но над дикими смятениями тоски и суеверного страха в душе Ортруды ликовала буйная радость — обетование иной жизни, не той скучной, которою живем все мы день за днем. Иной жизни, творимой по воле. Жизни, преображающей чертоги пыток в чертоги таинственных, сладостных утех.

Открылась еще одна дверь, — и перед глазами Ортруды возник грот, полутемный, высокий. На дне его — большой бассейн недвижной воды. Над гротом — высокие своды, едва освещенные каким-то непонятно откуда пробивающимся светом. В бассейне, недалеко от берега, стояла небольшая паровая яхта. Ее неподвижный очерк, смутно отраженный в воде, был странен в этом замкнутом гроте.

— А эта яхта? — спросила Ортруда. — Ведь здесь должны быть капитан и матросы?

— Они живут близко, но не здесь, — отвечал гофмаршал. — Люди, которые привели сюда эту яхту и которые на ней служат, еще не знают ее назначения. Но на преданность их можно положиться.

И еще открылась высокая дверь, — хлынули потоки дневного света. И это было как радостный исход из темного бытия. Солнце дневного простора казалось иным солнцем, и море голубело, как река, омывающая берега земного рая.

Ортруде хотелось выйти на берег, — но Нерита поспешил закрыть дверь.

Возвратились из подземелья тем же путем. Но теперь уже Астольф шел впереди, — он хорошо запомнил дорогу. Притом же отец еще дома заблаговременно рассказал ему все, что можно было сказать о подземном ходе не на месте и без плана.

Весь этот день Ортруда была странно взволнована. Глубинные впечатления рождали в ней страстные мечтания. Ей хотелось уйти опять под эти древние своды, но уже одной, и одежды сбросить, и, в смутной воде подземелья отражая радостно нагое тело, плясать и петь, и в легкой пляске молиться светозарному Духу. Все, что приходилось Ортруде в этот день делать и говорить, казалось ей скучным, ненужным, и люди напрасными, и предметы странными, — и люди, и слова, и предметы раздражали ее.

Астольф же весь этот день был полон гордыми мечтами. Ходил как ошалелый.

Глава сорок третья

В этот день Ортруда обедала у королевы Клары вместе с принцем Танкредом. Были приглашены еще только человек пять из наиболее близких ко двору.

Ортруде было скучно. Она уже давно не любила бывать с матерью, хотя королева Клара была с нею постоянно очень нежна. Давно уже Ортруда тяготилась тем лицемерным, сдержанным тоном, который господствовал в доме королевы Клары. А сегодня блестящие нарядности и легкозвучные перезвоны речей и серебра сервизов так больно противоречили глубинным впечатлениям Ортруды.

А вот принцу Танкреду, так тому очень нравились эти каждую неделю бывавшие у вдовствующей королевы полупарадные, полусемейные обеды. У принца Танкреда были свои основательные причины дорожить дружбою старой королевы. Нередко он перехватывал у нее денег. И потому он был с нею всегда почтительно нежен, а иногда просто ласков, с вкрадчивыми манерами избалованного сына. Уж кто-кто, а принц-то Танкред умел очаровывать женщин, и молодых, и старых.

Дружба Клары и Танкреда казалась иногда похожею на флирт. И странно, это не слишком противоречило внешней чопорности и холодности королевы Клары. Эта их дружба особенно усилилась в последние месяцы, когда принц Танкред стал так увлекаться колониальными планами. В замышленных им темных делах хитрая королева Клара могла использовать широко свою склонность к интригам и при помощи своих больших богатств и обширных связей могла достигнуть большого влияния. Потому-то и в разговорах с Ортрудою Клара усердно поддерживала планы принца Танкреда.

За королевским столом были еще кардинал Фернандо Валенцуела-Пуельма, герцог Мануель Кабрера-и-Канто, Теобальд Нерита с женою и Афра.

Какое счастие для нас, людей, что мы так мало знаем!

Не знала королева Ортруда, что этот стройный, выхоленный, изящно одетый старик, герцог Мануель Кабрера, с длинною остроконечною седою бородкою, с изысканными движениями, с томными глазами все еще не унывающего волокиты, уже давно стоит во главе аристократического заговора, который имеет целью свергнуть Ортруду и возвести на престол принца Танкреда. И не знала она, что кардинал Валенцуела, тучный, хитрый, честолюбивый, жестокий старик с мягкими кошачьими движениями, с маленькими, серо-поблескивающими глазками, является душою и вдохновителем этих замыслов.

Она безмятежно приняла его благословение, благосклонно улыбнулась герцогу, когда он целовал ее руку, и без всякого горького чувства, хотя и без былого молитвенного настроения, склонив голову, выслушала прочтенную вполголоса и очень быстро кардиналом краткую предобеденную молитву. Но чужие взоры за спиною сегодня странно беспокоили ее. И она досадовала про себя на ненужную парадность обеда.

За креслами королев и Танкреда стояли зачем-то, ничего не делая, королевские в белых одеждах пажи, — граф Джиованни Канто, пятнадцатилетний сын герцога Кабрера, за креслом королевы Клары, Астольф Нерита за Ортрудою и брат Афры, Бартоломео Монигетти, за принцем Танкредом. Они стояли, вытянувшись, и под конец обеда мускулы их стройных ног заметно дрожали от усталости, — но им нравилась их почетная служба, и на лицах их отражалась надменная гордость. Потом они будут хвастаться перед своими школьными товарищами этою высокою честью и пересказывать, что запомнили из застольной беседы, и мальчишки будут им завидовать.

За обедом разговор был сначала спокойно-весел. Вероника Нерита рассказала несколько городских новостей. Потом королева Клара помогла Танкреду завести речь опять о своем. Она вспомнила о несчастии, случившемся на днях в одном из иностранных флотов. Вспомнила потому, что сегодня пришли ответные, очень любезные телеграммы на выражения соболезнования.

Герцог-Кабрера сказал:

— Итак, наш Ignis оказался опять прав, — подводные лодки вовсе не так страшны для эскадренных броненосцев, как это многие легковерные люди думали. В своей последней статье, так интересно, так красноречиво написанной, Ignis доказывает это неопровержимо, и надо иметь слишком предвзятые мнения, чтобы не согласиться с выводами этого превосходного писателя, который, к сожалению, упорно скрывает свое настоящее имя.

Принц Танкред делал вид, что не принимает на свой счет похвал, — но лицо его, слегка покрасневшее, выдавало радость услышанной лести. Всем при дворе было известно, что принц Танкред помещает иногда в военных журналах статьи, подписываясь этим псевдонимом. И все притворялись, что не знают этого. Это давало легкую возможность льстить принцу-супругу неумеренно, но все-таки прилично и с видом независимого суждения.

Танкред спросил:

— Вы, дорогой герцог, согласны с его основными положениями?

С легкою улыбкою на тонких губах Мануель Кабрера отвечал томным голосом, точно это было признание в любви:

— Островное государство, не теряй времени, строй эскадру за эскадрою, приобретай золотом или железом колонию за колонией, и ты скоро станешь великою империею. О, ваше высочество, эти золотые слова стали моим политическим credo.

Афра сказала безразлично-любезным тоном, обращаясь к герцогу:

— Броненосцы очень дороги, герцог.

С очень любезною улыбкою герцог отвечал ей спокойно и уверенно:

— Денег в Европе много, милая госпожа Афра.

— Платить проценты по долгам очень трудно, — сказала Афра.

— Колонии зато дадут хороший доход, — возразил Мануель Кабрера.

Жадный авантюрист самоуверен.

Кардинал сказал с вкрадчивою мягкостью:

— Колонии в землях неверных открывают святой церкви Христовой новое и благодарное поприще для пропаганды.

И вот заговорили-таки об африканских колониях. Положительно, эти разговоры стали для Ортруды как кошмар неотвязный. Уже у изобретательного Танкреда готов был новый план: основать гавань в Африке, захватить затем как можно больше земель во внутренних областях черного материка, переселить туда возможно больше испанцев и португальцев из Нового Света, не пренебрегая ни метисами, ни мулатами, и таким образом создать прочное ядро для основания Латинской империи.

Афра заметила:

— А вот евреи почему-то в Уганду не поехали. Пожалуй, и испанцы не захотят. Может быть, даже и метисы с мулатами откажутся.

Королева Клара смотрела на Афру гневными глазами. Ортруда вмешалась в разговор.

— Боюсь, — сказала она, — что наши газеты будут очень сильно критиковать все эти планы. Да и заграничная пресса.

— Ах, эти газеты! — воскликнула королева Клара с пренебрежительным выражением. — Большинству из них можно заплатить, — нашим подешевле, заграничным немного подороже, — а неподкупные газеты, к счастью, не влиятельны ни у нас, ни за границею.

— А что скажет парламент? — спросила Ортруда.

— Об этом пусть позаботится господин Лорена, — сказала Клара. — Он ловкий.

Принц Танкред захотел по своей привычке щегольнуть знанием Востока. Он сказал:

— Все эти парламентские дебаты, о, чего они стоят! В России я слышал такую пословицу: один ум — хорошо, два ума — лучше. Это, пожалуй, несколько пикантно для полуварварской страны, где ум никогда не был в большом почете. Но дело в том, что относительно любого парламента в мире я предпочел бы говорить так: один ум — еще небольшая беда, два ума — это уже опасно.

Кардинал, смеясь несколько громче, чем бы следовало, двигал под столом руки, словно аплодируя, и все его тучное тело тяжело колыхалось. Остальные одобрительно улыбались. Танкред говорил, усмехаясь:

— Я это сказал там, в России.

Кардинал сказал:

— Господь вверил государям управление народами и своею праведною десницею вложил в их руки государственный меч, карающий и грозный.

— Кто-то из государей старого времени сказал, — заговорила Афра, — что кровь убитого врага хорошо пахнет.

На краткое мгновение глаза ее стали мрачны и с угрозою остановились на принце Танкреде. Или это так только показалось Танкреду? Вот уже снова у нее безразлично-любезные глаза, и она ни на кого в особенности не смотрит.

Королева Клара подумала, что замечания Афры бывают иногда очень бестактны. Как жаль, что благосклонность Ортруды к этой плохо воспитанной девочке так велика! А не приглашать Афру неудобно, — королева Клара была очень расчетлива и искусна в деле поддержания хороших отношений и потому не могла не оказывать внимания той, кого так любит королева, ее дочь. Но все-таки Клара решила призвать к себе Афру под каким-нибудь предлогом и сделать ей легкое внушение.

Танкред улыбнулся и сказал:

— В Испании и в России очень любят говорить пословицами. Должно быть, такой способ разговора соответствует низкому культурному уровню этих отсталых стран. В России я записал много пословиц. Вот я припоминаю сейчас две из них, которые, мне кажется, подходят к предмету нашего разговора. Одна говорит: кто любит женщину, тот ее бьет. Другая: люблю тебя, как свою душу, и трясу тебя, как ветку каштанового дерева.

Ортруда воскликнула с болезненным выражением лица:

— О, Россия! Не говори мне об этой ужасной стране. Я понимаю страшные сказки и легенды, но не имею вкуса к разговорам о страшной действительности, о кошмарах жизни.

Танкред, смеясь, сказал:

— Милая Ортруда, хорошо, что тебя не слышит русский посланник.

— О, — возразила Ортруда, — я, правда, не так много видела русских, как ты, милый Танкред, но из тех немногих, кого я встречала, ни один не хвалил своей страны. Кажется, никто из них не любит родины и не уважает своей национальности.

— Это у них внешнее, — сказал Танкред, — в этой полудикой стране есть много горячих патриотов. Правда, патриотизм выражается у них несколько странно, иногда грубо и жестоко, иногда смешно. Их женщины, например, любят повторять пословицу: на врага брошу все мои шляпки.

А потом разговор перешел на ту же тему, так тяжелую для Ортруды. Но Ортруда уже не возражала больше. Ей было бы печально прямо сказать Танкреду, что она никогда не одобрит затеянных им рискованных предприятий.

Цветы на столе перед нею пахли слишком багряно и пышно. Серый на яркой лазури дымок вулкана припоминался ей, и поблекшее, на портрете лицо белого короля, и все это наводило на нее истому и грусть.

Глава сорок четвертая

Вечером у королевы Клары был большой бал.

Как всегда в таких случаях, приглашенные собрались заранее, до часа, назначенного для выхода королев. Во внутренние покои, где отдыхала после обеда Ортруда, порою слабо доносился далекий, легкий гул голосов и шагов, неприятно раздражая Ортруду. Из открытых окон влекся шипящий звук от непрерывно подъезжавших экипажей.

Как хорошо там, в подземелье, где тьма и мечта, где только редкие капли падают с высокого свода в воду. Ах, зачем же эта жемчужная диадема! И к чему бриллианты и сапфиры надменной звезды!

А там, за торжественно высокими дверьми, ликовало светлое, многоогненное, мраморно-белое, драгоценными камнями переливно блестящее, шуршащее атласами и шелками тихое ожидание в многолюдных залах. Настроение праздничное и радостное многоцветною чешуею наряжало скользящих и ползущих змей коварства и расчета.

В празднично нарядной толпе виднелись фиолетовые и черные сутаны епископов и прелатов. Блестящие группы придворной знати сверкали обильным золотым шитьем на мундирах. Пестрело разнообразие цветных форменных одежд на генералах и офицерах. Зеленый, оранжевый, красный, голубой, переливались цвета генеральских лент, сверкали осколками ярких радуг драгоценные камни их звезд, блестело золото, и эмаль белела на орденских крестиках. Было видно очень много морских офицеров. Государство Соединенных Островов имело больше адмиралов, чем боевых кораблей. Большинство этих господ всю свою карьеру сделали на суше. Это не мешало им быть осыпанными орденами очень щедро. В первые годы своего правления королева Ортруда пыталась сокращать списки награждаемых. Но этим было обижено так много почтенных, хотя и ничтожных самолюбий, что пришлось от этого отказаться, — и теперь уже Ортруда молча подписывала декреты о пожалованиях.

И придворные, и городские дамы, и девицы были в народной одежде, опять введенной королевою Ортрудою при дворе, — белое платье вроде туники, белый с зеленым головной убор, сандалии с белыми лентами.

Чернели фраки членов Палаты депутатов. Этих господ было

много, из разных партий, кроме социалистов. Впрочем, приглашения посылались и им. Когда несколько лет тому назад, в регентство королевы Клары, одному из депутатов крайне левой после его резкой антидинастической речи в парламенте не было послано обычного приглашения на придворное торжество, то это вызвало и запрос в Палате, и дерзкие речи на митингах, и колкие статьи в газетах, не только социалистических, но и радикальных. После того по-прежнему стали приглашать всех.

Одежды членов дипломатического корпуса были разнообразны: только немногие были в черных фраках, большинство же в шитых золотом мундирах разных покроев и цветов. Было тут и несколько крупных финансистов, которые выделялись из элегантной светской толпы напряженною самоуверенностью немного оторопелых лиц и преувеличенною развязностью движений.

Говорили вполголоса. Но кто бы вслушался в этот смутно-беглый говор, для того явственным стал бы легкий шелест сплетни. И больше всего о принце Танкреде.

Перешептывались дамы:

— Вы слышали, Танкред уже охладел к Маргарите Камаи.

— Что ж, слишком пылкая страсть утомляет очень быстро.

— Да у него же и всегда эти перемены скоро происходят.

— А вы не знаете, кто его новая?

— Какая-то крестьяночка, сельская учительница.

— Да что вы говорите!

— Уверяю вас. Да и отчего же нет! Была же у него эта, как ее, что статуи лепит.

— Художница? Да, он любит разнообразие.

— Да с этою художницею, кажется, связь еще не совсем порвана.

— О, он неутомим, этот милый принц!

— И щедр по-королевски.

— Как жаль, что он только принц.

— Но Ортруда — воплощенный ангел.

— О, да, она бесконечно мила.

— И ничего не знает, можете себе представить!

— Бедная!

— Да, наш удел — страдать.

Сплетничая о принце Танкреде, теперь всегда упоминали имя Маргариты. Это была его последняя, до Альдонсы Жорис, любовница, жена графа Роберта Камаи, молодая красавица из Италии. Было пикантно и радовало сплетниц то, что граф Роберт Камаи не скрывал своей радости по поводу этой связи.

Граф Роберт Камаи был тонко-расчетливый, цинично-бесстыдный карьерист. Из соображений о карьере он примкнул к заговору против королевы Ортруды, но в любое время готов был бы, чуть только изменись обстоятельства, изменить и принцу Танкреду и выдать с легкой совестью всех своих товарищей по заговору. Он, не стесняясь ничем, льнул к принцу Танкреду, льстил ему неумеренно, оказывал всевозможные услуги, сумел убедить его в своей беззаветной преданности и с его помощью быстро шел в гору. Человек еще молодой, отставной гвардейский капитан, он был уже гофмейстером, а на днях получил должность управляющего личными делами и имуществами принца-супруга.

Было пикантно и то, что с графинею Маргаритою Камаи свела принца Танкреда его прежняя любовница, еще и доныне не утратившая своего влияния на принца вдова маркиза Аринас, Элеонора, дама зрелая очень, но весьма искусно эмалирующая свое все еще прекрасное, белое лицо. Светским сплетницам было уже известно, что маркиза Элеонора начала бояться, как бы связь Танкреда с Маргаритою не окрепла слишком. Элеонора решилась расторгнуть эту связь. Для этого надо было влюбить Танкреда в другую.

И вот милых дам интересовал вопрос: кого выдвинет хитрая вдова на смену слишком страстной Маргариты. Когда в дворцовых залах сегодня в первый раз появилась юная графиня Имогена Мелладо, у многих дам мелькнула мысль: «Не эта ли наивная простушка?»

Маркиза Элеонора Аринас была женщина с богатым прошлым, очень опытная в делах и утешениях любви. Она хорошо знала все тайны любовных отношений, неистощимо разнообразила их и этим до сих пор крепко держала принца Танкреда, несмотря на все его увлечения, которым она же сама, из хитрого расчета, помогала. Она никогда не ревновала, не надоедала Танкреду. Когда он получал от нее пригласительную записочку, то всегда был уверен, что его ждет интересная новость, и никогда не обманывался в своих ожиданиях.

Королеве Ортруде доложили наконец, что все готово к

высочайшему выходу. Скользнув глазами по недлинному списку лиц, которые будут сегодня впервые представлены ей, Ортруда подала руку принцу Танкреду.

Она шла как во сне. Дверь за дверью распахивались перед нею, напоминая те двери в милый и страшный подземный чертог. И вот стук о пол жезлом гофмаршала, паденье вдруг шумов и гулов, последняя дверь, — тишина многолюдства и блеска, торжественные звуки музыки.

Как видение многокрасочно блестящее и совершенно ненужное, прошла перед Ортрудою широкая, звучная, церемониально веселая панорама бала. И сквозь нее просвечивали глубинные, отрадные сумраки.

Ортруда говорила по привычке любезные слова, разговаривала с посланниками о том, что может быть приятно каждому из них. С благосклонною ласковостью приняла она первый раз представленную ко двору молоденькую Имогену, дочь маркиза Альфонса Мелладо. Сказала ее отцу ласковые, милостивые слова о том, что Имогена очаровательна. Потом, вспомнив, что дряхлый старик плохо слышит, милостиво подошла к нему близко и у самого его уха повторила:

— Очаровательное дитя! Ее милые черты живо напомнили мне милую маркизу.

Милую покойную маркизу, имя которой вдруг выскочило из памяти Ортруды.

Старый маркиз был очарован и тронут. Молоденькая, нежно красивая и застенчивая Имогена рдела от смущения, радости и девической кроткой гордости. После милостивого приема королевы Имогену заметили. Ей стало весело. Ее легкая грусть об отъезде жениха таяла в блесках, звонах и увлекательных реяниях танца.

У Имогены уже был жених. Но свадьбу отложили на год. Ее жених уехал на днях в Париж. Он был секретарем миссии во Франции. Дни милой Имогены были закутаны белою фатою сладкой опечаленности, пронизанною розовыми улыбками ожиданий, еще более сладких.

— Имогена, — сказала ей маркиза Элеонора, — вы имеете сегодня большой успех. Принц Танкред очарован вами.

— Я боюсь принца Танкреда, — с простодушной откровенностью сказала Имогена.

Ласково-улыбаясь, Элеонора возразила:

— О, милое мое дитя, он вовсе не страшен. Он очаровательно любезен. А как он рассказывает! Как много он видел и испытал! Где только он не побывал!

В наивное сердце мечтательной Имогены упали палящие искры любопытства, нетерпеливою отравою приникли к ее легко опечаленной душе. Ничего не сумела сказать, но подняла глаза на хитрую очаровательницу с таким ожидающим выражением, что Элеонора уже обрадовалась первому успеху.

Потом Элеонора подошла к принцу Танкреду. Сказала ему тихо:

— Ваше высочество одержали новую победу. Но это так привычно для вас, что я даже не смею поздравить вас с этим.

— Вы мне очень льстите, милая госпожа Элеонора, — ответил Танкред.

— Графиня Имогена Меллало уже влюблена, — продолжала Элеонора.

— О, это вам кажется, — у нее жених, — сказал Танкред.

Элеонора засмеялась лукаво.

— Жених далеко! — воскликнула она.

— Я едва заметил эту девочку, — сказал Танкред с равнодушием, почти непритворным. — Бог с нею.

Но в глазах его зажегся мгновенный огонек. Элеонора говорила:

— Она влюблена и потому очаровательна. Ей кажется, что она влюблена в жениха. Ах, эти девчонки еще верят родным, которые их сватают по своим расчетам. Они влюбляются в того, кого им подставят. Но это так непрочно! Притом же он уехал на целый год. Глупый молодой человек!

— Он делает карьеру, — сказал Танкред.

— О, карьеру! — возразила Элеонора. — От человека с его связями карьера не уйдет. Целый год! Да это для нее вечность! Нет, ваше высочество, она не станет дожидаться так долго господина Мануеля Парладе-и-Ередиа. Мы, южанки, созреваем для любви скоро. Не судите о нас по вашим хладнокровным немкам.

— Скоро, хорошо и надолго, — сказал Танкред. — Мне ли этого не знать!

Элеонора засмеялась. Так осторожно, очень весело и очень легко, чтобы не потревожить своей эмали.

Танкред подошел к Имогене, поговорил немного. Первые,

скользящие впечатления, — у нее жуткое любопытство; он легко полюбовался ею. Подумал, что было бы приятно опять увлечь, опять влюбить. Отошел, почти равнодушный, но не раз взглядывал в ту сторону, где была она.

А для Ортруды, как смутный сон, длился блестящий бал.

Глава сорок пятая

На другой день королева Ортруда велела позвать к себе Астольфа. Нетерпеливо ожидала его. Когда он пришел, радостно взволнованный, Ортруда сказала ему:

— Милый Астольф, я хочу повторить с тобою наш вчерашний урок. Пройдем опять потайной ход вместе. Проверим, сумеем ли мы сами справиться с этим важным делом.

Астольф радостно покраснел. Ортруда, улыбаясь, сказала:

— Надеюсь, что там мы с тобою не встретим белого короля.

Еще багрянее покраснел Астольф, жестоко смущенный словами и веселою улыбкою Ортруды. Он прошептал, стыдливо склоняя голову:

— Вашему величеству не страшен белый король. Тени ваших предков к вам благосклонны.

— А тебе он не страшен? — спросила Ортруда.

— В нашем роду не было трусов, — с застенчивою гордостью отвечал Астольф.

— Так открой же мою потайную дверь, — приказала Ортруда.

Астольф сложил опять ее тайное имя, как вчера складывал его гофмаршал, — и снова открылась никому не ведомая дверь.

И вот опять, преодолев мгновенный страх зазиявшей перед ними черной тьмы, они шли темным подземным ходом по той же дороге, как вчера. Тот же легкий огонек, теперь в руке Астольфа колебавший свой белый, немигающий взор, освещал их путь. Как вчера, было душно, и влажный воздух был неподвижен и оранжерейно тепел. Зыбкая тьма трусливо убегала в углы переходов и там вздрагивала, и смеялась беззвучно и тупо, и дразнила. Как вчера.

Но сегодня Ортруда и Астольф были одни. Докучной старости не было с ними. Их обоих равно волновало таинственное, темное сладострастие этого уединения. Казалось, что здесь все возможно, все дозволено. Мечтания зажигались в них, и хотелось сделать что-то невозможное для земли, неслыханное на земле.

Но что же ты, бессильная мечта! Боишься ли ты камней, тепло и влажно жестких под их смутно в полутьме белеющими ногами? Или еще не настал твой час ликовать и радоваться?

Наконец Ортруда и Астольф подошли к высокой бронзовой двери, последней перед гротом. Звонкая радость охватила их обоих. Они смеялись, кричали от восторга забавные и простодушные слова, как дети, возились у двери и кричали, звонко смеясь:

— Я открою, я!

— Нет, я!

— Пусти меня, ты не знаешь.

— Знаю, помню.

Наконец Астольф первый нашел и нажал пружину, скрытую в стене между двух больших камней. Со скрипом медленно приоткрылась тяжелая дверь. Открылся грот, и узкая дорожка у самой воды. Пробирались осторожно по этой дорожке, Астольф впереди, и за ним Ортруда.

Было сыро, и еще более душно, и тяжело было дышать. И все здесь было странно и необыкновенно, как в сказке. Небывалым на земле казалось даже освещение, — смешивался слабый свет ручного электрического фонаря с мутною полумглою грота. Электрический фонарь бросал беглые отсветы на стены грота, и они казались темно-красными. И на ногах Ортруды и Астольфа ложился тот же темно-красный отблеск, и казалось, что по темно-огненной они идут дороге и багрово пламенеют оба. Капли воды, которые со звучным в тишине плеском медленно и мерно падали со сводов в воду, казались темно-красными, — точно это капала тяжелая кровь какого-то каменного чудовища. Причудливою, зловещею тенью темнела яхта среди неподвижной воды бассейна.

Ортруда скоро заметила, что вода у дорожки была мелкая. Придерживая платье руками, она вошла в воду. Астольф весело засмеялся и тоже пошел по воде. Жутко-веселый плеск ударился по их коленям. Стало вдруг прохладно, и грудь вздохнула легче.

Плеск воды гулко отдавался в вышине темного свода, вдруг повеселевшего от этих детских шаловливых звуков.

А вот и вторая дверь, громадная, сложенная из двух

каменных глыб, полунависших над водою, дверь уже на волю. Она двигалась посредством громоздкого механизма, который требовал малой затраты сил, но зато отнимал очень много времени.

Ортруда и Астольф взялись разом за выточенные из красного дерева ручки громадного вала и быстро вращали его, прислушиваясь к хриплому шелесту влажных песчинок под движущимися тяжело глыбами. Они только немного приоткрыли дверь, — слегка раздвинулись две скалы.

Ортруда и Астольф, по колено в воде, прошли в расщелину этих скал. Они очутились на воле, на узкой полосе берега у подножия гор, облитых пышным багрянцем вечерней зари. Был каменист и пустынен берег, и шумные недалеко плескались волны. Вечереющий, алый свет широкого простора буйно разлился перед Ортрудою и Астольфом, лелея голубеющую в розовых тенях даль морскую. Бодро и свежо пахло морскою солью. Далек и тонок был легкий дымок парохода на резкой алости горизонта, и два-три паруса розово вздували по ветру свои далекие, вольные груди.

Какая радость выйти из тьмы подземной в вольный мир! Какая радость к вольному ветру морскому обратить лицо! И говорить с волною, и смеяться с ветром перелетным!

В небе, безмерно высоком и ясном, как первозданный храм, пылала багряная вечерняя заря, торопясь ликовать и радоваться. И от нее восторгом пустынной свободы зажглась душа Ортруды, пламенея и ликуя. Как опьяневшая вдруг от света и воли, Ортруда далеко вышла к волнам, кипящим белыми брызгами пены, и говорила:

— О, светлая тень! Призрак, всегда утешающий! Наконец, я вижу тебя! Я вижу тебя, Светозарный!

В тлеющих лучах с неба ее белое платье было, как пламень, и алы были ее ноги в пламенеющих плесках волн.

Возникший от пламенеющего запада, великий Дух, в свете которого тают, как легкий, призрачный дым, свирепые драконы мировых солнц, Дух отрадный, имя которому — Светозарный, явился тогда, утешая, королеве Ортруде. Его широкие крылья, осенившие полнеба, пламенели, и ризами его были струящиеся заревые огни, и благостный взор его был безмерно-высокою лазурью. Ортруда, стоя в воде и отдав на произвол играющим волнам край своего легкого платья, простерла руки к Светозарному, и прославляла его, и восклицала восторженно:

— Прекрасный, лучезарный Дух, слава тебе! О, как я счастлива ныне, я, которая тебя жаждала видеть и которая увидела тебя! К свободе и познанию неустанно зовешь ты человека. Ты не ужасаешь его демоническими голосами слепо разъяренных бурь и гневом испепеляющим. Ты, великий, не требуешь ни поклонения себе, ни жертв. Ты не делаешь человека своим рабом, освобождающий всегда, и не топчешь ногами его склоненной головы. Ты не поучаешь его истинам, которые хотят быть вечными, но ветшают с каждым тысячелетием. Ты расширяешь беспредельно и непрерывно горизонты мысли, ты не устанавливаешь догмы и кодекса правил, ты разрушаешь костяные, всегда мертвые оковы вероучений, ты освобождаешь совесть, ты зовешь к неутомимому религиозному творчеству. Каждого, кто к тебе приходит, ты озаряешь светом неслыханной радости и открываешь ему путь беспредельный, путь радостный, путь к тем высотам, где созидаются боги, и еще выше, выше, в эфирные области чистой мысли.

Астольф стоял за нею, пораженный и испуганный. Едва понимал, что она говорит. «Кому же она молится? — подумал он. — Кто же она сама и во что же она верует?»

— Ты — язычница! — воскликнул он.

И душа его томилась печалью и страхом.

Ортруда не слышала его. Продолжала свои молитвы и славословия. Тогда Астольф, объятый ужасом, упал на землю и стал кричать и плакать. И казалось ему, что крылья жестокого, хитрого врага шелестят над ними.

Ортруда услышала наконец его вопли. С кроткою лаской склонилась она к нему и спросила:

— Что ты, Астольф? О чем ты плачешь?

Недалеко от этого места пастухи пасли коз на узкой лужайке над скалами. Мимо грота проходила лодка с пятью контрабандистами. Все это Ортруда заметила только сейчас. Сказала Астольфу:

— Не кричи, милый Астольф. Эти добрые люди могут нас заметить. А это нехорошо.

Но они уже заметили.

Пастухи увидели, как раздвинулись две скалы, как из расщелины вышли по воде женщина в белом платье и отрок в короткой белой одежде. Страшное явление испугало их.

Оцепенев от ужаса, они смотрели, как женщина, колдуя, повелевала волнам и как отрок громкими криками заклинал землю. Когда же чародейка, свершив над водою свои кудеса, повернулась к земле, и пошла по кипящим вкруг ее белых ног волнам, и посмотрела на пастухов, и очаровательно-прекрасною, обнаженною рукою показала на них заклявшему землю отроку, они бросились бежать, спасаясь от дивных жителей подземной глубины. Долго были слышны их нестройные крики в долине за острыми ребрами скал. Потом, вернувшись к ночи в свою деревню, они вспоминали старое предание о лазурном гроте, который открывается только перед народным восстанием.

Пошли с того дня в суеверном народе Соединенных Островов слухи, что близ королевского замка скала над морем раскололась и раскрылась, и белая фея лазурного грота вывела оттуда белого короля, и они заклинали море и землю, грозными голосами повелевая стихиям. И море целовало их ноги, и земля гулким шумом покорно отвечала им. И гул земли пророчил восстание, и ропот волн предвещал смерть королевы Ортруды, любимой в народе.

Так же и контрабандисты со своей лодки увидели Ортруду и Астольфа. Четверо из них были те самые, которых встретила Ортруда в горах. Суеверные люди узнали ее и испугались. Лансеоль воскликнул:

— Смотрите, дева с гор!

Старый контрабандист посмотрел на него сердито. Проворчал:

— Ну, ты, помолчать не можешь. Видишь, она колдует над морем.

Но был с ними один, которому как-то раз привелось близко видеть царствующую королеву. Он зорко всмотрелся в чародейку и тихо сказал:

— Помилуй нас Бог, да это — сама королева Ортруда или ее двойник. Да будет милость Господня над Островами!

Но суеверная мечта уже не могла расстаться с создавшимся представлением о том, что контрабандисты встретили в горах волшебницу, фею очарованного лазурного грота. И быстро новая сложилась легенда, легенда о том, что над Соединенными Островами царствует чародейница-фея.

Когда Ортруда наклонилась над Астольфом и заговорила с ним, мальчику стало стыдно, что он испугался и плакал. Он поспешно вытер слезы и встал на береговой песок, улыбаясь смущенно.

— Пора идти, — сказала Ортруда.

Они вернулись в грот и опять сомкнули за собою тяжелые створы скал.

Нашли у берега бассейна челнок с веслами и на нем добрались до яхты. Оказалось, что на ней никого нет, как они и ожидали. Но яхта была в полной исправности, и только обильная пыль лежала на меди и на дереве.

Ортруда и Астольф прошли в королевскую каюту. Зажгли огни, — и стало светло и весело, как в домашнем уюте. Яхта была обставлена с тою роскошью, с которою во всех странах содержатся королевские яхты.

Нашли вино, консервы, стаканы. Пили и ели. Ортруда внимательно посмотрела на Астольфа и спросила:

— Скажи мне откровенно, милый Астольф, правда ли, что тайна подземного хода сохраняется?

— Да, ваше величество, это — правда, — сказал Астольф.

— Неужели никто никогда не проговорился? — опять спросила Ортруда.

Астольф улыбнулся, гордый своею близостью к Ортруде и знанием королевской тайны, и говорил:

— Был один только случай. В начале восемнадцатого столетия у одного из моих предков, тоже гофмаршала, был сын Роберт. Ему открыли тайну еще раньше, чем мне, — как только ему исполнилось четырнадцать лет. С радости, что ли, или с чего другого, уж не знаю, он проболтался об этом своему сверстнику, приставленному к нему для услуг и для игр, сыну придворного садовника. Ну, конечно, от этой черни добра не ждать! Проклятый мальчишка сказал о подземном ходе своему отцу, а тот испугался и сдуру побежал к гофмаршалу. Дурак, задавил бы сам сына, если боялся, что тот не сумеет молчать. Гофмаршалу что же оставалось делать! Он застрелил Роберта, даже и королю не сказал, чтобы его не расстраивать. А садовника и его сына сейчас же повесили. Никто не знал, за что. Иначе, конечно, нельзя было.

— А тайна? — спросила королева Ортруда.

Она побледнела, слушая этот простодушно-спокойный рассказ.

— Тайна умерла с ними, — спокойно отвечал Астольф.

И так детски безмятежен был его взор.

— И тебе не страшно? — спросила Ортруда дрогнувшим голосом.

— Я не проболтаюсь, — гордо ответил Астольф.

Опечалилась Ортруда, склонила взоры, задумалась. Астольф стал перед нею на колени. Говорил убеждая:

— Дорогая моя королева, не бойтесь и не сомневайтесь во мне. Я буду всегда вам верен, я свято сохраню вашу тайну, и эту, и всякую, которую вы захотите мне доверить.

Холодно и нежно ласкала Ортруда щеки Астольфа и кудрявую его голову. Астольф дрожал и весь пламенел, и глаза его блистали.

— О, милая, милая королева Ортруда! — восклицал он, целуя Ортрудины руки.

Вдруг глаза Ортруды зажглись знойными желаниями и вдруг потускнели. Она с легким стоном схватила Астольфа за горло и сжала его. Он затрепетал, — и вдруг порывисто обнял Ортруду. Ортруда оттолкнула его, но без гнева. Прикрикнула:

— Мальчишка, как ты смеешь!

Ударила легонько по щеке. Астольф стоял перед нею жалкий и красный. Она засмеялась. Сказала:

— Знающему тайну прощается многое. Но знающий тайну должен быть скромен.

Глава сорок шестая

Маркиза Элеонора Аринас решилась еще раз свести принца Танкреда и Имогену. Кстати, было полезно познакомить Танкреда с банкиром Эдуардом Лилиенфельдом, очень богатым человеком с очень темною репутациею. Про него говорили, что прошлое его преступно. Имя его связывали с какими-то скандальными приключениями в Конго. Уверяли, что он разжился на торговле черными рабами. Но все это не мешало ему прочно обосноваться в здешнем обществе и завязать более или менее тесные связи со многими в парламентски-деляческих кругах. Теперь он жаждал связей в высшем свете и мечтал о баронском титуле. Элеонора не постеснялась взять с него крупный куртаж за содействие.

И вот на ближайший свой вечер она пригласила, кроме многих, принца Танкреда, маркиза Мелладо с его дочерью и Лилиенфельда. Были приглашены собственно для Танкреда еще некоторые лица: английский посланник, с которым

Танкред был дружен, и знаменитейший в том государстве поэт, который недавно написал поэму о викингах и желал поднести Танкреду экземпляр этой книги, только что вышедшей из печати.

Принц Танкред отправился к Элеоноре охотно.

Салон маркизы Аринас пользовался в столице своеобразною славою, и блистательною, и в то же время несколько подозрительною. Попасть в него первый раз считалось интересно и лестно. Бывать у нее считалось прилично очень, но только чтобы не часто. Вопрос — Неужели вы не бываете у маркизы Аринас? — был обиден для самолюбия. Слова — Ее всегда встретишь у маркизы Аринас, — бросали тень на репутацию светской женщины.

На вторники маркизы Аринас собиралось всегда очень блестящее общество и настолько разнообразное, насколько это возможно было для того, чтобы оно все же оставалось аристократическим. Преобладали носители древних фамилий, и с ними смешивались министры и влиятельные парламентарии, владельцы очень крупных состояний и знаменитые своими талантами люди. Выбор этих всех, чуждых старой знати лиц делался всегда очень строго и всегда с определенным расчетом. Нигде так удобно и прилично не устраивались деловые встречи, как у маркизы Элеоноры.

На обеды и вечера маркизы Аринас принимались приглашения и королевами, — один обед и один бал в течение каждого сезона. В салоне же Элеоноры уже не раз устраивались встречи принца Танкреда с его любовницами. И каждый раз на вечере маркизы Элеоноры бывала какая-нибудь приманка, — пел знаменитый итальянец, декламировала великая актриса, гипнотизер показывал свои удивительные фокусы.

Танкред спросил:

— Чем же вы нас порадуете сегодня, дорогая маркиза?

Она улыбнулась загадочно и отвечала:

— Только танцем. А пока гадание, — гадалка с Востока, из ваших любимых стран.

— Чувствую, что сегодня у вас интересная программа, — сказал принц Танкред.

— Так вот, ваше высочество, не хотите ли погадать?

— Очень охотно.

— Я вас провожу, но только до двери.

— Почему так мало?

— Она требует строгой тайны.

Через анфилады многолюдных и шумных зал подошли к двери, завешенной тяжелою темною портьерою. Принц Танкред вошел один в полуосвещенную комнату.

На полу лежали темные, пестрые ковры. В глубине комнаты несколько ступенек вели на небольшое возвышение, заставленное цветами, так что едва оставалось место для двоих. На узком высоком стуле — что-то вроде треножника — сидела черномазая красавица цыганка, помахивая не достающими до полу тонкими, темными ногами, на щиколотках которых, лениво скрещенных, позвякивали один о другой два золотых обруча. Ее слишком красные губы улыбались равнодушно и мудро, и равнодушно смотрели, полусонно и жутко, ее глаза, странно большие, с неподвижно страстным черным блеском. На ней была белая тонкая сорочка, красная короткая юбка и черный платок.

Танкред взошел на ступеньки.

— Здравствуй, милая.

— Здравствуй, — тихим, низким голосом отвечала цыганка.

— Что же ты мне предскажешь?

— А мне что ж! Что с тобою будет, то и скажу.

— Хорошо или худо?

Цыганка пожала плечами, вздохнула и сказала тихо:

— Кто что ищет, тот то и находит. Дай руку. Левую.

Долго смотрела. Засмеялась гудящим тихо смехом. Заговорила нараспев:

— О, ты будешь великий и знаменитый человек. Воевать будешь, — победишь. Многие мирно тебе покорятся. В большом городе, в древнем, в громадном соборе, седой первосвященник возложит на тебя корону, и она будет золотая и железная, и блеск ее алмазов нестерпим будет для взоров. Кто же ты, дивный человек, которого так возлюбила суровая ко многим судьба? На тебе простая черная одежда, но ты не банкир, хотя и будешь богат, и не министр, — хотя и подаешь людям мудрые советы. Скажи же мне свое имя, чтобы я знала, как будут звать императора; увенчанного в вечном городе.

Танкред отвечал шарлатанке:

— Меня зовут Танкред. И это правда, что я — не банкир и не

министр. Я — генерал.

На лице цыганки ничто не изменилось, и ярко-красные губы ее двигались, как во сне, когда она говорила:

— Танкред — красивое имя. В нем тебе счастие. Мудры были твои родители, когда назвали тебя так.

Танкред вынул кошелек, достал несколько золотых монет и протянул их цыганке. Но она отстранила их медленным движением голой руки и тихо сказала:

— Подержи у себя мое золото. Оно счастливое. И пусть оно растет в твоих счастливых руках. Когда слова мои сбудутся, я приду за ним, и ты дашь мне семь миллионов золотых лир. И не пожалеешь. До свидания, мудрый воин Танкред, — до дня твоего воцарения в вечном городе.

Принц Танкред вышел, слегка взволнованный и смущенный. Слишком яркий после полумрака у гадалки свет бальной залы заставил его щурить глаза. Элеонора пытливо посмотрела в его лицо.

— Ну, что она вам сказала, ваше высочество? — спросила она с оттенком фамильярности, простительной старому другу.

Танкред засмеялся:

— Не решусь сказать, что именно. Поверить ей, так очень хорошо.

Элеонора сказала с обещающею улыбкою:

— Сейчас будет танец, один из тех, которые принято называть танцами будущего.

— А кто танцует? — спросил Танкред.

— К сожалению, не могу сказать даже вашему высочеству. Это большой секрет. Да, сказать по правде, я и сама не знаю.

— Почему? Ведь мы же увидим плясунью!

— Вы не увидите ее лица.

В большой белой зале была воздвигнута эстрада, затянутая серовато-зеленым сукном. С трех сторон эстрада была задрапирована сукнами того же цвета. Оркестр был скрыт за эстрадою, на хорах. Звуки музыки были томны. Догорание душного дня чувствовалось в них. И первые, далекие звуки приближающейся грозы.

Хозяйка провела Танкреда к одному из средних кресел в первом ряду и сама села рядом. Справа от Танкреда оказалась Имогена Меллáдо.

Было жуткое ожидание и шелест слухов о том, кто и что будет танцевать. Знали наверное, из слов Элеоноры, что это не профессиональная танцовщица, а дама или девица из общества.

Принц Танкред слегка склонился к Имогене и спросил очень тихо:

— Что вы больше всего любите?

— Ночь, звезды, — отвечала Имогена, — темноту и в ней огни.

Шевельнулись складки сукна в заднем углу эстрады. Чья-то белая рука раздвинула их, — и мелькнуло вдруг на однообразно ровном фоне сукна смугло-белое с легкими переливами розовато-темных перламутров тело. Девушка в черной маске, очаровательно стройная и нежная, приблизилась к рампе. Начался странный, из мечты и воспоминаний творимый, танец.

Танкред спросил:

— Вам нравится, Имогена?

— Какая прекрасная! — тихо ответила она.

Смотрела с удивлением. Танец неизвестной плясуньи оживил в ее душе мечты и страхи ее, когда она засыпала, сладко и горько мечтая о женихе. Мечты о далеком, о милом выражали задумчивые позы и грациозные, медленные движения неведомой плясуньи.

Остановилась, голову на руку склонив... Вдруг страшный удар грома разбудил ее... Несколько тревожных поз, стремительный танец смятения и ужаса...

Развились волосы неведомой плясуньи, и бились в быстром беге по ее нагим плечам светлые волны волос.

Ветер стремительным холодом обвивал ее горячее тело. Ее глаза горели, как огни изумрудов. Ноги ее дрожали от внезапного холода.

Наконец она опомнилась. Осмотрелась. Пошла куда-то, дрожа от холода и от медленного страха. Долго блуждала и все не могла найти своей двери. Все скорее шла. Побежала.

Много дверей было вдоль ее бега. Но ни одной она не могла отворить, — все были заперты крепко. Наконец одна из них уступила отчаянным усилиям.

Остановилась. Робко прислушивалась. Тихо пошла по коврам. Что-то опять испугало ее, и она бросилась бежать. Упала.

Лежит... Рукоплескания... Вдруг вскочила. В легком беге скрылась за стремительно распахнутою складкою драпировки.

Гости делали всевозможные предположения. Кого не называли! Спрашивали Элеонору. Но она сама не знала. Говорила:

— Я никогда не видела ее иначе как в черной маске.

Или, может быть, только притворялась, что не знает? Тонкая улыбка скользила по ее губам.

Как-то незаметно для них обоих, Танкред и Имогена очутились в полутемной, очень удаленной гостиной. Танкред первый раз остался наедине с Имогеною. Оба они были взволнованы откровенною красотою плясуньи.

Танкред спросил:

— Расскажите мне о вашем детстве.

Имогена послушно говорила. Потом Танкред заговорил с нею об ее женихе.

— Господин Парладе-и-Ередиа очень милый молодой человек, достойный любви.

— О, да! — с восторгом сказала Имогена.

— Скромный, храбрый, красивый, умный.

Имогена молча улыбалась и благодарными глазами смотрела на Танкреда.

— Он должен вас очень любить.

— Он очень любит меня.

— Однако уехал.

Блеснули слезинки на глазах Имогены. А Танкред говорил:

— Не огорчайтесь. Вернется. А вам не досадно, зачем он уехал?

Имогена смотрела как жалкий, беспомощный ребенок. Конечно, ей было досадно. Разве он не мог отказаться от этой должности? Любим только раз в жизни. Она шепнула:

— Что ж делать!

— Он вам часто пишет?

— Почти каждый день.

— Почти! И вы?

— Да, ваше высочество.

Слезы в голосе. Танкред любовался ее смущением. Спросил опять:

— Вы очень скучаете?

— Да, немножко.

Старалась казаться храброю. Танкред продолжал:

— Я уверен, что соблазны парижской жизни его не коснутся.

Он будет думать только о вас. А вы о нем. Быть верною — так трогательно. Цепи любви неразрывны. Кто любит, тот невольник. Хоть и не любит человек цепей, но эти носит сравнительно охотно.

Сердце Имогены дрогнуло от легкого страха. Говорят, что француженки так очаровательны и так умеют увлечь.

Танкред продолжал дразнить ее. Хвалил ее верность, его достоинства. Яд его иронии вливался в ее сердце, и оно горело и болело. Ирония принимает до конца и вскрывает противоречия. Сладостная верность жениху претворялась в рабство. Его достоинства претворялись в смешное и мелкое.

Имогена заплакала. Танкред утешал. И утешил чем-то, какими-то словами, по-видимому ничтожными, но ей вдруг сладкими. И сердце ее уже влеклось к Танкреду, уже в нее влюбленному нежно. Странно и больно спорили в ней противочувствия, и это дульцинировало ее внезапное влечение к празднично прекрасному принцу Танкреду, и альдонсировало ее обыкновенную, дозволенную, будничную любовь к жениху, секретарю миссии в Париже господину Мануелю Парладе-и-Ередиа.

А Танкред, вечно изменчивый Танкред! Он уже чувствовал в себе кипение новой страстности, влюбленность в Имогену, девушку с фиалковыми, невинно-страстными глазками, с легким звонким голосом.

Нельзя было слишком длить это свидание. Танкред вышел из гостиной один. Были танцы, но он сегодня не танцевал. Ему представили Лилиенфельда. Танкреду понравилась уверенная и почтительная манера банкира.

Потом устроилась карточная игра, очень крупная. Лилиенфельд сумел проиграть Танкреду солидный куш и оставил игру, ссылаясь на жестокую мигрень, вывезенную, по его словам, из Африки. Откланиваясь принцу, он пригласил его к себе на охоту, и Танкред любезно принял приглашение.

После ужина, за которым пили много, в кабинете покойного маркиза собрался тесный кружок близких к Танкреду. Дам не было. Разговоры стали вольны. Заговорили о ревности. И вдруг стало как-то неловко. Ломая неловкость развязностью, заговорил граф Роберт Камаи:

— В наше время дико и несовременно ревновать жену. Я не против ревности, но ревновать жен — это уж слишком наивно.

— Порядочные люди ревнуют любовниц, — сказал гофмаршал Нерита.

— Да, — продолжал Камаи, — всякий имеет любовницу для себя, жену для других, — для дома, для семьи, для общества, для имени, для друзей и для ее любовников.

Танкред засмеялся.

— Это остроумно! — воскликнул он.

Смеялись и другие. Вдруг Танкред нахмурился.

Спросил:

— Вы не делаете исключений?

— Увы, нет, — спокойно ответил Камаи.

— И для моей жены? — спросил Танкред притворно-спокойным голосом.

Граф Камаи усмехнулся тонко и сказал:

— Наша августейшая повелительница живет не для вашего высочества, а для государства. Дела правления заботят государыню гораздо больше, чем любовь супруга и его зыбкая верность. И для вашего высочества это хорошо.

— Почему? — принужденно улыбаясь, спросил Танкред.

За графа Камаи отвечал герцог Кабрера.

— Потому, — сказал он, — что женщины на наших островах несдержанны в гневе и очень ревнивы. И притом они ловко действуют навахою или нашею древнею дагою.

Танкред сегодня пил больше обыкновенного и потому стал слишком откровенным. Он говорил:

— Быть мужем королевы! О, это — слишком большая роскошь. Муж королевы, но не король.

— Почет высокого положения без его тягостей и ответственности, — сказал герцог Кабрера.

— Почет! Быть только производителем династии!

— Разве этого мало? — спросил Кабрера.

Танкред продолжал:

— Положение королевской жены гораздо лучше. Она делит с королем его титул и его почести. Она коронована. Не понимаю, где был мой ум, когда я согласился на эту блестящую комбинацию.

Граф Камаи с любезною улыбкою царедворца сказал:

— Как бы то ни было, решимость вашего королевского высочества дала нам редкое счастье видеть порою в нашей среде и пользоваться высоким обществом столь обаятельного джентльмена.

Танкред возразил:

— Мой милый граф! Если бы я не знал хорошо, что вы ко мне всегда одинаково добры, я назвал бы вас льстецом.

— Ваше высочество, поверьте...

Танкред с живостью перебил его:

— Нет, не хвалите меня. Теперь это лишнее. Мне совсем не это надо. Я очень расстроен.

— Имейте терпение, ваше высочество, — сказал Кабрера, — вы окружены верными друзьями. Все устроится.

Танкред пожал его руку. Сказал:

— Мне надо денег. Я не могу жить на эти гроши. Государство напрасно скупится.

— Конечно, — сказал герцог, — если государство последует мудрым советам вашего высочества, то оно сторицею вернет свое, хотя бы и дало вашему высочеству возможность вести самый блистательный образ жизни.

— И меня утомило мое двусмысленное положение, — сказал Танкред.

— Его можно изменить, — значительно сказал Кабрера. — Стоит захотеть.

Герцог Кабрера сидел, откинувшись на спинку кресла, и ронял серый пепел толстой сигары на зеленый ковер. Его острые, серые глаза смотрели вдаль с пророческим, вдохновенным выражением. Тонкий, стройный, решительный, от опьянения румяный и смелый, он и в самом деле казался умелым делателем королей. Танкред смотрел на него с доверчивым уважением. Сказал:

— Мне не нравится, сказать по правде, что Ортруда заигрывает с радикальною сволочью.

Граф Камаи сказал с легкою ирониею:

— Это — мудрая политика.

— Это может кончиться худо, — сказал Кабрера, — и мы возлагаем все наши надежды на бдительность, патриотизм и мудрость вашего высочества.

Все они, спасающие отечество, были пьяны, и языки их ворочались не совсем свободно.

Глава сорок седьмая

Афра пришла в редакцию журнала «Вперед». Она знала, что

найдет там Филиппо Меччио.

В редакции шла обычная будничная работа. Афра прошла полутемным коридором мимо редакционных комнат к кабинету главного редактора.

Юркий смуглый мальчишка, похожий на цыганенка, улыбаясь широко, отчего его большой рот казался еще больше, сказал ей:

— Доктор Меччио занят и никого не принимает, но уж об вас, милая барышня, я ему скажу.

Постучался в дверь, приоткрыл ее и крикнул:

— Госпожа Монигетти!

— Очень рад, войдите, — раздался из-за двери звучный голос, в точных акцентах которого ясно отражался решительный, деятельный характер.

Афра вошла в кабинет. Дверь за нею захлопнулась твердо и точно, словно решительным характером главного редактора было загипнотизировано все здесь.

Филиппо Меччио сидел в кабинете один, — человек, которого любила Афра и который любил ее с тою, несколько суровою, неловкою застенчивостью, с которою относятся к женщинам очень чистые и очень увлеченные работою люди. Они встречались часто, но поцелуи их были невинны и любовь их была чиста.

Некрасив, смугл, быстр в движениях, более ловок, чем силен, с неприятным подстерегающим выражением слишком умных глаз, с неприятно резким очерком губ, с излишне отчетливыми морщинами на красивой крутизне лба, с голосом, отлично звучащим на площади и в парламенте, но неприятно сильным в комнате, сверкающим, как лезвиями остро отточенных кинжалов, резкими, точными ударениями, — таков был человек, которого любила Афра, человек, у которого было много фанатически преданных ему друзей, поклонников и поклонниц, человек, в которого влюблялись страстно и безнадежно прекрасные девушки, очарованные блеском его неожиданных взоров и пламенною страстностью его речей.

Доктор медицины Филиппо Меччио, признанный глава своей партии, был рожден быть трибуном. Прирожденный демагог, он лучше всего чувствовал себя перед толпою, слушающею его речь, хотя бы то была враждебная ему компания самодовольных, сытых мещан. Речи его покоряли рабочую толпу; они зажигали в трудящемся люде живую веру, — и немного стоили в печати. Его жест, его взгляд, его внезапный сарказм — вот от чего дрожали и бледнели его политические враги, вот от чего горели восторгом сердца его единомышленников. Говоря парламенту или толпе, он не вдавался в изысканные утонченности. То, что он говорил, в устах другого могло бы показаться избитым, банальным. Но когда Филиппо Меччио в тысячный раз повторял, что частная собственность на орудия производства должна быть уничтожена, казалось, что в громе и в молнии рождается новый закон, изведенный из трепетно-пламенеющей души человека, который страданиями непостыдной, славной жизни и тяжкими усилиями мысли стяжал познание непреложной истины.

Филиппо Меччио отличался железным самообладанием. Сегодня утром он говорил на митинге телефонисток и имел бурный успех. С цветами, с восторженными криками провожали его девушки до редакции. Теперь цветы благоухали в стеклянных и глиняных вазах, на столах, на полках, на подоконниках, а Филиппо Меччио был невозмутимо спокоен, точно овация милых девушек нисколько не взволновала его.

Перед Филиппом Меччио лежала груда писем. Он поздоровался с Афрою и продолжал читать письма. Сказал Афре:

— Хорошие вести с механических заводов. Рабочие организованы и готовы к действиям.

— Как вы любите мучить! — сказала Афра.

— Чем? — с удивлением спросил Меччио.

— Филиппо, когда я ни приду, вы все заняты, — сказала Афра. — Вы совсем не обращаете на меня внимания!

— Милая Афра, я так занят! — сказал Меччио. — Но я очень люблю, когда вы приходите. В моей конуре становится светлее.

— Но вы так мало со мною разговариваете, — жаловалась Афра. — И никогда не зовете меня сами. Хоть бы в часы отдыха звали меня.

— Когда же мне отдыхать, милая Афра! Готовятся важные события. Настала пора для организованного выступления пролетариата.

Но он быстро сложил письма, непрочитанные в одну пачку,

прочитанные в другую, спрятал их, отдельно каждую, и сел рядом с Афрою на диване, в спокойной позе отдыхающего человека. Он казался усталым, лицо у него было рассеянное, и видно было, что он все еще думает о своей работе.

Афра вздохнула. Он посмотрел на нее, и выражение сдержанной страстности мгновенно мелькнуло в его внезапно оживившихся глазах. Он взял ее руку и долго целовал ее. Спросил:

— Которые же цветы — ваши?

— О, Филиппо, вы их даже не заметили!

Она взяла лежавший на диване рядом с нею букет и сказала:

— У вас сегодня такое множество цветов. Если вы позволите, я соединю розы из этих двух ваз в одну вазу, а мои поставлю в другую.

— Отлично! — весело сказал Меччио. — Меня влечет к вам обаяние вашей девственности. Я удивляюсь, как вы сохранились среди всех соблазнов высокой среды.

Афра, с заботливою осторожностью перемещая цветы, спросила:

— Неужели вы считаете необходимым вооруженное восстание?

— Нет, — сказал Меччио, — мы его не хотим.

— Зачем же вы к нему готовитесь?

— Зачем? Оно не то что необходимо, — оно, к сожалению, неизбежно.

— Вы в этом уверены?

— Да. Рабочие достаточно сорганизованы в своих синдикатах. Как ни борется правительство против того, чтобы чиновники соединялись в синдикаты, но кое-где оно должно было уступить. Синдикаты учителей и учительниц существуют беспрепятственно. Недавно мы добились регистрации синдиката почтово-телеграфных служащих и телефонисток. Но организация еще не все. Настало время добиться экспроприации орудий производства. Пора действовать.

— Если бы на сцене были только капиталисты да рабочие, — говорил Меччио, — вопрос разрешился бы просто победою тех или других или компромиссом. Но к услугам западноевропейского капитала есть организованное в его интересах буржуазное государство — сила большая и нам враждебная. Капитал не уступит без отчаянной борьбы, и государство поможет ему всеми своими силами. Оно будет защищать то, что называют порядком, против того, что оно назовет бунтом. Оно двинет к фабрикам и шахтам полицию и войска. Полицейские будут разгонять наши собрания и не постесняются пустить в ход кулаки и палки и даже оружие. Если наши окажут где-нибудь сопротивление этому насилию, то правительство объявит ту местность в состоянии восстания, назначит военного губернатора, и тогда на место наших собраний явятся войска. Если мы не разойдемся, войска начнут стрелять, и нам останется на выбор или покорность, или гражданская война.

— А если забастовка будет течь мирно, — спросила Афра, — и рабочие не станут оказывать сопротивления полиции и войскам?

— Техника дела известная, — продолжал Меччио. — Правительство во что бы то ни стало попытается сорвать забастовку и вызвать вооруженное восстание в надежде залить страну кровью и ужаснуть рабочих. Для этого ему достаточно подослать несколько провокаторов. Они сделают два-три выстрела в войска, и солдаты поверят, что перед ними — враги.

— Вы забываете, Меччио, что королева Ортруда не согласится на то, чтобы ввести военное положение, — сказала Афра.

Меччио спокойно ответил:

— Воля доброй королевы не устоит перед яростью трусливого буржуазного парламента. В крайнем случае ее убьют или свергнут. Нет, Афра, мы должны быть готовы ко всем случайностям. Всеобщая забастовка, вооруженное восстание, захват пролетариатом власти — вот этапы нашего пути.

— А желтые синдикаты вас не беспокоят?

— Пустяки! Наш центральный комитет решил набирать боевые дружины. И это исполняется в большой тайне.

Афра сказала улыбаясь:

— Филиппо, вы так откровенны со мною! Вы знаете, что я близка к Ортруде.

— От наших организаций, — возразил Меччио, — Ортруде лично и ее семье не угрожает ни малейшей опасности. В этом я вам ручаюсь. Пусть она занимается своею живописью безбоязненно, — мы ничего не имеем против того, чтобы ее милые пейзажи, в которых так много настроения, и ее изображения нагих дев, которые она пишет с настоящим искусством, приобретались и впредь для национальной галереи.

Афра улыбаясь сказала:

— Я вспомнила сейчас забавную встречу с одною простушкою. Она при всей своей болтливости все же не могла выболтать тайны только потому, что и сама не была в нее посвящена.

Рассказала об Альдонсе Жорис.

— Это, конечно, Танкред, — с негодованием сказал Меччио. — Этот авантюрист никому не дает спуску. Но скоро он сломит себе голову.

— А моей болтливости вы, Филиппо, не боитесь? — спросила Афра.

— Болтайте, Афра, сколько хотите, — отвечал Меччио, — я уверен, что, предупреждая ваших друзей, вы не скажете им того, чего говорить им не надо. Но о том, что народ готов восстать, говорите им. Мы и в парламенте громко говорим большинству: если вы не совершите немедленно крупных социальных реформ, то неизбежно вооруженное восстание. Об этом же говорят те тысячи книжек, которые мы бросаем в народ. Народ доведен до отчаяния, — повторяйте своей высокой подруге почаще эти простые и страшные слова.

— Ортруда их запомнила, — сказала Афра. — Но что же она может сделать!

— Так и мы, — сказал Меччио, — ничего не можем. Ход событий неотвратим. Мы только облегчаем течение событий. Доставка оружия, Афра, это — большая тайна, — идет успешно. Кроме того, мы устроили в горах свой завод для выделки холодного оружия. Славные оттуда выходят клинки! Нам удалось устроить склад оружия под боком у королевского замка.

— Зачем так?

— Нашлось безопасное место. Один раз наши, правда, оплошали. Солдаты совсем было окружили их, но, если поверить их спутанному рассказу, их спасла какая-то горная фея, черноокая царица лазурного грота.

Афра отвернулась к окну. Делала вид, что увидела на улице что-то интересное. На лице ее отражалось колебание. Меччио продолжал:

— Эти люди очень суеверны. Не знаю, что им там показалось. Опасный промысел! Понятно, что контрабандисту трудно сохранить душевное равновесие. На что вы там смотрите, Афра?

Подошел к окну. Сказал:

— Вот один из отрядов нашей армии.

Открыл окно. С улицы доносилось пение: женские голоса пели международный гимн. По улице шли босые девушки и женщины в простонародной одинаковой одежде. Лица у них были праздничные, на одежде и в волосах у них было много цветов, и в руках у некоторых были флаги с какими-то изображениями и буквами.

— Женщины, которых вы видите, — объяснял Меччио, — члены двух синдикатов, телефонисток и сельских учительниц. Они празднуют регистрацию синдиката телефонисток.

Афра спросила:

— Почему у них одежды одинаковы и ленты одного цвета?

Меччио засмеялся. Сказал:

— К стыду моему должен сознаться, что нашим агитаторам помогают народные суеверия. Слухи о гроте, который открылся, о белом короле — все это нам на руку. Люди, о которых я вам сейчас рассказывал, очень подробно описали наряд своей горной покровительницы. Это им было не трудно сделать, работа фантазии была не велика, любая крестьяночка могла послужить им моделью. Но так как они вообразили, что горная фея стоит за рабочий люд, то вот точь-в-точь по их рассказу стали одеваться девушки и женщины, сорганизовавшиеся в синдикаты: зеленая с красным вышивка — листья и цветы гвоздики, — зеленая лента вместо пояса, белая матовая пряжка, на голове повязка белая с красными бусами и сандалии, как у горной феи, подвешены к пряжке пояса.

— Одежда, которую любит носить Ортруда, — нерешительно сказала Афра.

Посмотрела на Меччио спрашивающим взглядом.

Меччио сказал:

— Я догадываюсь, что вы хотите сказать, милая Афра. Но пусть это останется секретом капризной королевы. У нее нет детей, и она забавляет себя, как может. А для нас приятнее волшебная царица лазурного грота. Эта невинная сказка ничему не повредит. Сельские учительницы нам очень полезны. Они так близки к народу.

— Но ведь они мало образованы, — сказала Афра, — и, мне кажется, по большей части очень недалекие люди.

— Это — не беда, — возразил Меччио. — Есть слишком тупые, тех мы не трогаем. А она, ваша Ортруда, все еще влюблена в своего Танкреда?

— Влюблена, как прежде, но уже начинает его понимать, — тихо сказала Афра.

— А знает что-нибудь об его похождениях, об его мечте быть королем?

— Нет.

— Отчего вы не откроете ей глаза?

— Пусть узнает не от меня. Женщины ненавидят тех, кто приносит им такие новости. А мне будет больно, если она меня невзлюбит. Его заговор, — кто это может доказать!

— Этого господина я бы с удовольствием повесил, — сказал Меччио. — Честолюбивый авантюрист, игрок не очень честный и похотливый немец. Но надо сознаться, что Танкред для нас в некотором смысле человек полезный. Его политика и его донжуанство очень роняют династию в глазах буржуазии и в глазах рабочих. Теперь мы решились выступить опять против этого господина. Вот я прочту вам статью.

Меччио достал из письменного стола несколько узких, пронумерованных листков. Афра спросила:

— Надеюсь, не об его любовных делах?

— И об этом.

— Филиппо, зачем!

— Афра, моя милая, я долго повиновался вам в том, что касалось этих его отношений. Но есть пределы для всего. Пока он побеждал в своем кругу, нам до этого не было никакого дела. Мы хорошо знаем, чего стоит показная добродетель блестящих семейств. Но он добрался наконец до работниц. Это уж нельзя стерпеть.

Меччио прочел Афре свою статью против Танкреда. Она была пропитана ядом убийственно-метких сарказмов. Глаза у Афры зажглись безумною ненавистью. Она сказала, молитвенно складывая руки:

— Вставьте еще вот это, милый Филиппо!

И подсказала Меччио несколько язвительных фраз. Меччио,

засмеялся. Сказал:

— Вы беспощадны, Афра. Ваши слова я с наслаждением вставлю. Вам я могу сказать без ложной скромности, без хвастовства и без лести: я умею поражать врага отравленными стрелами, но ваши сарказмы и в моей гневной статье не покажутся тусклыми.

Афра покраснела от удовольствия и гордости и, быстро наклонившись, поцеловала руку Меччио.

Глава сорок восьмая

Связь банкира Лилиенфельда с принцем Танкредом быстро и успешно прогрессировала. Лилиенфельд сделался членом Общества африканской колонизации — верный путь к благосклонности Танкреда — и внес в кассу Общества крупную сумму. Сделал большое пожертвование Дому Любви Христовой, чтобы заслужить благосклонность и покровительство королевы Клары.

Лилиенфельд спешил воспользоваться временем, пока африканские планы Танкреда еще не получили большой известности в финансовых кругах Европы. Он рассчитывал составить на этих аферах колоссальное состояние.

Очень большие деньги он дал на подкуп газет и влиятельных членов парламентского большинства. Многие газеты стали агитировать за флот, колонии и союз с великою державою. В финансовой комиссии парламента создалось такое настроение, что казалось возможным крупное ассигнование на флот.

При встречах с Танкредом Лилиенфельд втягивал принца в игру и проигрывал ему большие деньги. Принц Танкред уже заговаривал с Виктором Лорена о пожаловании Лилиенфельду баронского титула за его благотворительность, — Лилиенфельд сумел довести до сведения Танкреда свои заветные мечты быть бароном. Лорена отвечал принцу, что надо подождать, когда Лилиенфельд сделает еще более крупное пожертвование на общеполезное и не возбуждающее споров дело. Лорена говорил:

— Ему ничего не стоит дать несколько миллионов на основание института для воспитания мальчиков в духе идей вашего высочества, для создания касты воинов. Мы назовем этот институт спартанского воспитания Лакониумом Ортруды Первой и принца Танкреда.

Танкреду понравилась эта мысль.

— Да, — сказал он весело, — хорошо, если он догадается.

Лорена улыбнулся.

— Я позабочусь, чтобы он догадался.

В газете «Вперед» появился ряд очень дерзких статей против принца-супруга. Никогда еще в печати не было таких резких, открытых обвинений против Танкреда. Говорилось прямо об его авантюризме, угрожающем интересам государства, и об его безнравственном поведении.

Буржуазная печать, подкупленная на деньги банкира Лилиенфельда, сперва замалчивала эти статьи, потом начала выражать резкое негодование на то, что осмелились оклеветать принца-супруга. Но в обществе эти разоблачения произвели впечатление большого скандала. Они дошли до королевы Ортруды, хотя довольно случайно. Случилось это так:

В Северной башне Ортруда стояла перед начатым полотном, выписывая нежно-смуглое тело стоящей на возвышении молодой девушки, одной из обитательниц Дома, управляемого женою гофмаршала. Вероника Нерита стояла рядом с Ортрудою и разговаривала с нею вполголоса.

Непонятно из каких побуждений, — может быть, просто в порыве психопатической злости, — Вероника Нерита рассказала Ортруде об этих статьях, да заодно и о том, что художница Сабина Фанелли была любовницею Танкреда.

— У меня есть с собою эти номера, — говорила она, — я захватила их на случай, если вашему величеству угодно будет ознакомиться с новою презренною выходкою этих разбойников, не останавливающихся ни перед чем.

Ортруда сказала с некоторою принужденностью:

— Благодарю вас, милая Вероника. Вы очень любезны. Пожалуйста, оставьте эти листки у меня. Я их посмотрю потом.

Оставшись одна, Ортруда прочла статьи Филиппа Меччио. Каждое слово было, как удар бича. Ортруда была возмущена, испугана. И плакала, и смеялась, как в истерике. Она не очень верила намекам на любовные похождения Танкреда. Да и что для любви всепрощающей и всему до конца верящей случайные, легкомысленные измены! Но то, что сказано об его замыслах, было ужасно. Сомнения томили ее.

Или это — правда? Или это — клевета? Кто скажет! Как узнать! Но лучше знать наихудшее, чем томиться неизвестностью. Ортруда вспомнила имя художницы, о которой говорила Вероника. Зажглась любопытством ее видеть. Хотя не верила и словам Вероники. Думала, что это, если и было, только минутная прихоть Танкреда. Почти готова была покровительственно улыбнуться этой шалости.

То, что эта женщина была скульптором, навеяло Ортруду на мысль заказать ей свое изваяние и подарить его Танкреду. Решила послать к ней своего секретаря, Карла Реймерса. Но почему-то медлила долго.

Ко дню рождения королевы Ортруды набралось, как всегда, очень много писем и прошений о пособиях, стипендиях, зависящих лично от нее, и о разных других милостях. Все эти бумаги проходили через руки Карла Реймерса. Пришлось Ортруде работать с ним более обыкновенного. Трудолюбие и отличные способности этого человека, которого раньше она почему-то почти не замечала, теперь были приятны ей. Это был высокий, стройный, белокурый молодой человек, один из немногих, вывезенных Танкредом.

Ортруде нравилась та тихая, нежная почтительность, с которою обращался к ней Реймерс. В его глазах она прочла восторженное обожание и поняла наконец, что он влюблен в нее. Ей было жаль молодого человека, — конечно, он знает и сам, что любовь его безнадежна, — и она обращалась с ним с грустною ласковостью. И не торопилась отнять руку, когда он, приходя или уходя, приникал к ней долгим под шелковисто-мягкими усами поцелуем.

Виктор Лорена посетил принца Танкреда перед докладом у королевы и сообщил принцу, что министерство решило привлечь к судебной ответственности редактора газеты «Вперед» за клевету на принца-супруга и что сегодня он испросит на это высочайшее разрешение. Танкред решительно воспротивился этому. Он говорил:

— Дорогой господин Лорена, дело касается лично меня, и я имею в нем право голоса. Я решительно против этого во всех отношениях неудобного процесса.

— Простите, ваше высочество, — сказал Лорена, — министерство тщательно обсудило этот вопрос и не видит иного выхода.

— Это будет только горший скандал, — говорил Танкред, волнуясь.

— Но что же делать! Республиканцы пользуются этими слухами во вред и династии и правительству.

— На такие выходки лучший ответ — презрение.

— Но здесь замешан интерес всего государства.

— Да, — с досадою говорил Танкред, — если бы у вас в руках были средства заткнуть глотку этому бандиту! Он наговорит на суде Бог весть чего, и все это разойдется по всей стране.

Лорена сказал со своею обычною уверенностью:

— На суде мы сумеем доказать, что это все — клевета. У нас, слава Богу, есть средства влиять на судей.

— Тюрьма увеличит его популярность и не прибавит моей.

— Я передал ее величеству мнение вашего высочества, — сказал Лорена. — Но я очень боюсь, что указываемый вами путь может повести к падению кабинета.

В конце своей аудиенции Лорена сообщил королеве о статьях Меччио и о решении министерства.

— Но, ваше величество, — сказал он, — его высочество принц Танкред не желает суда.

— Почему? — тихо и печально спросила Ортруда.

Лорена передал все, что сказал Танкред. Ортруда помолчала. Спросила:

— Что же вы думаете, дорогой господин Лорена?

Лорена слегка пожал плечами. Сказал:

— Не могу скрыть от вашего величества, что исполнение желания его высочества поставит министерство в затруднительное положение.

— Я согласна с министерством, — сказала Ортруда. — Нельзя оставлять без опровержения такие возмутительные клеветы. Они тем более опасны, что Меччио так популярен. А с принцем Танкредом я сама поговорю.

И, отдаваясь течению своей мысли, забывая, что перед нею чужой ее печали, равнодушный человек, сказала тихо, тихо, как про себя:

— Пусть выяснится истина.

Имогена не выходила из мыслей Танкреда. Влюбить ее в себя стало его мечтою. Он неотступно следил за нею. Вокруг него уже давно сорганизовалась сеть шпионства. Его агенты говорили ему о каждом шаге Имогены. Он узнал, что сегодня она будет у королевы, и прошел к Ортруде после приема первого министра. Кстати же ему хотелось поскорее выяснить отношение Ортруды к делу о клевете.

Ортруда сказала ему:

— Милый Танкред, я так огорчена за вас. Я понимаю ваши благородные побуждения, но я хочу заступиться за вас, хотя бы и против вашей воли.

— Милая моя Ортруда, взвесьте последствия.

Был долгий спор. И он был так горяч, что казался ссорою. Первою в их жизни ссорою.

Ортруда видела, что Танкреду неприятна ее настойчивость, но непобедимое упрямство владело ею. И было в ней чувство, страшное ей самой, похожее на злорадство.

Танкред вышел из кабинета королевы Ортруды. У него был деланный, рассеянно скучающий вид. Он умел носить маску.

Увидел Имогену. Молодая девушка ожидала приема у королевы. На днях ей пожаловано было придворное звание, и она приехала благодарить королеву.

Танкред стал говорить ей любезности. Она краснела. Тихо подошел гофмаршал Нерита. Шепнул:

— Простите, ваше высочество. Ее величество ждет графиню Меллладо.

Танкред улыбнулся:

— Простите, Имогена, я вас задержал.

Пожал ее руку. Отошел. Имогена прошла к Ортруде. Астольф мрачно смотрел вслед уходящему Танкреду. Афра подошла к нему. Спросила:

— Ты не любишь его, Астольф? Этого прекрасного принца?

Астольф пылко воскликнул:

— Прекрасный принц! Ну, я не нахожу прекрасным этого немецкого верзилу.

— Неужели? — с легкою улыбкою спросила Афра.

Астольф гневно говорил:

— Пусть бы он ушел к своим возлюбленным. У него их так много. С Ортрудою ему скучно. Старый королевский замок ему противен. Он чужой здесь.

Афра слушала его и хмурила брови. Улыбнулась. Спросила:

— Да ты ревнуешь, милый Астольф? Правда, ревнуешь Ты влюблен в нее? Признавайся, маленький ревнивец.

Смеялась тихо, плещущим, как струйки, смехом. Астольф ярко покраснел. Он весь дрожал, как тоненькая пальмочка на прибрежье, колеблемая знойным сирокко. Крикнул:

— Я, я! Вы смеетесь надо мною, жестокая Афра! О, я ревную! Я — только мальчишка, смешной и жалкий!

Он заплакал от стыда. Крупные слезы забавны были на его смуглых щеках. Они щекотали его губы. Он отвернулся. Афра пожала его руку крепким товарищеским пожатием. Привлекла его к себе. Он упрямо отбивался.

— Я тоже ревную, — тихо, сказала она.

Покраснела. Опустила глаза. Принужденно засмеялась.

— К кому? — с удивлением спросил Астольф.

Молчала. Краснела. Улыбалась.

— Ты влюблена в него! — воскликнул Астольф. — В того иностранца!

— Нет! — воскликнула Афра. — Конечно, нет. Что ты придумал, Астольф!

— Так что же это?

— Мне больно, что она его любит, и я ревную.

— И ты ее любишь? — удивленно спросил Астольф.

Афра молчала.

— Слушай, Афра! — сказал Астольф. — Я ему отомщу. Я познакомился с мальчишкою Лансеолем и с Альдонсою Жорис. Я выпросил у королевы ее ленты и показал их Лансеолю. Он поверил, что я — посланец горной феи, и слушается меня. Когда Танкред поедет к своей возлюбленной, Лансеоль его выследит и даст мне знать, и я наведу на него королеву.

— Безумный мальчишка, не делай этого! — вскрикнула Афра.

Астольф взглянул на нее сердито и убежал.

Глава сорок девятая

Танкред испытывал все более нетерпеливую влюбленность, страстное желание обладать невинною душою и прелестным телом Имогены. Решился ехать к ней, застать ее наедине. Придумал хитрость. Как-то после обеда, раскуривая сигару, он сказал герцогу Кабрера:

— Дорогой герцог, отчего я уже так давно не встречал у вас маркиза Меллало? Неужели он всегда сидит дома?

Сквозь фиолетовый дымок сигары он бросил на герцога

быстрый взгляд и слегка усмехнулся. Герцог понял Танкреда с полслова. Сказал:

— Да, маркиз давно у меня не был. Но я надеюсь, что он приедет ко мне пообедать во вторник на той неделе.

И вот во вторник на следующей неделе Танкред собрался ехать к вечеру в замок Мелладо, лежавший в нескольких километрах от столицы, если ехать берегом, и еще ближе, если сесть на лодку и переправиться через залив близ королевского замка. Но утром во вторник Танкред вспомнил, что в этот день его ждет графиня Маргарита Камаи. Танкреду стало досадно. Вдруг эта говорливая и страстная женщина, звонко лепечущая и пиявочно целующая, стала ему противна. Но какое-то странное любопытство, не то жестокое, не то страстное, влекло его к Маргарите. И Танкред заехал к ней.

Маргарита бросилась ему навстречу с преувеличенною ласковостью. Она, как всегда при нем, была радостно оживлена. Танкред был очень рассеян. Он досадовал на самого себя, зачем заехал. Не хотелось ласкать ее, не хотелось отвечать на ее ласки, глядеть на ее улыбки, слушать ее щебетание. И не знал, о чем и говорить с нею. Только светские привычки удерживали от слишком холодных ответов. И вдруг ему захотелось уйти поскорее. Сказал:

— Прости, моя милая птичка, дорогая моя Маргарита, я тороплюсь на заседание Комитета Лиги ревнителей обновления флота. Я рад был бы просидеть с тобою долго-долго. Но я должен уехать от тебя.

— Так скоро! — воскликнула Маргарита. — Танкред, вы шутите!

— Правда, милая моя золотая рыбка.

— Нет, это невозможно! — сказала Маргарита.

И голосом избалованного ребенка:

— Я вас не пущу. Извольте остаться и приласкать меня.

Танкред с унылою упрямостью повторял:

— Увы, ненаглядный мой цветик, алая моя роза, мне очень надо ехать, — это — очень важное дело, государственный интерес.

Маргарита не пускала его, и хваталась за его руки, и просящими жадно глазами заглядывала в его лицо. Вдруг она догадалась, что у Танкреда есть другая возлюбленная, и закричала, становясь вдруг грубою и вульгарною:

— А, вы отправляетесь на свидание!

— Милая Маргарита, какие мысли приходят в вашу причудливую головку!

Маргарита кричала запальчиво:

— Не думайте, что вам удастся меня обмануть. Я все знаю!

— Что вы знаете? — досадливо спросил Танкред.

И, смягчая тон:

— Милая Маргарита, я не знаю, что вы хотите сказать.

Она заплакала.

— О, вы смеетесь надо мною! Я вам надоела. Но я все, все узнаю, вот вы увидите.

Противна была Танкреду унизительная сцена ревности — косые взгляды, шипящие речи, некрасивые слезы. И эти угрозы, такие глупые! Точно она имеет какие-то права!

Со всеми одно и то же! Одна Элеонора не делает сцен.

Пришлось изворачиваться, лукавить, ласкать нехотя. И вдруг разгорелся понемногу сам...

Но все-таки скоро ушел.

Едва закрылась за ним дверь, радостное возбуждение от его ласк вдруг оставило Маргариту.

— Ушел! — мрачно шептала она.

Подошла к окну. Опершись рукою на раскрытую раму окна, смотрела, как он сел в коляску.

Кинул взгляд в ее окно. Улыбнулся, поклонился. Веселые огоньки сверкали в его глазах. Она смеялась, казалась веселою. И думала:

«Я выслежу его, я не отдам его никому».

Она подошла к легкому, белому на золоченых ножках столику, где лежала в футляре на розовом бархате подаренная сегодня Танкредом брошь, — золотой изогнутый треугольник, осыпанный бриллиантами, отягченный подвесками из яхонтов и жемчугов. В порыве злости Маргарита схватила красивую вещицу. Захотелось бросить ее на пол, наступить каблуками, топтать, топтать. Вся дрожа, Маргарита осторожно вынула брошь из футляра, положила ее бережно на стол, футляр бросила на ковер и, громко визжа от ярости, принялась топтать его.

Плавный бег слегка покачивающейся на рессорах коляски и фиолетово-синий дым сигары убаюкивали Танкреда. Он погрузился в приятную задумчивость. Явь отошла, все стало как сон. Рощи пальм, померанцевых и апельсинных деревьев показались вдруг необычными, сказочными. Серою дымкою далеких воспоминаний подернулась яркая лазурь небес. Вспомнились бесконечные равнины Восточной Европы.

Танкред дремотно думал:

«Может быть, я сплю, утомленный скудною скукою скованной жизни, — грежу, бледный мечтатель, над задумчивым берегом тихой русской реки, где смолою пахнут сосны, и моя Ортруда — только мой сон, приятный и недолгий. Проснусь утром, в хмурую осень, и увижу в окна бледное северное небо, и улыбнусь моим мечтам о короне вечного Рима».

И вдруг открыл глаза. Ласково-синее небо, благоухание лимонных цветов, внизу полукруг радостно-лазурного моря, дорога ровна и широка над многоцветными, многотонными, оранжевыми, палевыми, фиолетовыми камнями крутого склона и песками морского берега. Паруса розовеют солнцем, гордые ветром, и, точно углем на голубое брошенные легкие штрихи, тонкие дымки далеких пароходов.

Цыганка-гадалка стоит у дороги и ярко смеется, белыми сверкая зубами, сама темная, вся загорелая, в лохмотьях красной юбки, босая, с растрепавшеюся по ветру косою.

Танкред остановил кучера. Узнал цыганку. Та самая, что гадала ему о короне вечного Рима.

Он подошел к цыганке.

— Здравствуй, милая. Погадай мне опять, удачен ли будет для меня этот день.

Цыганка смеялась. Говорила гортанным, картавым, красивым звуком:

— По твоей дороге назад не ходить. Чего тебе бояться! Пусть она узнает.

— Кто узнает? — спросил Танкред.

Смеялась цыганка.

— Горная фея, царица лазурного грота, узнает, кого ты любишь.

И вдруг скользнула, как ящерица, и исчезла в расщелине зеленовато-белых скал, — точно упала по крутизне обрыва.

Танкред поехал дальше. Думал:

«У Имогены глаза, как фиалки в горах. Она чистая, как царица лазурного грота».

Вот и замок, и вокруг него парк за железною оградою с медными шифрами на решетке и с медными остриями наверху. У ворот на скамейке сидел седой привратник в очках. Читал газету. На шум колес и стук копыт встал. Всмотрелся. Снял шляпу.

— Маркиз дома? — крикнул Танкред.

Привратник с низким поклоном сказал:

— Его сиятельство изволили выехать и вернутся к ночи.

— Досадно. А графиня Имогена?

— Молодая графиня в саду у залива.

Танкред легко выпрыгнул из коляски. Подумал, что не следует входить без доклада. Но быстро отогнал эту мысль. Прельщала надежда поразить Имогену внезапным появлением.

Спросил привратника:

— Я не очень в пыли, мой друг?

— Если позволите, ваше высочество.

Старик быстро принес щетку.

— Благодарю. Довольно. Я найду сам графиню Имогену. Не трудитесь меня провожать. Я знаю дорогу.

Сунул старику золотую монету. И быстро пошел по миртовой аллее.

Из домика у ворот вышла старуха, жена привратника.

Шептала ему с укором:

— Лучше бы ты ядовитого змея двенадцатиголового к ней пустил.

Старик посмотрел на нее мрачно. Махнул рукою. Проворчал:

— Все равно не спрячешь. Жених-то далеко. А этот все подберет.

Танкред быстро шел по аллеям, напоенным томными ароматами. Улыбчивая уверенность легко играла в нем.

Сад был широко зелен и тенист. Раскинулся по самому берегу залива, оставляя неширокую береговую полосу. Здесь море было мелко.

Легкий ветер гнал легкие волны к берегу. Кончался час прилива, и волны готовы были убежать за дальние отмели, и плескались нешумно. И плескуч был смех волн, и смех Имогены, и громкие слышались в шумах волн вскрики мальчика.

У самых волн играли с ветром и с водою Имогена и брат ее, кудрявый, веселый, маленький шалун Хозе. На песке были брошены игрушки Хозе и куклы Имогены. Имогена и Хозе так заигрались, что не слышали шагов Танкреда. Шалили, брызгались водою. Смеялись звонко.

Танкред остановился за деревьями и долго любовался Имогеною. Были милы ее улыбки, ее легко мелькающие в солнечных лучах руки, ее легко загорелые, высокоприоткрытые ноги.

И вдруг Имогена увидела Танкреда. Она жестоко смутилась. Вскрикнула слабо. Ей еще нравились детские забавы и шалости, игры и куклы, и, как и все очень юные, она стыдилась игры и игрушек. И было стыдно, что у нее разметались косы. Она торопливо вышла на песочный берег, быстро оправляя платье и прическу.

Заметив ее смущение, Хозе притих. Всмотрелся по направлению ее взора. Сказал:

— Чужой офицер! Да какой он большой!

Танкред подошел к Имогене. Весело поздоровался. Говорил:

— Простите, что я так неожиданно. Я уже давно хотел посетить маркиза. Жаль, что его нет дома. Но не хочется уезжать так скоро. Позвольте поболтать с вами, милая Имогена.

Они сели на скамье у самой воды. Хозе рассматривал принца. Он не долго дичился и скоро уже весело болтал с веселым, ласковым гостем. Танкред спросил:

— Кем ты будешь, Хозе?

— Я буду офицером.

— Каким же ты хочешь быть офицером? кавалеристом? или моряком?

— Я буду моряком. Буду плавать далеко-далеко.

— Весело плавать?

— Очень весело!

— И воевать будешь?

— Да. Я завоюю Африку, а потом весь свет.

— Это хорошо. А куда же ты сейчас пойдешь?

— Мне надо домой. Меня ждет мой учитель.

Мальчик ушел. Танкред и Имогена остались одни. Танкред чувствовал то волнение, которое всегда овладевало им в моменты его признаний. Вдохновение любви опять осенило его.

Вечер был великолепный, горящий, — словно все радовалось умиранию свирепого Дракона. Ритмичные вздохи морской глубины, могучие вздохи доносились на берег, радуя и волнуя душу. Небо пламенело — кровью смертельно раненного

Дракона, зноем его безжалостного сердца, пронзенного насквозь.

Танкред взглянул на Имогену быстро и сказал:

— Имогена, я хочу рассказать вам сегодня о моей первой любви.

Так робко, так нежно глянула на него Имогена. Зарделась так, что слезинки блеснули. Шепнула что-то. Танкред, нагибаясь к ней близко, говорил тихо:

— Вы, Имогена, спрашиваете, почему теперь? Так как-то. Не знаю наверное. И что мы все знаем, мы, люди, о том, чего хотим?

— Знает только Бог, — с набожным выражением сказала Имогена.

Танкред слегка улыбнулся и продолжал:

— Я знаю только то, что это так надо. Вот я уже знаю историю вашей первой любви и за то расскажу вам о моей.

И ничего не сказала Имогена. Не нашла слов. Так по-весеннему счастливо, с таким свежим, сладким ожиданием замерла, боязливый на Танкреда и влюбленный обративши взор. Танкред подождал ее ответа. Помолчал немного. Слегка нагибаясь, глянул в ее фиалковые, испуганно-ожидающие глаза. Спросил ее тихо и ласково:

— Хотите, Имогена? Рассказать?

И легонько нажал рукою еще острый локоть ее смуглой тонкой руки. Тихо-тихо сказала Имогена, — тихо, как шептание струйки у берега:

— Скажите.

Голова ее опускалась все ниже, на глаза набегали слезы, — счастливые слезы, — и смуглое, нежное лицо ярко пламенело под лобзаниями усталого, бессильно издыхающего, вечернего Змия.

— Моя первая любовь! — мечтательно воскликнул Танкред. — Как давно это было! Восемнадцать лет прошло с тех пор.

Имогена быстро глянула на него и радостно улыбнулась. Танкред, ответно улыбаясь, опять пожал ее тонкую руку.

— Да, Имогена, — говорил он голосом, полным волнения, — ровно столько лет, сколько вам теперь. Вы скажете, случайное совпадение. Нет, Имогена.

Что-то вдохновенное и торжественное послышалось в голосе Танкреда. Широко раскрытые фиалковые глаза Имогены поднялись на Танкреда с удивлением и со страхом.

— Я был очень юн, и так невинен, и так влюблен... Она умерла.

— Умерла, — тихо повторила Имогена. Плечики ее дрогнули, — хрупкие, тонкие. Маленькая такая.

— Умерла, — повторил еще раз Танкред.

Казалось, что плеск волн повторял грустное слово, отраженное бесконечно в тихом умирании заката.

— Но я не верил ее смерти.

— Не верили? О, Танкред! Но ведь ее похоронили?

— Ее похоронили, да, — но я ждал. Ждал чуда. О, Имогена, я был слишком юн тогда. Я не мог бороться с волею династии, с волею правительства моей страны. Она не была рождена принцессою. О, она могла бы родиться богинею! Такая же невинная, такая же трогательная прелесть, как ты, Имогена!

Имогена вздрогнула, низко склонила голову, и лицо ее нежным пламенело румянцем.

— Я ждал, — продолжал Танкред.

— Ее? Из-за гроба?

— Да, милая Имогена. То была юношеская мечта, скажете вы. Но я верил в нее свято. Потом я много путешествовал, я узнал много тайн, доныне все еще неведомых бедной европейской науке, и то, что было безумною мечтою моей юности, стало потом сознательным убеждением. И я стремился жадно к лазурным берегам, потому что я поверил в переселение душ.

— Боже мой, что вы говорите! — воскликнула Имогена. — Разве не грех — такое языческое убеждение?

— Какой же грех, Имогена! — возразил Танкред. — Когда является любовь, движущая миры, тогда тает грех, как воск, и меркнет святость. Я знал, Имогена, что любовь, такая пламенная, такая чистая любовь, моя любовь, ее любовь не может быть слабее смерти.

Имогена робко сказала:

— Смерть от Бога всемогущего и милосердного.

Склонила голову и набожно перекрестилась. Танкред отвернулся, чтобы скрыть улыбку.

— Этого я не знаю, Имогена, — говорил он тихо, точно смущенный тем откровением, которое готов был передать трепетно внимавшей ему девушке, — но я знал, что ее чистая душа переселилась в девочку, рожденную в час ее тихой кончины, в девочку, родившуюся на этом блаженном берегу.

— Как вы могли это знать?

— Я это знал, потому что я видел этот дивный берег, я видел его в таинственном видении в час ее тихой смерти.

— Этот берег? — с благоговейным ужасом спросила Имогена.

— Да. И эти волны, и эти пальмы, и каждый камень на этом берегу, и этот очерк белых, дальних скал. И когда я увидел тебя, о Имогена, тебя на этом берегу моих сладких снов, пророческих снов, я понял, что это — ты, что в тебя переселилась ее чистая, светлая душа, и наполнила тебя своею дивною прелестью. И вот час свидания настал, Имогена, моя Имогена, — и мы вновь узнали друг друга, потому что на небесах наши души сочетал неразрывным союзом праведный Бог.

— Танкред! — тихо воскликнула Имогена.

Сладостный восторг пьянил ее простодушное сознание. Огни восхищения пронизали ее невинное тело. Она доверчиво и нежно прижалась к Танкреду.

Торжество достигаемой победы и любви, творимой по воле, наполнило душу Танкреда, — опять восторг творимого счастия пламенел в душе этого неутомимого искателя любви. Но им самим вызванные, овладели его душою нежность и умиление и, наивные, как девочки, мешали грубому торжеству страсти.

Невинны были их поцелуи, и сладким забвением покрытый отошел от их взоров вечерний, тихий мир земли.

Глава пятидесятая

Танкред и Имогена стали видеться часто. Всегда тайком, в местах уединенных. Случались с ними при этом приключения, довольно опасные для Имогены. Не раз уже Имогена близка была к тому, чтобы возбудить подозрения старого отца. Но с утонченною хитростью, которая свойственна юной влюбленности, она постоянно умела находить правдоподобные объяснения для своих частых отлучек и опаздываний. Переживаемые ею теперь страхи и опасности придавали острую, еще не изведанную дотоле прелесть ее жизни.

Так сладко и жутко было отдаться возлюбленному! И жизнь ее тогда разделилась между новою тоскою стыда и раскаяния и новою радостью страсти.

Имогена была у исповеди и каялась со слезами искреннего раскаяния. Ее духовник, пожилой иезуит, человек жестокий и сладострастный, наложил на нее тяжелую эпитимию. Но не требовал от нее, чтобы она забыла свою грешную любовь. После иезуитской дисциплины Имогена долго стояла на коленях на каменном, холодном полу капеллы и радовалась тому, что ее любовь не отнята от нее.

И грешила опять, и каялась снова, радуя иезуита послушанием в исполнении всех налагаемых им на нее покаянных упражнений.

В голове маркизы Элеоноры Аринас зрели темные, опасные, коварные планы. Она давно уже взвешивала в уме, выгодно или невыгодно для нее будет вызвать ссору королевы Ортруды с принцем Танкредом, открывши королеве измены Танкреда и его преступные замыслы. И решила, что скорее это будет выгодно: ускорит назревающие события и заставит Танкреда действовать решительно. Элеоноре казалось, что взбалмошная Маргарита Камаи как нельзя лучше годится для этой цели. Элеонора осторожно наводила Маргариту на мысль о том, что у Танкреда есть новая любовница и что это — графиня Имогена Мелладо.

Впрочем, Маргарита и сама сумела выследить новую страсть Танкреда. Бешеная жажда мести зажглась в ней. Она стала распускать в обществе слухи о связи Танкреда с Имогеною. При встречах с Имогеною она говорила ей колкости, издевалась над застенчивою девушкою, чуть не доводила ее до слез.

Однажды Маргарита приехала к Имогене. Произошла тяжелая сцена. Маргарита сказала прямо:

— Графиня Имогена, я знаю все. Не отпирайтесь. Вы — любовница принца Танкреда.

Имогена вспыхнула.

— Я... Что вы говорите? — растерянно лепетала она.

— Оставьте его, — говорила Маргарита, — или вам будет худо. Я ни перед чем не остановлюсь. Все узнают ваш позор.

Сыпала угрозы за угрозами. Потом от угроз перешла к униженным мольбам. Рассказывала, как она любит Танкреда. Как он любил ее.

Имогена плакала и не знала, что говорить, что делать. Отчаяние и ужас владели ею.

В ту ночь она не заснула ни на минуту и плакала, плакала. Но когда пришел час идти на свидание с Танкредом, пошла. Притворялась веселою, чтобы Танкред не догадался. И сама ему ничего не сказала.

Маргарита решилась нажаловаться на принца Танкреда королеве Ортруде. Сама додумалась в ревниво-бессонные ночи, и коварные внушения Элеоноры помогли, ободрили, дали силы не отступить перед осуществлением этой мысли. Написала королеве письмо с просьбою принять.

Ортруда прочитала это письмо медленно и внимательно. Какое-то острое предчувствие пронизало ее. Графиня Маргарита Камаи всегда была неприятна Ортруде. Но не было никакой причины отказать ей в приеме. Хотя и с большою неохотою, Ортруда все-таки назначила день и час приема.

Маргарита надела установленный наряд. Тщательно осмотрела себя в зеркало и осталась довольна своим матово-бледным лицом и горящими черными глазами.

И вот королева Ортруда и Маргарита остались одни. Маргарита была смущена и взволнована больше, чем ожидала. Здесь, в старом королевском замке, перед лицом любезной Ортруды, которую она так долго обманывала, ее вдруг охватил мистический, от древних поколений наследственно перешедший благоговейный страх, внушаемый носителями высокой власти. Этого страха Маргарита не могла преодолеть. Руки ее, красивые на белом шелке платья, робко, как у девочки, дрожали.

Маргарита лепетала несвязно, сбивчиво, называя имена Танкреда, Сабины, Элеоноры. И сначала нельзя было понять, что она хочет сказать. Наконец Ортруда поняла, что она говорит о любовных похождениях Танкреда. То, о чем уже слышала Ортруда, о чем она и сама догадывалась, не придавая этому большого значения, охотно готовая все это извинить. Какие-то мимолетные связи с продажными, полупродажными и готовыми продаться женщинами.

Ортруда сказала брезгливо:

— К чему мне знать все эти приключения! Пока мы очень юны, мы ждем от наших возлюбленных чуть ли не ангельских совершенств. Но я — не девочка.

Но Маргарита продолжала, — и вот Ортруда слышит что-то новое. О невинных. О девах. Об отчаянии опозоренных семейств. Об Имогене Меллало.

— Вы говорите неправду, графиня! — гневно сказала Ортруда. — Уйдите от меня. Я вам не верю. Не хочу и не могу верить.

Маргарита бросилась к ногам Ортруды. Рыдая, говорила:

— Государыня, ради Бога, выслушайте меня. Вы должны мне поверить! Спасением моей души клянусь, что я сказала правду.

— Уйдите! — повторила Ортруда.

— Вы мне поверите, ваше величество! — восклицала Маргарита.

— Никогда! — решительно сказала Ортруда.

Маргарита встала. Посмотрела прямо в лицо Ортруде.

На ее губах пробежала дерзкая улыбка. Маргарита сказала:

— Государыня, не верность к вам заставляет меня говорить вам это, а иное чувство. О, я — гадкая, презренная!

— К чему такое самоунижение! — презрительно сказала Ортруда.

Маргарита заплакала. Продолжала:

— Не верность, о нет, — ревность, ревность привела меня к вашим ногам. Ревность измучила меня, поймите, государыня, — ревность!

Бешеным криком вырвалось это слово из груди рыдающей Маргариты.

— Что вы говорите, безумная женщина! — воскликнула Ортруда.

— Я была любовницею принца Танкреда, — тихо, но решительно сказала Маргарита.

— Неправда! — с ужасом сказала Ортруда.

Маргарита засмеялась. Жутким казался этот внезапный переход от слез и рыданий к смеху. Бледное до синевы лицо Маргариты дрожало мелкими судорогами. Страх и торжество изображались на нем в странном, безобразном смешении. Дрожащими руками она вытащила из-за ворота своего белого платья связку писем. Протянула их Ортруде. Сказала:

— Почерк, знакомый вашему величеству.

И опять слезы хлынули из ее глаз.

Ортруда торопливо читала письма. И было страшно, и было стыдно. Маргарита Камаи, эта пустая, болтливая, неумная женщина! Ей расточал Танкред эти нежные слова!

Ортруда бросила недочитанные письма на стол. Глядя на

Маргариту гневными глазами, она говорила задыхающимся голосом:

— О, как счастливы простые женщины! Отчего я — не рыночная торговка! Отчего я не могу избить вас, бить, кусать, царапать! А, вы — моя соперница! И даже бранного слова я не смею сказать вам, ужасная женщина, вам, с которою я делила, сама того не зная, ласки моего Танкреда. О, что мне теперь до того, что я — королева!

Маргарита, смеясь, и плача, и ломая руки, стояла на коленях перед Ортрудою и говорила:

— Вон там, на столе у окна, лежит дага. Она остро отточена. Возьмите ее, пронзите ею мою грудь, — пусть умру, пусть умру я у ваших ног. О, как королева Джиневра, убейте меня!

Ортруде стало стыдно своего гнева, своей несдержанности.

— Извините, графиня, — сказала она, — я сказала вам что-то ненужное. Но вы понимаете, что ваши слова не могли меня обрадовать. Встаньте, графиня.

Но опять гнев овладел Ортрудою. Широкий, прямой клинок даги дразнил ее взоры. Она схватила левою рукою узорную, рогатую рукоятку даги. Маргарита порывисто запрокинула голову, открывая горло. Кричала:

— Сильнее, одним ударом, вот сюда!

Ее длинная шея трепетала от крика. И точно чья-то чужая рука влекла Ортруду к этому трепетному горлу. Ударить, увидеть кровь!

Бледнея и дрожа, Ортруда подошла так близко, что ее колени прижались к животу Маргариты. Взяла правою рукою под затылок голову Маргариты и смотрела в ее лицо, сверху вниз.

Бледное некрасивою, меловою бледностью лицо Маргариты исказилось выражением предсмертного ужаса. Ее отведенные за спину руки судорожно вздрагивали и вытягивались, и вся она словно застыла в своей отдающейся позе.

Ортруда опомнилась. Дага упала на ковер.

— Идите, — задыхающимся голосом сказала Ортруда, — идите скорее.

Маргарита поцеловала край ее платья и вышла торопливо. Радость возвращения к жизни охватила ее, и она бежала быстро по холодным плитам сумрачных зал.

Ортруда долго сидела перед письмами Танкреда. Казалось ей, что она ни о чем не думает. Опять взяла она эти красивые, ароматные, отравленные ядом измены листки. А это письмо как сюда попало?

«Дорогой граф!»

— Зачем же я его читаю?
Но вдруг смысл слов стал страшен ей. С холодным ужасом она перечитала эти строки:

«Ваши мысли о том, как опасна слабость носителя верховной власти, я вполне понимаю. Но мы должны прежде всего иметь в виду благо государства. Если обстоятельства потребуют, я готов предоставить себя в распоряжение государства и сумею подавить в себе личные пристрастия».

И в конце письма:

«Эти беглые, случайные строки сожгите».

Ортруда порывисто подошла к окну. Распахнула его. Сказала, и выражение глаз ее было безумно:
— Господин Меччио, вы правы. Мой Танкред изменник!

Грусть тяготела над Ортрудою, неотступная, как все усиливающийся на далеком острове дым вулкана.
Мысль о любовницах Танкреда язвительно мучила Ортруду. Вот, значит, она была для Танкреда только одною из многих! На части мелкие, как сор, была разделена его любовь!
Ортруда, отдавшая ему всю свою гордую и страстную любовь, чувствовала себя жестоко обманутою. Пусть бы он сказал ей прямо, что разлюбил ее. Она бы поняла его. Было бы горько, но что ж! Над сердцем нет закона. Но обманывать, ласкать ее, теми же нежными и сладкими называть ее словами, как и тех других! Какое гнусное притворство!
Он притворялся влюбленным в нее, потому что она — королева, потому что связь с нею дает ему высокое положение. Он притворялся влюбленным в нее, чтобы тем легче обмануть ее, и, лаская ее, лелеял мечты воцариться на ее престоле и окружал себя людьми, ненавидящими ее. Какая низость! Разбитая и даже обманутая любовь была бы только грустью или ненавистью. Но ее чувства были так мучительно сложны!

Как счастливы простые, глупые, некрасивые! Те, кого не стоит так хитро обманывать.

Гордость королевы и красавицы была оскорблена в Ортруде. Это порою приводило ее в неистовое бешенство. Так трудно было сдерживаться, притворяться! Хоть бы забыть!

Маргарита почти каждый день доставляла ей в анонимных письмах новые сведения о замыслах и делах Танкреда. И презрение к Танкреду возрастало в Ортруде.

Но она долго таила ото всех свое горе. Какая-то суровая гордость долго мешала ей говорить с Танкредом об его изменах. Но она чувствовала, что уже совсем не любит его. В сердце ее зрела ярая ненависть к нему. И, как ни таила свои чувства, не могла не быть к нему холодна. Как чужая.

Старалась быть одна. Молилась своему сладко воображенному ею Светозарному.

— Ты, Светозарный, что скажешь мне? Прислушиваюсь к тайному твоему голосу в моем сердце и знаю, — я обречена. Путь мой неизбежен. И ясен мне.

Чтобы остаться одною, Ортруда часто спускалась в свое подземелье.

Ах, эта жизнь! Только моя жизнь! Уйти бы к иным мирам! В иное бытие.

Искала в темных переходах новых выходов из своего подземелья. И нашла их, выходы в город. Выходила одна на улицы и на дороги и смотрела на людей, — какие они, как живут, что думают.

Вот по дороге шла толпа просто одетых, радостных женщин и девушек. Ортруда спрашивала их:

— Милые, куда вы?

Отвечали охотно:

— На митинг.

Ах, сказать бы:

— Меня с собою возьмите.

Дымок парохода вился над морем. Океанский пароход.

— Куда?

— В Нью-Йорк, с эмигрантами.

Ах, на нем бы уплыть далеко!

Одевшись скромно, черною вуалью закрывши лицо, шла на собрания рабочих. Слушала, что говорили их ораторы. Уходила неузнанная.

Глава пятьдесят первая

Ортруда взошла на башню вечером и стояла там долго. И казалось ей вдруг, что жизнь ее — только страшный сон, начавшийся очаровательно. И что Ортруда только снится ей, сначала такая счастливая и теперь такая несчастная. И что она сама — счастливая, смелая девушка в далекой стороне, которая идет, куда хочет, и делает, что вздумает, и любит пламенно и счастливо. Как в ясновидении, предстала перед нею тихая река в том краю, о котором рассказывал часто ее Танкред, и над рекою Елисавета.

Вдруг ее мечтания были прерваны. Она услышала за собою звуки знакомых шагов. Оглянулась. Перед нею стоял Танкред. Ортруда вздрогнула. Ненависть синею молниею зажглась и задрожала в ее быстром взоре. Ненавистью, как болью от пчелиного жала, зажглось ее сердце. О, в какую ненависть претворяешься ты, жестокая любовь!

Ортруда опустила глаза. Руки ее дрожали. Танкред спросил:

— Что вы здесь делаете одна, Ортруда, так поздно? Я сейчас был у вас.

Ортруда холодно ответила:

— Я знала, что вы ко мне придете. Потому я и здесь.

— Но я не понимаю, однако, почему...

Танкред нежно и осторожно склонился к Ортруде и вкрадчиво-ласковым голосом говорил:

— Ортруда, милая, вы так стали холодны ко мне. Заслужила ли этого моя любовь?

Были противны Ортруде вкрадчиво-нежные звуки его голоса. Как не замечала она раньше, что этот голос лжив! Ортруда воскликнула:

— Вы, Танкред, меня любите! Вы мне это говорите опять! О, Танкред, вы любите многих так же, как меня.

— Ортруда! — воскликнул Танкред. — Что вы говорите!

Он был смущен неожиданностью и прямотою обвинения. Ортруда сказала спокойно:

— Я хочу сказать вам, принц Танкред, что я вас ненавижу.

Так приятно было это сказать, что ей стало легко и почти весело. Точно жалящая змея упала, отвалилась от измученного сердца, и нежная приникла к нему прохлада.

— Ортруда, что вы говорите! — повторил растерявшийся Танкред.

Ортруда стремительно пошла вниз по лестнице, кинув Танкреду:

— Идите за мною, если вам угодно.

В круглом зале она подошла к большому столу у восточного окна. Она гневным движением выдвинула один из ящиков стола, — так быстро, что ушибла палец о перламутр и золото его врезок. Вынула из ящика пакет, перевязанный узкою голубою ленточкою, и гневно протянула его Танкреду.

— Что это? — спросил со смущением Танкред.

Ортруда говорила:

— Возьмите этот портрет с вашею нежною надписью, — спрячьте его, сожгите, отошлите по принадлежности, как хотите. И эти письма.

— Как они к вам попали?

Ортруда смеялась, точно хотела плакать. Брови ее хмурились и глаза были темны.

— Как вы небрежны с такими вещами! О, Танкред, неужели вы всегда были таким!

Танкред бормотал:

— Это — пустяки, которые не должны вас огорчать нисколько. Забавы в пьяной компании. Шутки, которым никто не придает значения.

Ортруда сказала:

— Не трудитесь оправдываться, принц Танкред. Я вас ненавижу и говорю это вам прямо и откровенно, как подобает женщине моего положения. Так же прямо, как сказала когда-то, что люблю вас. Это был день сладкого обмана, и в этом обмане я жила, как во сне, много лет. Теперь мой сон окончился, меня разбудили. Я смотрю на вас и говорю вам — я вас ненавижу. Вы недостойны иных чувств.

— Прежде вы думали иначе! — сказал Танкред.

— Принц Бургундский, — говорила презрительно Ортруда, — я боюсь, что вас подменили в тех полудиких странах, где вы так долго путешествовали и откуда вывезли ваши политические убеждения, ваши личные вкусы. В вас течет, конечно, не благородная тевтонская кровь, а кровь монгольская, рабская кровь, кровь обманщика и изменника!

Она смотрела на Танкреда глазами, горящими знойно, и дрожала от гнева и презрения.

— Вам было вверено мое самолюбие, — вы его не пощадили. А я, наивная девочка, принцесса гордого рода, рожденная королевою, я мечтала...

— Вы всегда мечтаете, — угрюмо сказал Танкред.

— Я мечтала долго о вас. Я надеялась, что ваш воинственный вид, ваша осанка тевтонского рыцаря знаменуют обитающий в нас геройский дух. Я мечтала, что вы будете моим господином, гордым, прекрасным, превосходящим во всем обыкновенных людей. И даже меня. Потому что ведь я — только слабая женщина. Мне по силам только взяться за королевский меч, за меч моих предков, — а нести его... Но вы не смогли быть моею силою, — вы захотели быть только высокопоставленным авантюристом.

— Ортруда! — воскликнул Танкред. — Вы несправедливы ко мне. Вы забываете...

— Ничего не забываю. Только случайно вы делали достойное дело.

— Вы говорите слова, которые не забываются, — сказал Танкред с видом оскорбленного достоинства. — Или вы не понимаете сами, что говорите. Я, конечно, виноват перед вами, но ваш гнев — выше меры моих прегрешений перед вами. Каких бы случайных женщин я ни целовал, я любил только вас. Чего же вы теперь хотите? Какого искупления моей вины перед вами?

Медленно и спокойно отвечала ему Ортруда:

— Я хочу, чтобы вы меня освободили.

— Ортруда, вы хотите со мною развестись? — с удивлением спросил Танкред.

— Да! — решительно сказала Ортруда.

— Ортруда, взвесьте последствия, — говорил Танкред убеждающим голосом. — Ведь это — скандал на весь свет.

— А вы боитесь скандала? — презрительно спросила Ортруда.

— Я берегу вашу честь. И мою, — надменно ответил Танкред. Он был бледен и зол.

— В нашем положении, — начал было он после краткого молчания.

Ортруда нетерпеливо прервала его:

— Да, в нашем положении есть и другой выход. Разводы бывали и бывают во многих династиях, и самых гордых. Но я знаю — вы цепко держитесь за ваше положение.

— Оно меня тяготит.

— И это знаю.

— Подумайте, Ортруда.

— Нет, теперь уже поздно передумывать. Я решила. Я сама начну это дело. Развод — или смерть.

— Вы хотите, чтобы я умер? Вам достаточно сказать одно слово.

— Я не скажу этого слова, принц Танкред, и вас прошу не говорить жалких слов. Прощайте.

Ортруда оставила его одного. Ушла на высокую башню, — склонясь над белым камнем парапета, всматриваться в широкие лазурные дали моря и небес и мечтать.

И мечтала опять, что ей только снится страдающая жестоко Ортруда. Мечтала о далеком, неярком, милом крае, где над тихою рекою стоит ее дом. Живет ее милый. Приветливы с нею друзья. Мечтала о том, что она в далеком краю счастливая Елисавета, и что ей в долгом сновидении снится высокий, вначале радостный и потом скорбный путь королевы Ортруды.

Когда в близких к Ортруде кругах стало известно ее решение развестись с принцем Танкредом, то были пущены в ход все способы отвратить ее от этого намерения. С положением принца Танкреда было связано очень много разнообразных интересов.

Вдовствующая королева Клара вложила слишком много денег в кассу Общества африканской колонизации. Она любила свои деньги и не хотела их терять. Так как развод, неизбежно связанный с выездом Танкреда из государства Соединенных Островов, грозил этому предприятию, и без того рискованному, полным крахом, то Клара была очень взволнована намерением Ортруды. Она горячо убеждала Ортруду отказаться от этой мысли, молила ее, плакала перед нею.

Клерикальная партия теряла бы в Танкреде сильного друга и покровителя. Мирились с его еретическими мнениями, — их всегда можно было объяснить вывезенными с Востока сказками, которым сам Танкред не верит серьезно, и ценили весьма его автократические убеждения, полезные для церкви, которая считалась господствующею в государстве Соединенных Островов, — для католической церкви. Князья этой церкви любили видеть в народах земли стадо, которое надо пасти. Они заинтересовали этим вопросом в желательном для них смысле папу, и он прислал королеве

Ортруде ласково-увещательное письмо.

Для Виктора Лорена и его партии это намерение королевы было неожиданностью. В первое время Лорена еще не сообразил, как следует к этому отнестись. Для кабинета не было оснований особенно дорожить Танкредом. Чрезмерность его любовных похождений, раздражавшая многих, и его долги уже давно начали беспокоить Виктора Лорена. Но все-таки надо было иметь время, чтобы подготовить будущее, осмотреться, найти второго мужа, приятного Ортруде и удобного для буржуазии. Вообще, надо было хотя бы затянуть дело, чтобы выиграть время. И Лорена отговаривал Ортруду. Говорил ей:

— Его высочество имеет большие связи в нашей стране. Решение вашего величества так неожиданно. Если ваше величество не измените этого решения, то, по крайней мере, необходимо подготовить общественное мнение. Необходимо выждать хоть некоторое время.

— Сколько времени? — резко спросила Ортруда.

— Хоть год. Или хоть полгода.

Ортруда засмеялась и ничего не сказала.

Буржуазия была скандализована толками о любовных увлечениях Танкреда. Возмущалась. Но было не очень серьезно это лицемерное возмущение. Перевешивало другое обстоятельство. Буржуа, сначала боявшийся войны, постепенно, под влиянием статей подкупленной прессы, начинал думать, что большой военный флот, колонии за морями и связанное с этим быстрое увеличение производства товаров и товарообмена будет для него весьма выгодно. Крушение планов Танкреда теперь уже вряд ли бы понравилось буржуазии. В то же время владельцы фабрик и заводов и многочисленные держатели акций были очень сильно заинтересованы в том, чтобы Танкред сохранил свое положение.

Вожаки парламентского буржуазного большинства были уже давно подкуплены акциями Общества африканской колонизации, и потому в парламенте преобладало настроение, сочувственное принцу Танкреду.

Сам Танкред не уставал возобновлять попытки примириться с Ортрудою. Все эти попытки только усиливали ее презрение к нему. Но открывшаяся перед нею пустота жизни вдруг ужаснула ее, и она спешила приводить в исполнение свое намерение. Ждала чего-то, замкнув свои дни в очарованный круг мечтаний.

Непрочность положения принца Танкреда побуждала его друзей, аристократов и аграриев, подсчитывать шансы на свержение с престола королевы Ортруды. Заговорщики думали воспользоваться нарастающим возбуждением рабочих, провоцировать вооруженное восстание раньше, чем рабочий пролетариат успеет достаточно сорганизоваться, поставить во главе войск с неограниченными полномочиями принца Танкреда, разгромить пролетариат и окружить таким образом Танкреда лживым ореолом спасителя отечества от дерзких покушений врагов порядка, посягающих на священные права частной собственности.

Давно уже ткавшаяся паутина шпионства и провокации опутала страну Островов.

Настали неспокойные времена. Речи ораторов на публичных собраниях становились все пламеннее. Словно дым вулкана горячил сердца и туманил головы.

Глава пятьдесят вторая

В охотничьем замке банкира Лилиенфельда после позднего ужина разговаривали принц Танкред, Лорена и герцог Кабрера. Танкред говорил:

— Ничего нет на свете милее женщин, но нет и ничего опаснее. Безумная Маргарита! Она наделала мне хлопот.

— С Божиею помощью, — сказал Кабрера, — все обойдется к лучшему, и ревность графини Камаи только ускорит ход исторических событий.

Лицо у Танкреда оставалось мрачным. Он говорил:

— У русских простых людей флирт начинается ударами ладонью по спине и кончается часто убийством. А, это хорошо! Право, смерть хорошо все на свете устраивает. Убивший освобождается от обузы, убитый — от всего зараз.

— И от ревности, — тихо вставил Кабрера.

— Обе стороны в выигрыше. Хорошо!

— А вот что не очень хорошо, — сказал Лорена, — революция почти неизбежна.

Но лицо первого министра оставалось совершенно спокойным.

— Революция? — угрюмо говорил Танкред. — Ну, что же, чем

скорее, тем лучше. Мы теперь сильнее, чем в старину Бурбоны: у тех не было пулеметов.

— Да, — сказал Лорена, — народ еще не организован. Восстание потонет в потоках крови, — и затем для нашего поколения этого урока будет совершенно довольно. Второй раз не захотят.

— Нет, — со свирепым выражением на прекрасном, как у гневного демона, лице сказал Танкред, — надо усмирить их так, чтобы и внуки их это помнили. Знаете, я опять на днях видел ту цыганку. Она сказала мне: иди, иди, Танкред, куда задумал, — дело кровью будет прочно.

— Чье дело, Танкред? — спросил кто-то чужой, беззвучным, но внятным Танкреду голосом.

Танкред вздрогнул, оглянулся. Никого не было.

— Я стал очень нервен, — сказал он. — Этот дым из вулкана нехорошо на всех действует.

В этот же день и в этот же час Афра была у Филиппа Меччио и слушала его беседу с друзьями.

— Итак, — спросила она, — вы, Меччио, считаете, что народ готов к восстанию?

— Не знаю, — сказал Меччио, — к чему готов народ. События уже не подчиняются нашей воле. Восстание неизбежно, и мы попытаемся победить.

Старый друг и старый противник Меччио Фернандо Баретта сказал:

— Вы стоите на ложной дороге. Вы хотите овладеть властью и воспользоваться готовыми организациями общественного порядка и властвования. Порядок, никуда не годный, вы хотите заменить порядком значительно получше, но той же, по существу, породы. Слабый хочет сытости, сильный свободы и безвластия. Вы хотите передать всю силу общественной организации в руки слабых, а сильные будут положены вами под пресс. Вы готовите человечеству плохую будущность.

— А вы чего хотите? — спросила Афра.

— По-моему, — отвечал Баретта, — овладевать властью не стоит. Как будущая мораль будет моралью без долга и без санкции, так и будущее общество организуется без договоров, без обязательств.

— Милый друг, — сказал Меччио, — мы уже не имеем

времени для того, чтобы вдаваться в такие соображения об очень отдаленном будущем. Мы должны сделать попытку овладеть государственными организациями и орудиями производства, — и мы эту попытку сделаем.

И в то же время Ортруда в своем покое говорила Карлу Реймерсу:

— Расскажите мне что-нибудь о себе, дорогой господин Реймерс.

Слушала рассеянно. И опять спросила:

— Чем же вы живете? Мечты ваши о чем? о ком?

Карл Реймерс что-то говорил влюбленное и страстное.

Ортруда почти не слушала. Только музыкою был его голос. Почти не слушая, она говорила:

— Моя мечта, создающая миры, и бессильная создать счастие в мире!

— Мечта сильна только надеждами, — сказал Реймерс.

— Я думаю иногда, — говорила Ортруда, — что мы пришли из неведомого мира, чтобы воссоздать его на земле из материалов нашего земного переживания. Но тот неведомый мир так велик! В нем бесконечность возможностей. Что же наша одна бедная жизнь! Человек на земле живет как зверь. Он знает только свои интересы и не знает истинной любви и трепещет перед всякою бурею. Все это очень грустно, господин Реймерс.

Реймерс сказал:

— Человек идет трудным путем от зверя к совершенствам и зверя одолевает в себе.

— Так, мы будет ангелоподобны. Возведем и самый грех в святость.

— А если этот грех — любовь?

Она молчала.

Где же ты, сладкая любовь?

Бедная страстность, сжигающая тело! Или это и есть любовь? И другой не надо?

Вдруг, как бы решившись на что-то, Ортруда спросила:

— Дорогой господин Реймерс, вы знаете Сабину Фанелли?

— Я встречался с нею, ваше величество, — отвечал Реймерс.

— И ваше впечатление?

— Как художник она очень талантлива. Как человек — очаровательна. Как женщина — прелестна. Она из мелкой буржуазии, но весь склад ее мысли и чувства как у аристократки.

Ортруда сказала с улыбкою:

— Вы хвалите ее так систематично, что, видно, она не в вашем вкусе.

— Систематичность, ваше величество, от характера моей нации.

— Я дам вам к ней поручение. Повидайтесь с госпожою Фанелли и скажите ей, что я хочу дать ей заказ. Пригласите ее ко мне как можно скорее.

Настал назначенный час, — и Сабина Фанелли стояла перед королевою Ортрудою. Внимательно смотрела королева Ортруда на эту художницу, которая также была любовницею принца Танкреда.

Сабина Фанелли была пышнотелая, волоокая красавица, с неподвижною манерою держать себя. У нее был низкий, красивый лоб и классический профиль, и вся она была, как античная статуя. Платье на Сабине Фанелли было белое, того народного покроя, который был принят при дворе, а от двора распространился и на общество. Ноги, едва видные из-под платья, были без сандалий.

Сабина Фанелли не понравилась королеве Ортруде. Но все-таки любезная Ортруда сказала несколько комплиментов ее искусству.

Королева Ортруда говорила:

— Я хочу просить вас, госпожа Фанелли, сделать для меня скульптурную группу.

— Я буду очень рада, — сказала Сабина Фанелли.

Королева Ортруда чувствовала, что под наружным спокойствием Сабины Фанелли таится волнение, и все ярче ненавидела и презирала эту любовницу ее Танкреда.

— В группе, — говорила королева Ортруда, — надо изобразить меня и еще одну молодую девушку. Мысль этой группы такая: я была погружена в сон счастливого неведения. Вы, госпожа Фанелли, конечно, знаете, какие счастливые сны навеваются блаженством неведения. Какое счастие! И как страшно после этого сна пробуждение! Вы, госпожа Фанелли, конечно, знаете, что глаза спящих в неведении рано или поздно раскроются. И я просыпаюсь в ужасе. Надо мною прекрасная, юная, невинная. Но ее лицо для меня страшно.

Почему — вы не знаете?

Сабина Фанелли говорила что-то. Королева Ортруда слушала ее рассеянно. Спросила:

— Вы можете начать завтра?

— Да, ваше величество, — ответила Сабина Фанелли.

Королева Ортруда пристально и строго посмотрела на Сабину Фанелли и сказала:

— Но, госпожа Фанелли, помните, что принц Танкред не должен знать об этом.

Сабина Фанелли, вдруг сильно покрасневшая, сказала:

— Я не встречаюсь с его высочеством.

Королева Ортруда презрительно улыбнулась. Эта художница, кажется, вздумала обидеться! Тем хуже для нее! Ледяным тоном молвила королева Ортруда:

— Я хотела сказать, — и потому прошу вас совсем никому об этом не говорить, госпожа Фанелли.

Опять ясность томного дня, медленно возрастая, томила королеву Ортруду. В одном из ее покоев широкое открытое окно давало много света. На потолке вился странный узор. Цветы, умирая, томно благоухали в вазах. Королева Ортруда полулежала на низком, широком ложе. Перед нею стояла графиня Имогена Мелладо, тихая, спокойная. На ее нежных ногах были заметны легкие полоски — следы от ремней только что снятых сандалий.

Королева Ортруда улыбалась, глядя на Имогену. Такая ласковая, безмятежная была улыбка. А в душе королевы Ортруды бешено бились гнев, тоска, боязнь. Но недаром Ортруда так тщательно была воспитана для высокой королевской доли, — наука светского любезного притворства была усвоена королевою Ортрудою в совершенстве. И так приветлива и ласкова казалась Ортрудина улыбка, что Имогена, стоя перед королевою, радостно улыбалась.

Долго молчала королева Ортруда, — медлила начать разговор. Она думала досадливо:

«Чем эта девочка могла пленить Танкреда? Тонкая, очень смуглая, маленькая, большеротая. Глаза хороши. Да что! красива!»

Королева Ортруда легла поудобнее и протянула ноги. Ласковым движением стройной руки она молча показала Имогене скамеечку у своих ног. Имогена села. Королева

Ортруда ласково привлекла Имогену к себе и тихо похлопывала по щеке. Сказала нежно:

— Милая Имогена, вы такая молодая и прекрасная, и приятно смотреть на вас. Кажется, что вы счастливы и что вы достойны счастия. Должно быть, вы не откажетесь сделать то, о чем я вас попрошу.

Имогена робко и радостно сказала:

— О, государыня, все, что прикажете, и все, что в моих силах.

Внимательно всматриваясь в нее, спросила королева Ортруда:

— Все сделаете?

— Да, ваше величество, все, — сказала Имогена.

Улыбалась королева Ортруда слегка насмешливо и говорила неторопливо и спокойно:

— Неосторожно дано вами обещание, Имогена. Но если вам не захочется его исполнить, я не стану на этом настаивать.

Имогена сказала:

— Этого и не надо, государыня. Послушание государям — наша семейная добродетель.

Королева Ортруда сказала, с улыбкою глядя на смущенную Имогену:

— О, это мне хорошо известно. Вы знаете, конечно, Имогена, что я люблю искусство?

Да, — ответила Имогена, — знаю, государыня.

Королева Ортруда медленно говорила:

— Я заказала Сабине Фанелли скульптурную группу из мрамора. Группа должна состоять из двух нагих женских фигур. Моделью для одной из этих фигур буду я. Для другой фигуры мне нужна наилучшая модель — прекрасная девушка, самая красивая и нежная, какую только может создать прихотливое воображение. Прекрасная, одним словом, как вы, милая Имогена.

Имогена стыдливо краснела. Королева Ортруда спросила:

— Вы согласитесь постоять перед Сабиною Фанелли несколько раз вместе со мною?

— Охотно, государыня, — легко краснея, сказала Имогена.

Королева Ортруда встала. Поднялась и Имогена.

— Идите за мною, — сказала королева Ортруда.

Обстановка мастерской почему-то смутила Имогену. Это была большая красивая комната с верхним светом, очень высокая и очень светлая. На стенах были развешаны этюды.

Везде видны были начатые картины. Непривычный запах, непривычная мебель, все было ново для Имогены, и ее неловкая смущенность забавила королеву Ортруду.

Сабина Фанелли была уже там. Королева Ортруда сказала:

— Вот я вам привела другую, госпожа Сабина Фанелли. Графиня Имогена Мелладо.

Со странным выражением на лице смотрела королева Ортруда, как две возлюбленные принца Танкреда любезно здороваются одна с другою. Знают ли они обе, что они соперницы? Королева Ортруда сказала, обращаясь к художнице:

— Я хотела подарить вашу работу принцу Танкреду. А теперь не знаю. Может быть, мне захочется оставить ее у себя.

Сабина Фанелли смущенно сказала:

— Конечно, его высочество очень ценил бы этот подарок.

— Бесценный, благодаря вашему искусству, — возразила королева Ортруда. — Можно и начинать? — спросила она.

— Да, государыня, — ответила Сабина Фанелли.

Королева Ортруда сбросила хитон. Осталась нагая. Имогена робко спросила:

— Я тоже должна буду раздеться?

И покраснела ярко. Ее смутила мысль, что она будет стоять нагая вместе с женою того человека, которого она любила. Королева Ортруда холодно сказала:

— Да, милая Имогена, разденьтесь. Сюда никто не войдет. Никто вас не увидит, кроме этого высокого неба.

Пока Имогена с помощью Сабины Фанелли снимала свои одежды, королева Ортруда легла на приготовленном ложе. Томным сладострастием дышало ее тело. Сабина Фанелли положила Имогену рядом с королевою Ортрудою. Имогена приподнималась на локте и смотрела в лицо только что проснувшейся Ортруды.

Это была странная, жестокая игра взглядов. Королева Ортруда видела, что Имогена испугана. И вдруг в лице Имогены произошла странная и страшная перемена. Ее фиалково-голубые глаза зажглись демонскою злобою и рот искривился и покрылся пеною. Вопль угрозы и злобы вырвался из груди Имогены. Волосы ее стали косматы, как у молодой ведьмы, и она тяжело навалилась на грудь королевы Ортруды.

Глава пятьдесят третья

Все чаще и чаще дымился вулкан на острове Драгонера, все гуще и гуще становились дымные, фиолетово-серые над его тупо раздвоенною, зеленовато-бурою вершиною тучи. Все дальше разносилось тяжелое дыхание вулкана над синими волнами широкого моря, и уже легким серовато-золотистым пеплом все чаще плыли над веселою, шумно-яркою Пальмою его зловещие вздохи, и все чаще несли они обещание несчастий и смерти многих, обещание воплей и слез. С многоуханными ароматами пальмских широких садов все чаще смешивались дымно-горькие запахи: они были странно похожи на слащаво-горькие запахи лесного пожара в равнинах далекой России.

Жители Соединенных Островов сначала были очень обеспокоены этими зловещими признаками. Потом прошло несколько месяцев, когда на Островах мало думали о вулкане. Случилось это отчасти потому, что к медленному пробуждению вулкана все привыкли, — но более потому, что внимание островитян было в то время слишком отвлечено событиями, которые быстро созревали под мглистым дымом жестокого, коварного вулкана.

Дела людские в эти дни перед стихийною бедою были еще безумнее и злее, чем всегда. Над всею страною нависли, как тучи грозовые, вражда и злость. Они заражали помыслы и желания людей и бедную волю их направляли к достижениям жестоким. Это зловещее влияние вулкана сказывалось неотразимо на всем королевстве Соединенных Островов. Некий злобный демон рассыпался мелким бесом по всей той стране.

Самая природа здесь, казалось, изменилась. Резкие краски ее поблекли под легкою пепельною дымкою, раскинутою вулканом по всей стране, но ароматы и все запахи усилились, и цветы в садах и на полях благоухали с бешеною страстностью.

Жители Соединенных Островов стали непомерно возбужденными и нервными. Уличная толпа все чаще казалась сборищем пьяных, хотя пили в те дни почему-то меньше, чем прежде. Всякий спор легко переходил в ссору, а ссоры часто оканчивались убийствами.

Мужья стали чрезмерно ревнивы, строгость родителей

возрастала непомерно, и семейная жизнь у многих омрачалась безумными жестокостями.

Во всей стране развелось множество всякого рода необыкновенных людей: ясновидящих, блаженных, теософствующих и наставляющих. Появилось одновременно много поэтов, из которых большая часть была объявлена гениальными. Только немногие скептики говорили, что через пять лет будут забыты все эти новоявленные гении. Печатные же отзывы об их поэмах и романах пестрели такими пышными выражениями:

«Никогда еще мир не видел...»

«Во всей Европе не найдется...»

«Начало двадцатого столетия будет „названо эпохою (имярек)“».

Газеты завели отдел «самокритики», — и отзывы этих поэтов о себе самих были еще великолепнее, чем похвалы критиков профессиональных. Один поэт назвал себя «юным богом» и что Аполлон и Дионис были только его предтечи. Третий превзошел их обоих заявлением, что он — «сверх-я». Четвертый, самый ловкий, согласившись со всеми, расхвалив их всех и еще некоторых других выше семи небес, сказал, что все эти определения очень остроумны, но что, серьезно говоря, это он является главою новой литературной школы.

Польщенные, но и смущенные собратья его согласились с ним, но в душе с этим не могли примириться. Однажды общим скопом они возвели его будто бы для интимного, но торжественного увенчания лаврами на самую высокую скалу над морем и оттуда низвергли его в шумящие, опененные волны. Разбиваясь о ребра острых камней, цепляясь за кусты золотыми кудрями, низвергаемый поэт вопил неистовым голосом:

— Нет, весь я не умру. Позор, позор завистникам!

Правду о смерти своего собрата поэты решили было держать в тайне, но скоро проболтались. Их судили, и суд похож был на торжество: зал суда пестрел дамскими нарядами. Оправдали всех, и дамы осыпали оправданных цветами.

Возникали многие странные, фанатические секты. Их догмы и ритуалы были иногда так необычайны, что сатанисты и люциферианцы перед этими новыми сектантами чувствовали себя почти верными чадами вселенской церкви.

Женщины, — особенно начинающие увядать, — усерднее

обычного посещали храмы. В черных, грубых власяницах, надетых на голое тело, они с воплями и с рыданиями распростирались на холодных плитах церковного пола. В экстазе самообвинения, разрывая на себе одежду, они настойчиво требовали для себя таких жестоких бичеваний и каялись в таких чудовищных прегрешениях, что сладострастные патеры порою умирали от разрыва сердца на порогах своих исповедален. Иные стыдливые дамы, чтобы без помехи участвовать в этих неистовствах, закрывали свои лица черными кружевными масками.

На улицах городов и сел все чаще встречались шумные, нестройные процессии кающихся, мужчин и женщин. Полуобнаженные, окровавленные, они жестоко бичевали самих себя и друг друга. И здесь у иных стыдливых женщин лица были укрыты масками, но многие считали это грехом и ни своих лиц, ни тел не закрывали.

Вопли и движения этих кающихся были неистовы и порою даже соблазнительны. Но полиция не всегда решалась разгонять или забирать их: опьяненные жестокими самобичеваниями, фанатики готовы были вступить в кровавую драку со всяким, кто помешал бы их вакханалии. Да и боялись того, как бы в числе взятых женщин не оказались дамы очень знатные или даже одна из королев. Впрочем, многие в те безумные дни стяжали себе славу пострадавших за веру.

Многие сходили с ума. Непомерно увеличилось число преступлений и самоубийств. Молодые люди стали необузданно сладострастны.

С роковою неотвратимостью приближались грозные, смутные дни революции. Все шумнее и многолюднее становились народные собрания, все пламеннее звучали на них речи демагогов, и все более непримиримые предлагались и принимались на них постановления. Уже буйные сборища рабочих нередко вступали в столкновения с полициею и с войсками. Бешеные демоны, летящие в тонком дыму вулкана, багряня зори, золотою желчью обливая полдневные выси, ярили кровь мужей и жен и безумили юных девушек и мальчишек. Безумные были дни и кошмарные ночи. И уже для всех в той стране стала ясною неизбежность вооруженного столкновения.

Лукавые политики в министерстве Виктора Лорена давно

уже учитывали шансы восстания. И Виктор Лорена шел спокойно навстречу готовящимся событиям. Он был уверен в победе правительственных войск над вооруженными рабочими, — и потому провоцировал рабочих к мятежу, чтобы не дать времени усилиться их организациям. Его тайные агенты втирались во все рабочие организации и громче всех проповедовали необходимость немедленного восстания.

Свои коварные замыслы Виктор Лорена таил от королевы Ортруды. Но о многом она догадывалась сама. Коварство властолюбивого министра было ненавистно королеве Ортруде. Но что она могла сделать? Бессилие власти ощущать, говорить да и нет готовым решениям, — только.

Виктор Лорена втайне питал широкие замыслы. Пусть бы революция и удалась. Виктор Лорена был уверен, что она только заменит монархию республикою; в республике же, — думал он, — будет господствовать буржуазия, и она не отвернется и тогда от своего испытанного вождя. И уже Виктор Лорена все чаще мечтал о посте президента республики.

В прежние годы похождения принца Танкреда казались Виктору Лорена неудобными для правительства. Теперь же он думал, что в этом отношении чем хуже, тем лучше. Пусть лицемерные буржуа и простодушные пролетарии возмущаются сколько хотят, — даже и крушение древней династии застанет Виктора Лорена готовым ко всему.

В то же время около принца Танкреда все теснее сплачивалась тайная партия людей, замышлявших при помощи армии и флота свергнуть с престола королеву Ортруду, провозгласить Танкреда королем и насильственно изменить конституцию в пользу магнатов и аграриев. В этой партии было много военных честолюбцев и шовинистов. Все они мечтали о войнах, о завоеваниях, о славе, богатстве и власти. Было здесь много дам высокого общества, клерикальных взглядов. Сама королева Клара думала, что она будет влиятельнее, если Ортруда будет не царствующею королевою, а только королевою при муже, как и она.

Маркиза Элеонора Аринас подстрекала принца Танкреда к решительным действиям. Но Танкред был осторожен. Он искусно вдохновлял провокацию, окружил королеву Ортруду сетью шпионства и торопил события, а сам держался так, чтобы на него не падало подозрение.

Графа Роберта Камаи сначала приводило в ярость охлаждение принца Танкреда к Маргарите. Граф Камаи боялся, что положение его стало непрочным. Но скоро он успокоился. Он знал так много о принце Танкреде, что Танкред принужден был по-прежнему покровительствовать ему. На всякий случай граф Камаи, изменник и разбойник в душе, человек глубоко бесчестный, приберегал кое-какие документы, чтобы в подходящий момент, если это окажется выгодно, предать принца Танкреда. Одним из таких документов было письмо к нему Танкреда, то самое, которое хитрая Маргарита сумела украсть и вложила в любовные письма, переданные ею королеве Ортруде.

Может быть, Виктор Лорена был не совсем прав в своей уверенности. Организация власти и силы была далеко не так уж совершенна, как первому министру казалось. В последние дни обнаружилось, например, несколько случаев покражи оружия и снарядов из казенного арсенала. Несомненно было, что кто-то из чинов арсенала был подкуплен организаторами восстания. Представители парламентской оппозиции уже не раз указывали на взяточничество и подкупность администрации. И в печати, и в парламенте говорили, что армия вооружена плохо, что интенданты и поставщики грабят казну, что броненосцы не годятся для боя, что военные секреты не оберегаются достаточно строго. Но министерство имело прочное большинство в парламенте, а ловкость Виктора Лорена помогала ему опровергать довольно убедительно самые неопровержимые сообщения.

И шансы на успех восстания были также не очень малы. Правда, широкие массы рабочих еще недостаточно были сплочены; правда, крестьяне и рабочие не были объединены и представляли два различные класса с разными интересами и устремлениями и с неодинаковою поэтому идеологиею. Но все-таки для организации восстания было сделано многое, и все сделано было умно и систематично.

Крупную роль в организации играли женщины, учительницы, телефонистки. В организации были люди разных общественных положений, примкнувшие к движению по самым разнообразным побуждениям. Были тут люди науки, вовлеченные в движение теоретическим интересом. Были фантазеры и изобретатели новых социальных систем.

Были светские люди, из любопытства занимавшиеся политикою; они смотрели на революцию, как на вид спорта, опасного, но тем более захватывающего. Были представители городской интеллигенции, побуждаемые добротою, жалостью к эксплуатируемым, бескорыстием, чувством справедливости, любовью к ближнему и другими мотивами столь же идеалистической природы. Были сентиментальные барышни, сочувствующие бедным рабочим, потому что это так трогательно. Были пришедшие сюда потому, что в их кругу это было в моде. Были религиозные и мистически настроенные люди, жаждавшие наступления царства Божия на земле. Были возненавидевшие европейскую цивилизацию и жаждавшие опрощения. Были люди с прекрасными дипломами, но без должностей, инженеры, химики, агрономы, врачи и вообще всякого рода неудачники. Были обманувшиеся честолюбцы, не нашедшие в обществе того места, которое бы соответствовало их притязаниям, и рассчитывающие занять выдающееся положение. Были озлобленные и обуреваемые жаждою мести. И много было людей, объединенных с рабочими общностью интересов; только они и были действительно полезны для движения.

Манифест, перед восстанием выпущенный центральным комитетом союза революционных организаций, составлен был в ясных и простых выражениях и содержал в себе небольшое число основных требований. Революционеры требовали созыва конвента, с целью настаивать на республике и на социализации земель и капиталов.

Личная популярность Филиппа Меччио, поставленного во главе революционного союза, была также немалою порукою за успех восстания. У Филиппа Меччио было много приверженцев и поклонниц в разных слоях общества.

Глава пятьдесят четвертая

Жизнь королевы Ортруды была в эти дни тяжко закутана дымным облаком. Ее душа томительно колебалась на страшных качелях противочувствий: то она стихийно и злобно радовалась наступающей грозе, — то, земная, дневная, все же еще человеческая, робко ужасалась ее приближению, ее роковым предвещательным голосам. Как и другие женщины, королева Ортруда порою облекалась власяницею и, укрыв лицо маскою, устремлялась в кровавое безумие улиц — вопить и метаться, предавая тело мукам.

Все чаще приникал к королеве Ортруде безумно-яростный бес жестокого сладострастия и медлительно пытал ее горькими истомами. Вместе со всеми юными и сильными в ее стране жаждала бедная, оставленная своим Танкредом, — своею высокою мечтою о герое-муже, — королева Ортруда любострастных утешений. Уже влюбленная давно в красоту людскую, Ортруда вдруг ощутила в себе душу гетеры, душу изменчивую, страстную и равнодушную. Но темные кошмары томили ее, и все чаще уходила Ортруда в подземные чертоги Араминты, в лазурный грот, где тихие, милые дремлют воды. В подземные чертоги убегала Ортруда все чаще, потому что кошмары ее были рождены багровыми сквозь дым лучами очей Дракона, кровавые, жестокие кошмары.

Мысли и мечтания бедной Ортруды все чаще и чаще обращались к влюбленному в нее Карлу Реймерсу. Все милее день ото дня становился Ортруде образ белокурого, тихого германца с мечтательными ласками задумчивых глаз. В нетерпеливом желании объятий и поцелуев все чаще и чаще казалось ей, что она полюбила Карла Реймерса.

Полюбила ли? Разве не одна в жизни любовь? Разве можно любить второго? Разве не вечен в сердце образ Первого Избранника? Полюбить другого — не значит ли открыть свое сердце для всех возможностей и неожиданностей? Не значит ли это — стать блудницею и выходить на распутия, звонко клича пылких юношей и любострастных старцев?

Но что же из того? Что же так устрашает бедное сердце тоскующей Ортруды? Разве быть гетерою — не сладчайший во все времена удел женщины? Разве этим не побеждает она скудной ограниченности бедного человеческого бытия в пределах этой ничтожной жизни?

Так многими вопросами испытывала свое сердце и свою судьбу бедная королева Ортруда. Она не могла найти на свои вопросы верного ответа и томилась. Иногда становилось ей страшно чувствовать, как возрастает ее влечение к Карлу Реймерсу. Тогда она пыталась бороться с этим влечением.

Но как же ей с ним бороться? Бедное сердце женщины, как же ты можешь победить свою темную, коварную Очаровательницу, неизбежную свою Подругу и Госпожу?

Иногда королева Ортруда старалась не видеть Карла

Реймерса или хоть реже встречаться с ним. Иногда же, не уклоняясь от этих встреч, она пыталась победить свою и его любовь резкостями, отпугнуть ее злыми взглядами и жесткими словами.

Как и во всяком ином, тесно очерченном кругу, при дворе быстро замечают всякие мелочи. И вот скоро там стали догадываться, стали предполагать большее, чем было на самом деле. Осторожная, злая сплетня, обвитая клеветою, уже ползла, шипя, по темным переходам старого королевского замка.

Когда намеками сказали об этом и принцу Танкреду, он был рад. В измене королевы Ортруды думал он найти оправдание для своих измен и верный щит от людского злословия.

Краем огромного, тихого сада при королевском замке шли, разговаривая, Афра Монигетти и Карл Реймерс. Широкая, мглисто-золотая даль морская открывалась перед ними. На белой мраморной скамье над обрывом они сели, — и Афра сказала вдруг, без связи с тем незначительным, что было сейчас содержанием их дружеской беседы.

— Послушайте, Реймерс, — не ходите к королеве Ортруде.

Карл Реймерс посмотрел на Афру недоверчиво и спросил:

— Вы это говорите мне по поручению ее величества?

— Нет, — отвечала Афра. — Я сама вижу, что Ортруда страдает. Не ходите к ней. Не волнуйте ее вашею близостью, вашими словами, вашими взглядами. Ваши глаза слишком сини и обманчиво-тихи, ваши речи, такие глубокие и нежные, полны сладкого яда.

Карл Реймерс улыбнулся невесело и сказал:

— Милая Афра, у вас мужская душа.

Афра улыбнулась. Она не удивилась ничуть неожиданности этого ответа. Сказала спокойно:

— Да, господин Реймерс, вы, кажется, правы. Я бы хотела быть воином. Или, еще лучше, оратором. Зажигать сердца мужчин и очаровывать женщин.

Карл Реймерс насмешливо улыбался. Он отвечал досадливо:

— Никто не хочет быть тем, чем создала его природа. И королева Ортруда не довольствуется высокою долею царствовать над этою прекрасною страною. Она ищет утешений, доступных и множеству других людей. Во всем ищет она страстной, телесной любви и красоты. Вот она обладает талантом живописца. Она влечется к милым соблазнам красоты нагих тел и так очаровательно их изображает. Как же ей жить без любви, без страсти! Жизнь без любви — для нее смерть.

Афра внимательно выслушала Карла Реймерса. Помолчала немного. Вздохнула легко и сказала:

— Да, все это верно. Но вы, дорогой господин Реймерс, все-таки оставьте Ортруду. Вы не можете любить ее так, как она вас полюбит. Для вас эта любовь — только краткий эпизод в вашей жизни. Для нее эта игра может окончиться трагическою развязкою. Душа у нее стихийная, как это море, которое она так любит. Она не в мать.

Карл Реймерс спросил недоверчиво:

— Вы думаете?

И, словно сам себе отвечая на этот вопрос, сказал решительно:

— Страстные обе, они — одной породы.

— Нет, Ортруда не в мать, — повторила Афра. — У королевы Клары страстность счастливо сочетается с холодным темпераментом делового человека. Это спасает королеву Клару от трагедии любви. Королева Клара простодушно думает, что ее связи то с одним, то с другим — только грех, легкий и приятный. Согрешит она, потом покается перед духовником, перенесет эпитимию, легкую, как и самый грех, получит отпущение, — и опять готова грешить. Ей легко.

Карл Реймерс выслушал эти слова с легкою улыбкою и сказал:

— Да, конечно, ей-то легко. Все грехи королевы Клары перейдут на королеву Ортруду. Ортруда за них ответит перед Богом и перед людьми.

Афра спросила с удивлением:

— Почему Ортруда?

Карл Реймерс с тихою, недоброю улыбкою отвечал:

— По жестокому закону наследования. Кто принимает наследство, тот берет на себя и долги. Да и так мы все часто берем на себя чужие грехи, чужую вину, — вернее, чужую казнь.

Афра тихо сказала:

— Это жестоко, если это так.

Карл Реймерс возразил:

— Но это справедливо. Впрочем, утешьтесь, милая Афра. Мои отношения к королеве Ортруде имеют совершенно платонический характер. Я очень надеюсь, что она все еще любит принца Танкреда. Я люблю ее больше, чем свое счастие, и за ее спокойствие я готов пожертвовать всем.

Однажды утром королева Ортруда пригласила к себе Карла Реймерса. Она занялась с ним своею деловою корреспонденциею и денежными делами. Старалась придать своему голосу деловую сухость. Но лицо королевы Ортруды багряно рдело, и тусклые огни таились в черной глубине ее глаз.

Внезапно королева Ортруда сказала:

— Господин Реймерс, мне очень не нравится…

Остановилась, вздохнула глубоко. Карл Реймерс почтительно ждал.

— Ваша самоуверенность, — докончила королева Ортруда. — Вы не хотите или не можете скрывать то, что должно было бы навсегда остаться только вашею тайною. Язык ваших взоров, слишком красноречивых, делает меня участницею того, в чем не должно быть моей доли. Я не хочу этого, и долг мой — запретить вам. Вы не должны лелеять в своей душе мечты, которым не суждено осуществиться.

Карл Реймерс выслушал королеву Ортруду, покорно склонив голову, и тихо сказал:

— Простите, государыня, дерзость моих благоговейных мечтаний. Я ничего не жду, ни на что не надеюсь. Услышать изредка хоть только шелест вашего платья — и то было бы для меня величайшим счастием, о каком я только мог бы мечтать.

Королева Ортруда слушала Карла Реймерса, и странное смущение отражалось на ее лице. Она сказала:

— Я с удивлением вижу, как я слаба и нерешительна. Вы говорите мне то, чего вы не должны были говорить, — а я! Я спокойно слушаю то, чего не должна была слышать, и не нахожу в себе сил остановить вас. Как это странно! Надо было бы давно кончить это. Нам с вами давно следовало расстаться.

Карл Реймерс сказал еще тише:

— Не гоните меня, государыня.

Королева Ортруда, словно прислушиваясь к каким-то голосам, которые звучали в ней, быстро говорила:

— Но я не могу вас отпустить, Карл Реймерс. Я люблю вас.

136

Люблю.

Тихим стоном вырвались эти слова. Королева Ортруда порывисто встала и поспешно вышла. В смущении и в восторге смотрел за нею Карл Реймерс.

В сладостный час внезапного смятения сказала королева Ортруда Карлу Реймерсу, что любит его. И сама о себе думала Ортруда, что полюбила Карла Реймерса. Но не отдавалась ему.

Ортруда знала, что не отдается ему только теперь, до того времени, когда уж ей будет все равно. Но и не отдаваясь Карлу Реймерсу, королева Ортруда вела с ним долгий, странный поединок. Отравленная горьким дымом вулкана, вся распаленная сдержанною чувственностью, Ортруда играла с Карлом Реймерсом опасные игры, и были эти игры подобны зыбким пляскам на краю зияющих бездн.

Иногда вдруг, среди делового доклада; королева Ортруда порывисто вскакивала со своего кресла, подходила к Карлу Реймерсу, обнимала его нежно и целовала его, шепча:

— Милый, милый, как я люблю тебя! Никого еще я так не любила.

Карл Реймерс целовал побледневшее лицо с полузакрытыми глазами, ее трепетные руки, обнимал ее, — и вдруг она освобождалась из его объятий, отходила быстро к своему месту за столом, и уже лицо ее опять было холодно, и глаза ее были сухи. Муки ее страстных поцелуев еще жгли Карла Реймерса, и как сквозь дымный сон слышал он ее равнодушно-звонкий голос:

— Будьте любезны продолжать, господин Реймерс.

Муками вожделения томила его Ортруда, и казалось, что она мстит кому-то за что-то и не знает, как вернее и лучше отомстить.

Иногда ночью королева Ортруда призывала Карла Реймерса и вела его в сад. Быстро мелькали из-под складок черного хитона ее смутно белеющие на желтом песке дорожек ноги, и смутно белели ее плечи, и ее стройные руки двигались беспокойно, словно лунный свет сообщал им тоску своего легкого очарования, — и тихий голос королевы Ортруды звучал, колыша тишину знойной ночи. Быстро шли они навстречу шумным голосам вечно ропщущего моря.

Там, над обрывом, где бездны двух небес, небесной ясной лазури и морской шумной глубины, мерцали при луне, печально ворожащей, Ортруда сбрасывала вдруг на землю свой черный хитон и нагая стояла перед Карлом Реймерсом. Как мраморное изваяние, стояла она перед ним и говорила ему сладкие, нежные слова — о любви, о смерти, о бедной судьбе человека, обреченного на скудный удел одинокого бытия. Ортруда рассказывала Карлу Реймерсу свои мечты о счастии далекой, милой Елисаветы, любящей и любимой.

Истомленный жестоким и сладким соблазном, Карл Реймерс бросался к Ортруде, восклицая:

— Ортруда, жестокая, милая, царица моя!

Она легко отстраняла его, движением нежным, но сильным, и убегала, скрываясь белою, легкою тенью во тьме. Один, усталый и тоскующий, возвращался Карл Реймерс домой.

Муками бессильной ревности томила иногда его жестокая Ортруда. В тихий час предвечерний, когда легкий пепел далекого вулкана набрасывал на яркую резкость желтых и зеленых скал нежно-золотистый флер, шла, улыбаясь, Ортруда на берег моря с Карлом Реймерсом и с Астольфом. Остановившись где-нибудь на песчаном берегу уединенной бухты под скалами, она говорила:

— Как обаятелен этот вечер! Золотисто-зеленоватый свет струится над дивною лазурью морскою, и она вся покрыта легкою пепельно-золотою дымкою. Очаровательная стихия для рождения истинной красоты! Но где же юное божество, выходящее из смеющихся вод, радующее взоры человека мерцанием нагого, прекрасного тела, подобного во всем телу человека, но только обвеянного счастием, радостью и славою! Но что же я! Вот он, мой юный бог! Астольф, — говорила она дрожащему от нетерпения радости отроку, — сними свои одежды и войди в ту милую воду, чтобы утешить нас созерцанием чистой красоты.

Астольф радостно повиновался. Вода с прохладною ласкою плескалась о его смуглое, горячее тело, и по его гибким членам, казалось, бежал, из черных глаз лучась, золотисто-пепельный смех легкого стыда и непорочного веселья. Ортруда радовалась и смеялась. Потом вдруг она сбрасывала свои легкие одежды и, распростертая на тонком, сухом песке, звала к себе Астольфа. Он робко подходил к ней. Капли воды дрожали, переливаясь многими огнями, на его смугло-золотистой коже, и отблески многоцветного перламутра мерцали на ней. Астольф становился на колени, и Ортруда привлекала его к себе. Она говорила Карлу Реймерсу:

— Господин Реймерс, смотрите, какой он красивый! Как восхитительно сочетаются тоны моего тела и его тела, — как тела нимфы-матери и отрока-героя.

И ласкала Астольфа, и целовала его.

Без конца разнообразила королева Ортруда муки ревности, всеми ими томя Карла Реймерса. Ортруда часто рассказывала Карлу Реймерсу, как она любила принца Танкреда, как Танкред любил ее.

— О, теперь уж он не такой! — насмешливо и лукаво говорила она. — Может быть, он и никогда не был таким. Мы ждем от возлюбленного невесть каких совершенств и ошибаемся. Но пусть, пусть! И ошибаться сладко, когда любишь, так, как я любила моего Танкреда.

Глава пятьдесят пятая

Влеклись дни, тяжелые, горькие, закутанные дымным облаком. Как тягостный сон, пережила их королева Ортруда. Легкий дым далекого вулкана все больше окутывал ее, делал ее нервною, беспокойною. Толкал на безумные поступки.

Тяжкие, дымные дни, дни кошмаров и безумств! Как сон проходили они, только изредка принося краткие, сладкие, отравленные часы отрад. Мелькали милые порою образы, и любимые склонялись над Ортрудою лики, в безумных ласках руки сплетались, и уста из милых уст мгновенно-острые пили отравы. Милые лики сменялись, как призрачные аспекты единого, возлюбленного навеки. Светозарного.

Карл Реймерс, мечтательно-синий взор.

Страстный отрок Астольф, трепетно-смелый.

Девственная Афра, глубокий взор и темный.

Иногда догадывалась королева Ортруда, что Карла Реймерса удерживает около нее не только любовь, но и честолюбие. И кто знает, что сильнее! В своих деловых докладах королеве Ортруде Карл Реймерс обнаруживал большое знакомство с людьми и с делами. Осторожные, но настойчивые советы Карла Реймерса наводили иногда королеву Ортруду на мысль об его заинтересованности во многих предприятиях. Он приобрел несколько участков земли. Однажды обе королевы и принц Танкред приняли его приглашение провести три дня в его вилле на острове Ивисе. Он был дружен с Афрою, и с Виктором Лорена, и с многими другими, очень разными людьми.

Незадолго до этих дней министр финансов, недовольный неудачею какого-то мелкого своего проекта, заговорил об отставке. Виктор Лорена, сообщив об этом королеве, советовал ей сделать некоторые перемены в распределении портфелей. В числе возможных кандидатов на освобождавшийся пост министра земледелия он назвал и Карла Реймерса.

Королева Ортруда удивилась и сказала:

— Но ведь Карл Реймерс не депутат. Удобно ли нарушать для него издавна установившуюся традицию?

Виктор Лорена отвечал:

— Это не трудно устроить. Мы проведем его в парламент, а временно этот портфель можно поручить министру торговли.

В конце доклада королева Ортруда, следуя обычаю, поручила Виктору Лорена передать министру финансов, что ей будет приятно, если он останется. Он остался, и вопрос о министерском портфеле для Карла Реймерса сошел с очереди.

Честолюбие, бедная слабость! Что же Ортруде до его слабостей! Разве не вправе она выбирать только лучшее в человеке, отбрасывая остальное? Разве она не королева, не госпожа жизни?

Любила Ортруда Карла Реймерса, — и решилась наконец не противиться этой любви, отдать его ласкам это бедное тело, вечно жаждущее ласк.

Что же! Ведь только несколько сладких минут, похищенных от жизни, и потом опять тоска, и дым, и пепел.

Тяжелые дни переживала и Афра. Она готова была все сделать для Ортруды, потому что любила ее. Но не знала Афра, как спасти Ортруду от опасностей, окружавших ее со всех сторон. Афра видела, что клубок хитрых интриг все теснее опутывал королеву Ортруду. Ненависть знати стерегла каждый шаг Ортруды, и молва разносила о ней чудовищные небылицы. Уже начинали говорить о безумии королевы Ортруды. О необходимости учредить регентство.

Афра готова была все сделать для Филиппа Меччио, потому что любила его. Знала, что он избран командовать войсками революции. Готова была бежать с ним вместе на остров Кабреру, где должно было начаться восстание. Но как оставить Ортруду! Притом же Афра слишком ясно понимала положение вещей, чтобы не видеть, как мало надежд на успех революции.

Так любовь к Ортруде и любовь к Филиппу Меччио мучили Афру неразрешимыми противоречиями.

Любила. Была очарована всеми нежными и страстными чарами, которыми владела королева Ортруда, и вместе с нею призывала Светозарного, Денницу радостную и кроткую. Но видела Афра, что смертельно ранена душа Ортруды, усталая, обремененная наследием тридцати семи поколений, господствовавших над людьми, — ранена смертельно и погибает.

Любила. Очарована была всеми страстными, пламенными чарами, которыми владел Филиппо Меччио, и вместе с ним ожидала пришествия в мир мятежного духа, вечного врага господствующих сил. Видела, что характер его — смесь детской искренности и сатанинского честолюбия. Не хотела всматриваться в его слабости, — но все же больно чувствовала их.

Иногда казалось Афре, что любовь Филиппа Меччио к ней неглубока и ненадежна; порою даже свирепая ревность зажигалась в ее душе. А иногда опять Афре вспоминались черты его рыцарски-верной души. Сладостные надежды боролись с горькими предвещаниями, — и Афра тосковала, и дни ее длились, черные, дымные, горькие.

Наконец на острове Кабрера вспыхнула революция. Быстро сформировавшиеся отряды инсургентов соединились в стройные батальоны, отлично вооруженные; пушки, спрятанные где-то в горах, были соединены в грозные батареи. Образовалось целое войско, и во главе его стал Филиппо Меччио.

Почти весь остров в первые же дни был во власти восставших. Только на юге, около крепости, небольшой округ был занят отрядом правительственного войска.

На других островах положение было неопределенное. Во многих городах происходили волнения. Была объявлена всеобщая забастовка. Почта, телеграф, железные дороги едва работали, да и то во многих местах приходилось ставить солдат на места забастовавших. В горах появились отдельные отряды инсургентов. Бандиты пользовались общим замешательством, и дороги стали опасны даже близ больших городов и крепостей.

Во многих местах радостно ждали прибытия войск Филиппа Меччио. В обществе революция была популярна. Опасались, — а многие и радовались, — что скоро и около Пальмы появятся отряды республиканской армии. Ходили слухи, что число восставших с каждым днем сильно увеличивается.

Правительство торопливо собирало войска для посылки на Кабреру. Главнокомандующим на Кабрере был назначен принц Танкред. Королева Ортруда с удовольствием подписала декрет об этом назначении: она была рада, что этот ненавистный человек хотя на время оставит ее замок.

Чтобы выиграть время для сосредоточения армии и чтобы обмануть восставших, Виктор Лорена вел с ними переговоры, явные и тайные. Открыто он обещал амнистию, если восставшие сложат оружие. Тайно, через своих агентов, торговался и давал понять, что не очень дорожит сохранением существующего строя. Не скупился на коварные обещания, исполнять которые не думал.

Тайные агенты министерства старались внести раздор в среду революционеров — и это им отчасти удалось.

Министерство в Пальме решило предложить парламенту несколько радикальных законопроектов. Это уменьшало шансы революции, потому что успокаивало значительную часть недовольных и колеблющихся. В то же время Виктор Лорена рассчитывал, что парламент, послушный ему, сумеет достаточно испортить эти законопроекты. Хитрые буржуа, господствовавшие в парламенте, быстро поняли истинную цену этого внезапного радикального законодательства и не сердились на своего министра.

Королева Ортруда видела, что Виктор Лорена лукавит. Это было ей тягостно, особенно теперь, в дни восстания. Ортруда говорила, что надо созвать национальный конвент с правами учредительного собрания. Она говорила:

— Прочное успокоение возможно только в том случае, если народ сам решит свою судьбу.

Министерство не соглашалось. Виктор Лорена говорил королеве Ортруде, что теперь главная задача власти только в том, чтобы усмирить восстание. Королева Ортруда не имела возможности настаивать на своем, — вызвать в смутное время министерский кризис она не решалась, да и никто в этом парламенте не взял бы на себя поручения составить министерство, которое могло бы созвать учредительное собрание. Но в разговорах с Виктором Лорена королева Ортруда очень часто возвращалась к этой мысли, и потому первый министр стал наконец опасаться, как бы королева не назначила внепарламентский кабинет из людей не партийных, которые согласились бы слепо исполнять ее повеления.

Виктор Лорена сказал однажды, принимая начальника тайной полиции:

— Королева Ортруда слишком уверена в том, что простой народ ее любит и что он всегда будет стоять за нее. Дай Бог, чтобы она не ошиблась в своей уверенности.

Намек был понят. Тайная полиция была отлично выдрессирована и знала свое дело превосходно. Было наскоро устроено бутафорское покушение на королеву Ортруду. Казенный провокатор нашел дурака, семнадцатилетнего мальчишку, фабричного рабочего, и внушил ему, что полезно совершить манифестацию против монархии.

Однажды вечером на открытие благотворительного базара в пользу осиротелых солдатских семейств ждали королеву Ортруду. Дом городской ратуши был ярко иллюминован и украшен национальными флагами. На улице толпились любопытные, и мальчишки шныряли и возились в толпе. Когда у подъезда ратуши остановилась коляска королевы Ортруды, молодой человек в черной блузе, протолкавшись через толпу, выкрикивая какие-то мятежные слова, выхватил из кармана маленький, плоский револьвер, которым снабдил его провокатор, и выстрелил, целясь между лицом королевы Ортруды и спиною кучера. Произошло смятение, на стрелявшего набросились, как водится, и стали было его бить, но дюжие полицейские и жандармы окружили его и отвели в тюрьму.

Чтобы он не проговорился, в ту же ночь в тюрьме он был задушен, — по официальной версии, повесился.

Произведено было множество арестов, и заварилось дело о небывалом покушении на королеву Ортруду.

Центральный комитет союза революционных партий заявил, что покушение на убийство королевы Ортруды не входило в их планы. Многие открыто обвиняли министерство в провокации. Министерство же воспользовалось этим покушением и боязнью инсургентов, чтобы объявить столицу в осадном положении.

Обвиняемых в заговоре против жизни царствующей королевы предали военному суду. Военный суд постановил приговор, которого от него ждали. Но королева Ортруда даровала жизнь приговоренным к смертной казни.

Королеву Ортруду покушение не испугало. Едва только развлекло. Она не верила в его серьезность. А если бы и убили, — разве теперь смерть была бы ей страшна!

Изменчивый принц Танкред, влюбившись в графиню Имогену Мелладо, охладел к Альдонсе Жорис и бросил ее. Только прислал ей сколько-то денег, — достаточно, чтобы это считалось хорошим приданным для деревенской невесты. Бедная Альдонса вообразила, что ее милый не посещает ее потому, что ушел к восставшим. Она слышала, что русские любят сражаться за чужие интересы, о милом же своем думала она, что он, кажется, русский, из далекой, северной холодной страны, где люди богаты, глупы, жестоки и великодушны.

Альдонса бросила свою школу и пробралась на остров Кабреру. Там она служила в революционном войске сестрою милосердия, как и многие другие народные учительницы.

Альдонса все порывалась попасть на передовые позиции — найти бы своего милого. Она думала, что он, отважный, конечно, всегда там, где всего опаснее. Устроить это, конечно, было не трудно. Ее послали, куда она хотела. В одной стычке, неудачной для восставших, Альдонсу захватили солдаты принца Танкреда.

Был вечер. По дороге близ главной квартиры принца Танкреда вели Альдонсу. Руки ее были зачем-то связаны и бедное платье изорвано. Солдаты были угрюмы и молчаливы. Жесткие камни пыльной дороги и зной догорающего дня томили Альдонсу.

По дороге, поднимая столбы серо-багровой пыли, мчалось навстречу конвою несколько всадников в пестрых, красивых мундирах. Солдаты взяли ружья на караул. Альдонса подняла глаза. Ее милый, в блестящей одежде, в каске с зелеными перьями, мчался мимо. Альдонса вскрикнула:

— Мой милый, спаси меня!

И бросилась было к нему. Но быстро промчались мимо кони, и не взглянул на Альдонсу ее милый. Солдат грубо схватил

Альдонсу за плечо.

— Что ты кричишь! — злобно сказал он Альдонсе. — Принц Танкред не помилует бунтовщицу. Видишь, он и смотреть на тебя не хочет.

— Принц Танкред! — с ужасом повторила Альдонса.

В тот же вечер ее привели в дом, где сидели за длинным столом три офицера — военно-полевой суд. Альдонса почти ничего не говорила, да и офицерам было неинтересно тянуть допрос.

Утром рано Альдонсу повесили.

Торжество восставших было недолгое. Скоро между их вождями начались раздоры, и это пагубно отражалось на ходе восстания.

Были раздоры из-за тактики. Было личное соперничество вождей. Даже из-за программы дальнейших действий ожесточенно спорили.

Филиппо Меччио был слишком популярен, и это во многих честолюбцах возбуждало ревнивую зависть. Опасались его диктатуры и всеми способами старались ограничить его права главнокомандующего народным войском.

Военные действия пошли бестолково. Начальники революционных отрядов получали противоречивые приказания то от главнокомандующего Филиппа Меччио, то от военного совета, то от главного штаба. Это их сбивало, конечно, и они не знали, кого же слушаться.

Начали замечать, что движения отрядов и намерения инсургентов становятся раньше времени известными в штабе принца Танкреда. Нападения, которые инсургенты хотели произвести внезапно, встречали отпор, как раз там, где накануне еще разведчики не находили правительственных войск. Стало очевидно, что в лагере инсургентов были изменники. Подозревали, что тайные агенты министерства занимают даже высокие посты в штабе, но уличить не удавалось никого.

Все всех стали подозревать, и от этого дела пошли еще хуже.

Наконец выяснилось, что и в стране революция не имеет достаточной поддержки, что восстание начато раньше времени. Пролетариат оказался слабым, разрозненным, плохо сорганизовавшимся. С каждым днем увеличивалось в стране число желтых синдикатов из хозяев и рабочихштрейкбрехеров.

Глава пятьдесят шестая

Правительственные войска сосредоточились наконец вблизи главного республиканского лагеря. Солдатам было разъяснено, что перед ними коварный внутренний враг, который дерзко посягает на целость государства и желает заменить законную власть властью беззаконного произвола. Этот враг убивает верных слуг правительства. Он припас ружья и пушки против верных, храбрых солдат. Из-за этого внутреннего врага солдатам приходится нести труды и подвергаться опасностям военного положения.

Эти внушения озлобляли против инсургентов значительную часть солдатской молодежи. Но все-таки несколько десятков солдат дезертировали в горы к восставшим. Были и еще солдаты, готовые при удобном случае перейти на сторону революции. При их содействии лагери правительственных войск почти каждый день обильно снабжались мятежными воззваниями. На многих впечатлительных юношей, особенно из тех, которые были пограмотнее, действовали слова прокламаций.

Главный штаб, заметив это брожение умов, решил поскорее дать битву мятежникам, — и вот однажды рано утром, когда из-за гор встало солнце и зажгло в недосягаемых высях лазури оранжево-золотой дым, началась решительная битва.

Вожди инсургентов до последнего часа все еще надеялись на то, что распропагандированная часть войска перейдет на их сторону. Но день битвы не оправдал этих надежд, дисциплина оказалась сильнее убеждений, и с самого же начала для опытного глаза было видно, что перевес на стороне армии принца Танкреда.

Правительственное войско охватило с трех сторон лагерь революционеров, опиравшийся на труднопроходимый горный хребет. Открыли сильный артиллерийский огонь по всем позициям инсургентов. Сильный, но малодействительный. Снаряды плохо попадали, а попадавшие в цель плохо поражали, потому что многие не разрывались. Войска были плохо обучены, командиры были неопытны и неискусны, а материальная часть очень исправна была только на бумаге.

Наконец принц Танкред послал солдат в атаку, прямо в лоб. Солдатики полезли по склонам и уступам гор, и многие были убиты меткими выстрелами таящегося в скалах противника. Наконец сошлись вплотную. Обе стороны сражались — врукопашную — одинаково храбро и одинаково нелепо.

Танкред бесцельно гарцевал на своем вороном коне по дорогам около своего штаба, выслушивал донесения офицеров, посланных с поля битвы и сумевших добраться до августейшего главнокомандующего, и отдавал уверенным и повелительным тоном приказания, случайно дельные и случайно нелепые. Некоторые из этих приказаний передавались по назначению; их исполняли кое-как или вовсе не исполняли, и то и другое совсем случайно.

Когда принц Танкред приближался к тем местам, где порою ложились, взметая дымную пыль, снаряды неприятельских пушек, кто-нибудь из приближенных говорил ему:

— Ваше высочество, вы должны беречь вашу драгоценную для государства жизнь.

Принц Танкред притворялся огорченным, удалялся быстрою рысью от опасных мест и говорил:

— Делать нечего! Предоставим славу подвигов иным, счастливейшим.

Ему отвечали:

— Вашему высочеству принадлежит слава победы над врагами отечества.

Опять та же цыганка встретилась утром Танкреду. Под горною сосною стояла она, глаза ее дико блестели, худощавые щеки были смугло-ярки, и ветер веял складки красной юбки у ее бронзово-темных, стройных ног. Увидев Танкреда, она засмеялась громко и сказала:

— Кого хочешь, того и победишь.

Танкред бросил ей несколько золотых монет. Они легли в пыль, а цыганка убежала.

К концу дня революционное войско было разбито. Немногие уцелевшие бежали в горы. Правительственные войска заняли позицию, усеянную трупами отважных.

Тем и кончилась революция. Парламент вотировал благодарность принцу Танкреду за спасение отечества. Он возвратился в Пальму с великим и шумным торжеством. Все население столицы вышло к нему навстречу. Только не было королевы Ортруды. Затем начались беспощадные репрессии.

Трусливый буржуа жестоко мстил врагам за минуты своей слабости.

Военные суды действовали быстро и безжалостно. Не прошло и недели, как число повешенных и расстрелянных насчитывалось многими сотнями. На жителей восставших местностей наложены были тяжелые контрибуции. Несколько деревень было сожжено. Самоуправление коммун заменилось военно-административным управлением.

Филиппо Меччио скрылся в горах. Это омрачало радость принца Танкреда.

— Его необходимо взять живого или мертвого, — настаивал он.

Как в эти темные дни ненавидела Афра принца Танкреда! Как больно разрывалось ее сердце между любовью к Филиппо Меччио, которого ищут, чтобы осудить и убить, и любовью к королеве Ортруде, которая томилась здесь, бессильная узница власти!

Королева Ортруда спросила ее однажды:

— Афра, ты знаешь, где скрывается доктор Филиппо Меччио?

— Знаю, — сказала Афра.

С грустною нежностью сказала ей Ортруда:

— Передай ему, что если его возьмут и приговорят... ну, все равно, к чему бы ни приговорили, я намерена его помиловать. Моей бедной власти достаточно будет для этого. Ты сможешь передать ему это?

— Смогу, — отвечала Афра.

Хотела благодарить, — и даже не могла. Только заплакала молча. И, лаская, утешала ее Ортруда.

Проходили дни и недели. Филиппо Меччио был еще неведомо где. Остров Кабреру наводнили войсками, все берега острова стереглись тщательно, но все-таки не были уверены в том, что Филиппо Меччио не сумеет бежать за границу.

И вот наконец назначили за его поимку премию — двадцать тысяч лир тому, кто доставит его живого. Как всегда в таких случаях, нашелся предатель. Он проник к Филиппо Меччио под видом друга и потом открыл его убежище врагам.

Ночью дом в узкой, высокой долине меж гор, где скрывался Филиппо Меччио, был окружен солдатами. Было тихо и темно. Горные низкорослые пальмы молчали и слушали. В теплом, влажном воздухе рождались какие-то смутные шорохи. Кто-то спал в этом доме, кто-то стерег чей-то покой, дремля на пороге за входною дверью.

Солдаты прятались за стволами деревьев, за кустами. Предатель шепнул командиру роты:

— Вот окно той комнаты, где сегодня спит Филиппо Меччио.

Капитан, пожилой человек с желтым, нервным лицом, с громадными черными усами, сердито проворчал:

— Какое мне дело до этого окна! Кончайте ваше дело, дон Рамиро, если вы хотите его кончать.

Предатель молча пожал плечами. Он подошел к окну. Прижался к стене и постучался в стекло окна. Потом он легкою тенью скользнул в двери. Приоткрылась узкая щель. Сказан пароль, — и предатель в доме.

— Плохие вести, — шептал в доме предатель Филиппу Меччио, — отряд войск идет сюда. Кто-то выдал. Надо бежать.

— Куда? — спросил Филиппо Меччио.

— Я проведу вас в безопасное место, — шептал предатель.

— Хорошо. Идем, — сказал Меччио.

Вышли из дому. Было темно и странно. Чудилась чья-то злая, чужая близость, шорохи возникали и гасли, и чуждые природе вмешивались в ночной влажный воздух тусклые запахи.

— Здесь кто-то есть? — тихо спросил Филиппо Меччио.

Предатель исчез куда-то. Блеснул на траве узкою полоскою свет потайного фонаря. Чужой, насмешливый голос произнес:

— Доктор Филиппо Меччио, вы арестованы.

Филиппо Меччио схватился за револьвер и выстрелил, не целясь. Какие-то темные фигуры замаячили вокруг. Быстрая схватка, возня на месте. Острая боль в левой руке, точно от удара кинжалом. Чей-то сильный удар выбил из рук Филиппо Меччио револьвер.

— Сопротивление бесполезно, — тихо сказал тот же насмешливый голос.

Яркий свет факелов наполнил площадку перед домом.

— Вы ранены? — спросил капитан.

Кровь текла узкою струею по левому рукаву черного сюртука Филиппо Меччио. Он взглянул на свою левую руку, улыбнулся и сказал спокойно:

— Вы находите, капитан, что дальнейшее сопротивление

бесполезно? Я с вами совершенно согласен. Позвольте мне поздравить вас и ваших доблестных товарищей с успехом этого ночного дела.

Капитан досадливо отвернулся. Солдаты хмуро молчали. Кто-то молодой сказал в стороне:

— Солдаты делают, что им велят. Долг службы. Мы не рассуждаем, а повинуемся.

— Мы присягали королеве и конституции, — сурово сказал капитан.

Военный врач быстро и ловко перевязал рану Филиппа Меччио. Рана оказалась неопасною.

Филиппа Меччио отправили в Пальму. Таково было решительно выраженное желание королевы. Принц Танкред хотел бы судить его на месте и повесить немедля. Но Виктор Лорена не хотел давать принцу Танкреду слишком многого и склонился перед волею королевы Ортруды. Как и всегда, впрочем: королева Ортруда умела быть конституционною государынею и свое личное влияние употребляла редко и осторожно. И всегда успешно.

На пути Филиппа Меччио в Пальму не раз собирались толпы. Слышались сочувственные возгласы.

Конвойные солдаты угрюмо и сдержанно молчали. Глупые солдаты! Они не очень-то гордились своею победою.

Филиппа Меччио посадили, как водится, в тюрьму, за крепкие затворы. С ним обращались хорошо и старались поместить его в наилучшие условия. Но все-таки у него в каземате было скверно — затхлою сыростью веяло от стен; узкое окно за решеткою высоко у потолка пропускало мало света. Где-то мышь скреблась; капля за каплею падала в углу с сырого потолка; за дверью надоедливо-гулко звучали тяжелые шаги часового, — и с противным ржавым скрипом изредка открывалась железом окованная дверь.

Кто-то пытался перестукиваться через стену, — но Филиппо Меччио думал, что это — казенный шпион, и ничего не ответил. Долго и настойчиво стучался назойливый сосед, — и наконец затих.

Филиппо Меччио сидел, погруженный в свои думы. Не очень верил он в переданное ему еще на воле Лансеолем, мальчишкою-контрабандистом, обещание королевы, но не боялся и смерти. Тягостно было думать о крушении дела, о гибели многих товарищей.

Приходил к Филиппу Меччио следователь, хитрый, злой старик. Старался лукавыми вопросами и лживыми сообщениями об уже сделанных признаниях выведать что-нибудь о сообщниках, еще не обнаруженных. Филиппо Меччио был с ним очень вежлив, но не говорил ни о ком.

— Могу рассказывать только о себе, — не раз решительно заявлял он. — Каждый пусть говорит за себя.

Пускали к нему только трех лиц, кроме следователя. Прежде всех пустили врача, который лечил его рану. Потом Афру. Милы были ему беседы с нею и утешительны. Ведь и сильные люди нуждаются в утешении, как маленькие и слабые. Потом стали допускать и адвоката.

Предварительное следствие длилось недолго. Недолог был и суд, — военный. Председатель суда, седой, суровый генерал с наружностью замаринованного Дон-Кихота, вел допрос слишком по-военному, обрывал бесцеремонно и свидетелей, и адвокатов и словно торопился куда-то. Его усердной солдатской душе казалось, что дело уже предрешено и много разговаривать не к чему.

Во время допроса свидетелей Филиппо Меччио сказал несколько презрительных слов о предателе.

— Это к делу не относится, — резко прервал его председатель.

Филиппо Меччио был холодно вежлив с судьями и очень спокоен.

— Храбрый человек, — сказал про него в совещательной комнате председатель.

Без долгих дум, — суд совещался семь минут, — Филиппо Меччио был приговорен к смертной казни через расстреляние. Но суд постановил просить королеву о смягчении участи осужденного и о замене казни пожизненным заключением в крепости.

Филиппо Меччио рассеянно слушал монотонное чтение приговора и улыбался.

Пока еще не было известно, что ответит королева Ортруда на ходатайство суда, и эти немногие часы были наполнены страстною борьбою из-за судьбы Филиппа Меччио. Принц Танкред, ликовавший при известии о поимке Филиппа Меччио, был возмущен просьбою суда о помиловании его.

— Нет, этого не будет! — гневно восклицал он. — Министерство не должно допустить такого безумного поступка.

Чтобы уничтожить впечатление этого неуместного, по мнению, принца Танкреда, ходатайства, он требовал кассации приговора и передачи дела в другой состав суда, более надежный. Генерала же, председательствовавшего в суде, — говорил принц Танкред, — необходимо немедленно уволить в отставку.

Принц Танкред долго разговаривал об этом с Виктором Лорена. Убеждал его требовать от королевы, во имя высших интересов отечества и во имя блага народного, чтобы она отклонила ходатайство суда. Первый министр отвечал неопределенно. Принц Танкред стал сердиться и угрожать, намекая на близость переворота. Но Виктор Лорена не смутился. Он не верил в успех придворного заговора.

— Помилование — прерогатива короны, — спокойно ответил он принцу. — Королева выслушает совет министра, но что бы затем ни было, примет ли ее величество этот совет, отвергнет ли его, во всяком случае министерство поступит неправильно, если уйдет в отставку из-за вопроса о личной судьбе одного из осужденных судом.

Принц Танкред досадливо и нетерпеливо говорил:

— Неужели вы не сумеете внушить королеве, что помилование этого разбойника только поощрит анархистов к покушениям? Несомненно, что это помилование подвергнет опасности ее собственную жизнь. Еще не забыто покушение на нее. Только твердость правительства спасет от повторения таких злодейств.

Виктор Лорена тонко улыбнулся. Сказал:

— Наша всемилостивейшая государыня наследовала доблестный дух своих предков. Опасности, грозящие ее жизни, не остановят ее от исполнения того, что она сочтет своим долгом. Я надеюсь, что Бог оградит королеву от второго покушения на ее драгоценную жизнь. Благородный характер государыни побуждает ее верить заявлениям революционных партий, что преступник послан не ими. Я даже боюсь, что государыня таит в себе такие мысли об этом деле, которые ей слишком горько было бы поверить кому-нибудь. Проницательность и мудрость королевы не избавляют ее иногда от ошибок суждения.

Друзья принца Танкреда интриговали всячески против помилования Филиппа Меччио. Но их бессильные попытки запугать королеву Ортруду только презрение рождали в душе ее. А буржуазия требовала помилования Филиппа Меччио, чтобы не обострять положения. Побежденный, он казался не страшным.

Виктор Лорена принес королеве Ортруде приговор военного суда. Она вопросительно посмотрела на министра. Он молчал. Она решительно надписала на приговоре:

«Дарую полное помилование доктору Филиппу Меччио.
Ортруда».

Так же молча Виктор Лорена взял из рук королевы Ортруды этот, столь обыкновенный с виду, лист бумаги, скрепил его своею подписью и положил его на боковой столик, куда откладывались бумаги после доклада их королеве.

Когда Виктор Лорена встал, чтобы откланяться королеве Ортруде, она сказала ему:

— Дорогой господин Лорена, я хочу увидеть доктора Филиппа Меччио и поговорить с ним. Мне кажется, что я могу услышать от него много интересного. Надеюсь, вы не будете возражать?

Виктор Лорена сказал:

— Простите, ваше величество, я боюсь, что свидание королевы с только что помилованным государственным преступником произведет на общество недолжное впечатление.

Королева Ортруда решительно сказала:

— Я непременно хочу его увидеть. Если вы боитесь недолжного впечатления, то мы устроим это втайне.

— Да, государыня, если вам так будет угодно, — сказал Виктор Лорена. — В этом случае вашему величеству особенно удобно будет обойтись даже и без содействия господина Карла Реймерса, так что беседа, которою вам угодно будет осчастливить доктора Филиппа Меччио, будет иметь исключительно частный характер. Госпожа Афра Монигетти — невеста доктора Филиппа Меччио. Она может, конечно, передать господину Меччио частное приглашение вашего величества.

— Я так и сделаю, — сказала королева Ортруда.

В тот же день Афра передала Филиппу Меччио, что королева

Ортруда хочет видеть его, что королеве интересно побеседовать с ним и что королева будет рада, если он найдет время для совершенно частной беседы с нею. Содержание же этой беседы, каково бы оно ни было, не должно подлежать оглашению.

Филиппо Меччио внимательно выслушал Афру. Это приглашение его не удивило. Он был достаточно опытный политик для того, чтобы уже ничему не удивляться и всем, по возможности, пользоваться. Но он задумался. Нахмурился. В уме складывались доводы за и против, а чувство гордого пролетария настойчиво говорило:

«Не надо. Не ходи. Будь непримирим».

Афра спросила его:

— О чем же вы думаете, милый Филиппо? Ведь это свидание вас ни к чему не может обязать.

Филиппо Меччио улыбнулся и сказал:

— Я стараюсь понять, зачем это понадобилось королеве Ортруде.

— Да, ей надо видеть вас, милый Филиппо, — тихо сказала Афра.

— А мне это не надо, — сказал Филиппо Меччио. — О чем я буду говорить с главою враждебной нам власти? Пользы это не принесет, а на партию произведет дурное впечатление.

Афра возразила:

— Партии нет дела до ваших частных встреч. И можете ли вы вперед сказать, что не извлечете никакой пользы из этого свидания?

— Правда, Афра, не могу, — сказал Филиппо Меччио. — Положим, это аргумент довольно слабый. Но я подумаю. Я вижу, что вам это будет приятно. И я рад буду сделать вам приятное, если это в моих силах и не против интересов моего дела.

Филиппо Меччио раздумывал недолго. Он ничего не сказал своим друзьям, взял решение на свою ответственность. На другой же день Афра получила от него ответ. Филиппо Меччио выразил согласие явиться к королеве, когда ей это будет угодно.

Глава пятьдесят седьмая

День, назначенный для свидания доктора Филиппа Меччио с

королевою Ортрудою, был ярко-багряным: вулкан на Драгонере дымился сильно в этот день, и дым его виден был издалека. Небо смешало глубокую лазурь с оранжевою пламенностью и казалось ликующим ярко и злорадно. Шумные волны, пламенея, плескались на яркую желтизну прибрежных скал.

Образ Светозарного весь день носился перед очарованными зловещею красотою природы глазами королевы Ортруды. Взойдя на башню королевского замка, она открыла грудь Светозарному и молила его о пламенной, прекрасной смерти. Потом в подземный сошла Ортруда чертог Араминты и, погрузив обнаженные ноги во тьму и холод вод подземного грота, молила духа гор о смерти, о смерти огненной и прекрасной.

Мысли и мечты о смерти весь день владели душою королевы Ортруды. Теперь, после измены принца Танкреда, уже не боялась Ортруда смерти. В иные минуты даже радостна была Ортруде мечта о смерти. В подземных чертогах Араминты Ортруда казалась сама себе бестелесною тенью, блуждающею в мертвом царстве. И с вершины своей одинокой башни она смотрела на мир, как на мир чужой и далекий.

Афра провела Филиппа Меччио через свою квартиру во дворце в сад королевского замка. Они прошли над высоким берегом моря, где мглистая, голубовато-желтая легко золотилась широкая даль, и спустились в прохладу строгих, прямых аллей. Афра спросила:

— Вам нравится здесь, в этом саду, Филиппо?

Филиппо Меччио прямо и даже резко ответил, словно он готов был к этому вопросу:

— Нет, Афра, совсем не нравится.

— Почему? — спросила Афра.

Ее удивил этот неожиданный ответ. Филиппо Меччио отличался всегда изысканным, тонким вкусом, любил природу, любил искусство и понимал его. Афра смотрела на Филиппа Меччио с ожиданием. Он улыбнулся и сказал:

— Будем благодарны природе и людям. Солнце здесь, как везде, прекрасно, недоступно и справедливо, — и, как везде, цветы благоухают. Это все хорошо. Только это. И все же не нравится мне здесь, хотя здесь и солнце, и цветы, и на тонкий песок аллеи ложатся легкие следы милых ног моей Афры.

Афра спросила:

— Почему же вам здесь не нравится, милый Филиппо?

Филиппо Меччио отвечал:

— Потому что в этом саду не орут и не возятся толпы уличных сорванцов. Слишком скучно здесь, милая Афра, слишком тихо для городского сада. Где нет детей, этих милых, вечно беспокойных, забавно-злых зверенышей и чертенят, там плохо. Скупое, эгоистичное довольство греется там, замкнувшись от света. Жестокие зубы его всегда готовы растерзать дерзкого нарушителя его несправедливого, одинокого покоя.

Афра тихо покачала головою и сказала.

— Вы эстетику хотите подчинить соображениям моральной природы. А разве эстетика должна подчиняться этике?

— Между этими двумя сестрицами большая дружба, — сказал Филиппо Меччио. — Кто обижает одну, тот заставляет плакать и другую. Интимного искусства в наши дни нет и быть не может, как не должно быть и закулисной, тайной политики.

Афра сказала:

— Высокое искусство — искусство для немногих.

Филиппо Меччио возразил:

— Нам-то что до этих немногих! Пусть они услаждаются тепличным искусством, — мы идем с толпою. А самосознание толпы растет. Толпа перестает быть чернью и превращается в народ. Вот потому искусство и должно быть всенародным, как всенародною должна быть политика. Народ хочет быть не только господином в политике, но и покровителем искусств.

— Хочет, но может ли? — спросила Афра.

Филиппо Меччио уверенно возразил:

— Сможет. Кто хочет, тот и может. А самолюбивые жрецы искусства должны знать, что искусство, которое не хочет быть всенародным, вырождается. И этот сад почти совсем хорош, но чего ему недостает? Веселой толпы, и чтобы подвыпивший в праздник рабочий сел под этою гордою пальмою, обнимая свою краснощекую невесту, и чтобы городские мальчишки и девчонки вместе со своими самострелами, аэропланами, куклами и мячиками внесли сюда немножко беспорядка и много новой, вольной, своеобразной красоты. Впрочем, я готов говорить на эту тему без конца, особенно с вами, Афра, а может быть, королева уже нас ждет.

— Королеве Ортруде понравилось бы то, что вы теперь говорите, — сказала Афра.

Филиппо Меччио невесело сказал:

— Что ж! Знатным господам иногда нравятся плебейские вольные речи. Это кажется им пикантно.

Афра улыбнулась, сказала:

— Я скажу королеве, что вы здесь.

И ушла. Филиппо Меччио остался один в павильоне, где был розовый полумрак, молчание таилось и прохлада. Нежно дрожало в воздухе что-то, словно пел в вышине невидимый хор эфирными голосами. Где-то близко лепетала влажная, брызгая, струя фонтана. Небо сквозь высокие окна мерцало оранжевым сводом, бросая золотистые блики на глубокую зелень деревьев сада и на голубые кисти агератумов.

Филиппо Меччио задумался и не услышал легкого на песке аллеи шелеста шагов королевы Ортруды и Афры. Они вошли в павильон обе, тихие, и глубокий, золотой голос Афры назвал негромко его имя. Филиппо Меччио встал. Афра представила его королеве и ушла.

Королева Ортруда и Филиппо Меччио остались одни. Привычным движением тонкой руки королева Ортруда указала Филиппу Меччио легкий белый стул у окна и сама села недалеко. Было легкое замешательство. Ни Ортруда, ни Филиппо Меччио не нашли сразу, что сказать, и молча смотрели друг на друга. Наконец королева Ортруда сказала:

— Я хотела вас видеть, господин Меччио, или, вернее, слышать.

Филиппо Меччио молча поклонился. Королева Ортруда продолжала:

— Я бы хотела услышать от вас, господин Меччио, что побуждает вас действовать так непримиримо и так враждебно относиться к современному строю. Я надеюсь, что вы будете со мною совершенно откровенны.

Филиппо Меччио сказал с обычною своею уверенностью:

— Мне легко будет оправдать надежду вашего величества, — я никогда не говорю иначе как откровенно.

Королева Ортруда улыбнулась и сказала:

— Я вас слушаю, господин Меччио. Если вы будете говорить мне так же откровенно, как вы говорите вашим обычным, восторженным слушательницам, то и я, как любая из них, так же внимательно выслушаю вас. Хотя, может быть, и не решусь аплодировать.

Филиппо Меччио говорил долго. Сегодня он был особенно красноречив, но хотя он и старался здесь отрешиться от приемов митингового оратора, это ему плохо удавалось, и его пафос казался иногда излишним в этих красивых стенах, расписанных легкими фресками, перед этою спокойно-внимательною женщиною, привыкшею к бесстрастному обсуждению государственных вопросов.

Наконец Филиппо Меччио замолчал. Королева Ортруда задумалась. Спросила:

— Вы хотите республики?

Филиппо Меччио спокойно отвечал:

— Да, государыня.

Королева Ортруда спросила:

— Разве для народа не все равно, какая форма правления в государстве?

И так же спокойно ответил Филиппо Меччио:

— Не совсем все равно.

Королева Ортруда говорила:

— Мне кажется, что вы, господин Меччио, очень ошибаетесь в самом основном. Вы соединяете социализм с республикою и с революциею. Но ведь социализм есть результат чисто хозяйственных явлений.

Филиппо Меччио сказал:

— Мы сделаем из республики предисловие к социалистическому строю.

— Вы думаете, — спросила королева Ортруда, — что завоевание республики может улучшить жизненное положение пролетариата?

Филиппо Меччио отвечал:

— Конечно, нет. Но республика даст более удобную почву для завоевания социального строя, и вот почему.

Филиппо Меччио аргументировал долго и остроумно. Королева Ортруда выслушала его внимательно. Улыбнулась. Аргументы слабые, как и все другие аргументы! Она сказала решительно:

— А я вам все-таки говорю, господин Меччио, — не учреждайте республики. Это ни к чему не приведет. Никакие написанные на бумаге права не придадут силы слабому.

Филиппо Меччио возразил:

— Мы хотим повторить опыт, который в других странах

бывал иногда удачен. Богатые чужим опытом, мы постараемся избежать чужих ошибок.

Королева Ортруда сказала:

— Вы знаете сами, господин Меччио, что во многих случаях республика бывает только замаскированною монархиею.

Филиппо Меччио спокойно ответил:

— Мы позаботимся о том, чтобы этого не было.

Королева Ортруда говорила:

— В лучшем случае это будет рабская зависимость немногих сильных, которые часто правы, от большинства слабых, которое почти всегда ошибается.

— Это все-таки лучше, — возразил Филиппо Меччио, — чем рабская зависимость большинства, у которого свои интересы в единении масс, от немногих, интерес которых в господстве над массами.

— Интерес всякого человека в господстве, — сказала королева Ортруда. — Но господствуют только сильные. Они и законы дают, и права устанавливают. Только в силе — основание всякого права. Если великодушие сильных наделит слабого правами, как он сможет этими правами воспользоваться?

— Что же делать слабым? — спросил Филиппо Меччио.

— Умирать, — тихо ответила королева Ортруда.

Она помолчала немного и продолжала:

— Я скоро умру. Престол мой будет праздным. Изберите опять короля, человека, не рожденного царствовать, но достойного этой доли. Изберите гения, поэта, — из иной, далекой страны, — хоть из Америки или из России.

Филиппо Меччио спокойно возразил:

— Мы предпочтем республику.

Долго еще они говорили. О разном. Королева Ортруда упомянула имя Карла Реймерса. Филиппо Меччио спокойно сказал:

— Карл Реймерс обманывает вас, государыня. Как и многие другие.

Чувство, похожее на мгновенный испуг, охватило королеву Ортруду. Она спросила:

— А вы знакомы с Карлом Реймерсом?

— Да, мы с ним встречаемся иногда, — сказал Филиппо Меччио.

И многое рассказывал он о Карле Реймерсе. Из его холодных,

спокойных слов перед королевою Ортрудою открывалось холодное, расчетливое честолюбие Карла Реймерса. Грустные глаза ее наполнились слезами. Она сказала:

— В сущности, господин Меччио, вы не открыли мне ничего такого, чего бы я не знала раньше. В некоторых случаях он меня обманывал, вы говорите? А кто же не обманывал нас, царствующих? Так было во все времена.

Смерть была в сердце королевы Ортруды, — улыбка на ее лице.

Филиппо Меччио был тронут задушевною грустью ее слов. Королева Ортруда протянула ему руку и сказала:

— Прощайте, господин Меччио. Я очень благодарна вам за то искусство и за ту откровенность, с которыми вы изложили мне ваши мысли. Мы враждуем внешне, как поставленные вы там и я здесь. Но, как люди, мы можем смотреть друг на друга без злобы. И о вас я сохраню приятные воспоминания. Я рада, что моя милая Афра любит вас. Возьмите от меня эту розу, — я знаю от Афры, что вы любите цветы.

Филиппо Меччио был очарован и тронут. Королева Ортруда простилась с ним и ушла. Он один возвращался по вечереющим аллеям. Королевский сад теперь казался ему прекрасным, и в просторах этого сада таилась для него величавая, торжественная грусть.

Филиппо Меччио не зашел к Афре. Он вышел на улицу, — и вдруг его настроения переменились. Словно кто-то беспощадный вылил из его души, как из широкой чаши, сладостный напиток очарования и заменил его холодною водою трезвых мыслей.

Пальмские улицы были веселы и шумны, как всегда. На широких бульварах, нарядные и бедно одетые, все казались радостными. Уличные легкие столики кафе были заняты смеющимися господами и щебечущими дамами. Никто не думал о вулкане на далеком острове, о вулкане, дым которого делал небо золотисто-синим. Никто не грустил об убитых. Никому не вспоминались пожары далеких деревень, насилия над беззащитными, слезы и вопли жен и дев и лес виселиц. Эти люди забыли свое вчера и не знали своего завтра.

Филиппо Меччио почувствовал, как умирает в его душе очарование сладких Ортрудиных улыбок. Он думал:

«Между ними и нами слишком широкая разверзлась бездна, и трупы погибших исчезли в ней бесследно. Нет мира между ними и нами и никогда не будет. Если же они, в минуты сентиментального размягчения, заговорят о примирении, — что ж! мы воспользуемся этим только для того, чтобы выиграть время. А время за нас».

В тот же вечер королева Ортруда пригласила Карла Реймерса. То была их последняя беседа.

— Я перестала вам верить, господин Реймерс, — холодно сказала королева Ортруда.

Отчаяние Карла Реймерса не тронуло Ортруду. Разлука была решена.

В сердце своем чувствовала королева Ортруда, что умерла ее любовь к Карлу Реймерсу, — что и не было этой любви, что это был только призрак любви. Все в жизни королевы Ортруды стало призрачно и мглисто, все окуталось в облак дымный, все пеплом развеялось. И только в тихих чертогах Араминты была прохлада, и утешающая тень, и голубая мечта о далекой, счастливой Елисавете.

Глава пятьдесят восьмая

Скоро нежная графиня Имогена Меллを принцу Танкреду наскучила. Письма его к Имогене с острова Кабреры были нежны, но кратки. Вернувшись в Пальму, принц Танкред посещал Имогену все реже и наконец оставил ее совсем.

Имогена неутешно тосковала. Она все боялась чего-то и плакала. Не смела никому открыть своего горя. Догадывалась, что отец знает. Но он молчал и был печален, и это еще более угнетало Имогену.

В это время внезапно вернулся из Парижа, взяв отпуск на два месяца, жених Имогены, молодой Мануель Парладе-и-Ередиа. Он приехал раньше, чем его ждали дома и у Мелладо.

В Париже Мануель Парладе получил несколько безыменных писем из Пальмы. В них сообщалось, в выражениях откровенных и грубых, что Имогена полюбила принца Танкреда, что принц Танкред часто посещает ее и что об их связи уже знает вся Пальма.

Безыменные письма были делом ревнивой Маргариты. Она еще надеялась так или иначе вернуть к себе принца Танкреда и думала, что Мануель Парладе поспешит повенчаться с Имогеною и увезти ее в Париж.

Мануель Парладе не поверил этим письмам ни на одну

минуту и с презрением бросил их в огонь. Да и как было им поверить! Письма от Имогены, правда, приходили к нему не так часто, как в первое время после их разлуки, но все-таки были нежны, как и раньше. Правда, очень кратки были иногда эти милые письма, но Мануель Парладе объяснял это себе однообразием жизни Имогены в доме старого отца. Не о чем писать, и не пишет. Да и сам Мануель Парладе не очень-то любил писать письма. И некогда было, — так много, если не дел, то развлечений, удовольствий, интересных встреч, светских вечеров и веселых ночей.

Не поверил Мануель Парладе злым рассказам, но смутное беспокойство все же торопило его на родину.

В первый же день, полный нетерпеливого восторга, мечтая об Имогене сладко и влюбленно, он поехал из Пальмы в замок маркиза Мелладо. Быстро мчал его легкий автомобиль. Быстро проносящиеся мимо, полуприкрытые пепельно-золотою дымкою виды широких морских прибрежий казались Мануелю Парладе очаровательными. Безумное благоухание кружило ему голову и навевало сладостные мечты. В шуме волн и в шелесте свежей листвы слышалось ему милое имя, а лазурь небес, облеченная в золотистый багрянец, напоминала фиалковую синеву глаз Имогены и смуглую багряность ее щек.

Старый маркиз Альфонс Мелладо принял Мануеля Парладе приветливо. Но он казался печальным и утомленным. Мануелю Парладе показалось, что он сильно постарел за эти несколько месяцев, пока они не виделись.

После нескольких минут обычного, незначительного разговора о родных и друзьях, о последних новостях светской жизни в Париже и в Пальме, в гостиную вошла Имогена. Маркиз Мелладо сейчас же поднялся со своего места. Сказал:

— Простите меня, дорогой Мануель. Я устал и плохо чувствую себя сегодня. Позвольте оставить вас с Имогеною.

Он ушел. Имогена проводила его грустным, боязливым взглядом и робко подошла к Мануелю Парладе. Мануель Парладе, целуя руки Имогены, говорил:

— Как я рад, что опять вижу тебя, милая Имогена!

Имогена принужденно улыбнулась.

— Давно из Парижа? — спросила она.

Мануелю Парладе показалось, что Имогена словно испугана чем-то и очень смущена. С ловкостью благовоспитанного светского человека он пытался привлечь ее непринужденною болтовнёю. Все более и более удивляла его Имогена своею молчаливостью, бледностью, подавленными вздохами. И тем, что она так похудела, даже немножко подурнела и оттого стала еще более милая. Мануелю Парладе жаль было ее. И глаза у нее были с таким выражением, точно она недавно много плакала. Наконец Мануель Парладе спросил ее тревожно:

— Имогена, дорогая, что с тобою?

— Со мною? Нет, ничего, — тихо ответила Имогена.

Глаза опустила, отвернулась стыдливо. Тихо по зеленым коротким травам ковра и по его рассыпанным алым розам подошла к рояли, приподняла черную, блестящую над клавишами крышку и дрожащими смуглыми пальчиками взяла несколько беглых аккордов. Потом стала перед роялью, как виноватая, склонила голову и перебирала желтую ленту пояса. Улыбалась смущенно и жалко, дышала прерывисто. Бросила ленту, прислонилась спиною к доске рояли и руками делала маленькие, неловкие жесты. Сказать что-то хотела и не решалась.

Мануель Парладе подошел к Имогене.

— Что ты скрываешь от меня, милая Имогена? — спросил он.

Заглянул ласково и тревожно в ее фиалково-синие глаза, опущенные опять к ровной мураве ковра. Имогена смущенно отвернулась. Ее лицо покраснело, как у ребенка перед плачем.

Мануель Парладе расспрашивал Имогену нежно и осторожно — что с нею? что ее огорчает? любимая кукла сломалась? или его она разлюбила? Он целовал ее тоненькие, смуглые, смешные ручонки, привыкшие к забавным детским жестам. Имогена горько заплакала, по-детски громко, и вдруг все лицо ее стало мокро от слез.

— Милый Мануель, я недостойна вас! — горестно воскликнула она.

— Дорогая, милая Имогена, что вы говорите! — в ужасе восклицал Мануель Парладе. — Или случилось с вами что-то страшное?

Плача, говорила Имогена:

— Я очень нехорошая. Я скрывала мою вину от вас. О, какая нехорошая! Вот, я вам все расскажу.

Горько плача, рассказала ему Имогена о своей измене, о кратком своем счастии и о своем горе.

— И вот оставил, бросил, забыл меня!

Такими словами закончила Имогена свой простодушный рассказ. С ужасом и с тоскою смотрела она на побледневшее лицо Мануеля, надменно-прекрасное молодое лицо, на котором боролись гнев и отчаяние.

— Ты мне изменила! — воскликнул Мануель Парладе. — Ты обманула меня, Имогена!

Имогена, рыдая, стала перед ним на колени. Восклицала:

— Убейте меня, милый Мануель! Я не стою того, чтобы жить на этом свете, чтобы смотреть на это солнце. Убейте меня и потом забудьте, простите мне то горе, которое я вам причинила и будьте счастливы с другою, более достойною вас.

Тронутый слезами и мольбами бедной Имогены, Мануель Парладе поднял ее, нежно обнял и утешил, как мог. Восклицал:

— Бедная Имогена, ты не виновата. Не ты виновата. Я отомщу ему за тебя!

В мрачном отчаянии ушел Мануель Парладе от Имогены. Ему казалось, что жизнь его разбита навеки, что счастие для него невозможно, что гордое имя его предков покрыто неизгладимым позором.

Опять быстро мчал его легкий автомобиль, резкими металлическими вскриками сгоняя с дороги чумазых, черномазых ребятишек и возвращающихся с работ грубо-крикливых, неприятно-хохочущих женщин и девушек в белых грязных одеждах. Быстро проносившиеся мимо, полуприкрытые пепельно-золотою дымкою виды широких морских прибрежий казались Мануелю Парладе страшными картинами страны отверженной и проклятой. В безумном благоухании роз кружилась его голова, и тоскою сжималось сердце. В шуме волн и в шелесте листвы слышались ему слова укора и проклятий. Яркая лазурь небес, облеченная в золотистый багрянец, распростирала над ним трепещущую, пламенную ярость.

Гневная, торопливая решимость умереть быстро созрела в Мануеле Парладе. Пусть злое солнце совершает свой ликующий в небесах путь, сея на землю жгучие соблазны и распаляя кровь невинных, глупых девочек, — Мануель Парладе уже не выйдет навстречу его смеющимся лучам!

Он написал несколько писем родным и друзьям и уже готов

был умереть. Уже последние, предсмертные мысли бросили на его душу торжественный свет великого успокоения. Не прощая жизни и не досадуя на нее, уже чувствовал он холод в своей душе и покой и в последний раз, прощаясь, смотрел, как чужой, на привычную обстановку кабинета, не жалея любимых с детства вещей.

Но его мрачный вид и его суровое молчание заставили домашних опасаться, что, потрясенный изменою невесты, он лишит себя жизни, — и за Мануелем следили. Навязчивые и милые домашние враги, всегда мешающие гордым намерениям!

Графиня Изабелла Альбани, старшая сестра Мануеля Парладе, вошла в его кабинет в то время, когда он заряжал свой револьвер.

— Что ты делаешь, Мануель, безумный! — воскликнула она и бросилась к нему.

Мануель Парладе поспешно выстрелил себе в грудь. Рука его от торопливости и смущения дрогнула.

— Не мешай мне умереть! — воскликнул он, стреляя.

Пуля пробила грудь слева от сердца, задела левое легкое, роя в теле темный путь вверх и влево, засела сбоку, между ребрами, и, утративши всю свою силу, уже не могла пробиться еще на сантиметр, чтобы выйти на свободу из влажного, горячего плена. Мануель Парладе тяжело упал на руки подбежавшей сестры и лишился сознания.

Весть о несчастном случае с молодым Мануелем Парладе быстро разнеслась по городу. Узнала об этом и бедная Имогена. Ей сказала утром девушка, помогавшая ей одеваться. Острая боль пронизала сердце Имогены, и она почувствовала вдруг, что опять любит Мануеля.

В отчаянии бросилась Имогена к отцу. Она упала к ногам седого старика, простодушно-детским, отдающимся движением простирала к нему трепещущие руки, испуганная, горько презирающая себя и свою жизнь, и кричала:

— Это я во всем виновата! Негодная, порочная, проклятая я!

Старый маркиз Альфонс Мелладо поднял Имогену и обнял ее. Руки его дрожали, и слезы струились из мутных синих старческих глаз на изрытые морщинами смуглые щеки и на седые усы. Он утешал Имогену нежно и горько бранил ее. Его ласковые слова исторгали из ее фиалково-синих глаз потоки слез и стыдом пронзали ее сердце, — его суровые укоры были радостны ей. Целуя дряхлые отцовы руки, умоляла Имогена:

— Накажи меня жестоко, меня, проклятую! Убей меня или заточи меня в монастырь! В подземную темницу посади меня, где бы я не видела света, голоса людского не услышала бы никогда! Но только теперь позволь мне идти к Мануелю, молить, чтобы хоть на минуту пустили меня к моему милому. А не пустят, — хоть постоять на улице у порога его дома, посмотреть на окна, за которыми он лежит. И потом вернусь и возмездия буду ждать покорно. Старый маркиз благословил Имогену и отпустил ее к Мануелю Парладе.

Глава пятьдесят девятая

В тоске и в страхе стояла Имогена у дверей спальни Мануеля Парладе. Графиня Изабелла Альбани укоризненно и ласково смотрела на Имогену. За нежно любимого брата готова была бы графиня Изабелла острый нож вонзить в грудь легкомысленной девочки, и повернуть нож в ране, и окровавленное тело бросить на землю, и топтать его ногами. Но сердцем любящей женщины Изабелла так понимала Имогену, так жалела ее, что сама охотно пошла к Мануелю просить его, чтобы он простил Имогену.

Имогена, горько плача, целовала ее руки и говорила:

— Я знаю, что не стою того, чтобы вы пожалели меня, и той милости не стою, о которой молю. Но вы все-таки будьте милосердны ко мне, сжальтесь над бедною грешницею, дайте мне только взглянуть на него, только взглянуть!

Графиня Изабелла сказала Имогене ласково и строго:

— Войдите, Имогена, но не волнуйте его ничем. Сегодня вы останетесь с ним только недолго, — он еще совсем слаб. Держите себя спокойно, не плачьте. Все идет хорошо. Не отчаивайтесь. Врачи говорят, что он встанет, — но теперь ему вредно волноваться.

Обрадованная Имогена лепетала:

— Бог наградит вас за вашу доброту, милая Изабелла. Я буду совсем тихая и сниму здесь мои сандалии, я войду к нему босая, и уйду скоро, и плакать не стану.

Тихо ступая легкими ногами по бездыханно-прекрасным розам ковра, в полумраке прохладного покоя подошла Имогена к постели Мануеля Парладе и тихо, тихо стала на колени у его ног. Глаз не поднимая, едва только смея дышать, молитвенно сложивши руки, долго стояла на коленях Имогена. Услышала тихий голос Мануеля.

— Имогена! — едва слышно позвал он.

Тогда приподняла голову и молящий сквозь ресницы устремила взор на бледность его лица. Мануель Парладе лежал неподвижно и спокойно глядел на нее. Тихо говорила Имогена:

— Милый Мануель, это — я, Имогена. У ваших ног ваша Имогена. Вам лучше сегодня? Правда, лучше, Мануель?

— Да, — тихо ответил ей Мануель.

Имогена осторожно подвигалась, не поднимаясь с колен, ближе к его лицу и говорила:

— Я дам вам пить, если вы хотите. Но вы, милый Мануель, ничего не говорите, только покажите мне глазами, и я догадаюсь, пойму.

— Я буду хорошо служить вам, — правда, — и вы не гоните меня, пожалуйста, милый Мануель.

Побледневшие губы Мануеля сложились в легкую улыбку. Его правая рука, лежавшая сверх белого покрывала, сделала легкое движение к рукам Имогены.

— Милая, — тихо сказал он. — Глупенькая! Только не плачь.

— Я не буду плакать, — сказала Имогена и заплакала. — Я не буду плакать, — повторила она плача, — это только так, немножечко. Я сейчас перестану.

— О чем же ты плачешь, глупая? — тихо спросил Мануель.

— Простите меня, — говорила Имогена. — Я люблю вас, а не его. То был только сон. Злой сон, потому что вулкан на Драгонере так странно и страшно дымился, и тонкий пепел плыл по ветру, и точно недобрая вражья сила освободилась из глубоких недр земли и внушала людям злое. Это был только сон, — и все то время, пока вас, милый Мануель, не было здесь, было для меня, как одна долгая ночь, тревожная, багряно-красная ночь. Ах, какой злой, тяжелый сон! — сказала Имогена, прижимаясь мокрою от слез щекою к краю его постели.

— А теперь моя Имогена проснулась? — спросил Мануель.

— Да, — сказала Имогена. — Солнце мое восходит надо мною, и сон мой развеялся по ветру серым пеплом. И солнце мое красное — вы, Мануель!

Протянула к нему обнаженные, трепетно-тонкие руки и тихо приникла пылающим лицом к белой прохладе его покрывала.

Высокий узел черных кос расплелся, его заколы с мягким стуком упали на ковер, и черные косы, развиваясь, до полу свесились.

Мануэль Парладе видел легко вздрагивающие, худенькие, полудетские плечи Имогены и смущенно успокоенные, полуприкрытые складками белого платья стопы ее ног.

Рана Мануеля Парладе, хотя и тяжелая, оказалась не опасною. Скоро он встал. Имогена опять была счастлива, потому что Мануэль простил ее измену и был с нею ласков, как прежде.

Мануэль Парладе простил Имогене, но не принцу Танкреду. К Танкреду он пылал ненавистью и жаждою мести. Решился вызвать принца на поединок. Два старые друга семьи Парладе, генерал Гверчино и сенатор граф Мальконти, согласились быть его секундантами. Они обратились к принцу Танкреду с письмом, в котором сообщали, что господин Мануэль Парладе-и-Ередиа считает себя лично оскорбленным его королевским высочеством и что он поручил им быть его представителями в этом деле чести, а потому они просят его королевское высочество указать им тех лиц, с которыми они могли бы вступить в переговоры.

Ответа пришлось ожидать недолго. На другой же день генерал Гверчино получил письмо от одного из адъютантов принца Танкреда. В этом письме по приказанию принца сообщалось, что исключительное положение принца-супруга не позволяет его королевскому высочеству принять вызов на дуэль; притом же поединки запрещены законами государства, и принц Танкред, в силу своего высокого положения, не считает возможным подать такой пример неуважения к повелениям закона.

В городе быстро узнали и о вызове на поединок, посланном Мануелем Парладе принцу-супругу, и об отказе принца Танкреда дать удовлетворение оскорбленному. Это произвело впечатление громкого скандала.

Та часть высшего общества, которая сохраняла гордую независимость древних патрицианских родов, была оскорблена поступком принца Танкреда. Здесь находили, что Мануэль Парладе имел право послать вызов принцу, и думали, что только монарх и его наследники по прямой линии могут уклониться от вызова на поединок. Несколько надменных аристократов, принадлежавших к тайной партии за принца Танкреда, вышли из этой партии; они говорили, что человек, запятнавший свою честь отказом от поединка, недостоин носить корону Соединенных Островов.

Статьи оппозиционных газет наполнены были беспощадно-язвительными сарказмами и выражениями негодования. «Святая Простота», злой еженедельник политической и социальной сатиры, поместил ряд карикатур и презрительных стихотворений. Песенка против Танкреда, помещенная в этом еженедельнике, стала популярною и распевалась в кабачках и на бульварах.

В газете Филиппа Меччио писали:

«Исключительное положение не помешало высокопоставленному господину оскорблять добрые нравы и нарушать мир честных семейств. Когда же оскорбленный позвал его к ответу, чтобы с оружием в руках защитить свою честь, тогда высокопоставленный ловелас, дрожа перед грозным призраком смерти, вспоминает о своем высоком положении и о всех сопряженных с ним удобствах. Он бежит и прячется под порфирою своей жены, которая все еще не решается выбросить за дверь неверного супруга. Там, в убежище укромном и тихом, он чувствует себя в безопасности».

«Мы принадлежим к числу принципиальных противников дуэли, — говорилось дальше в этой статье. — Всякий, кто признал, что право выше силы, должен признать, что дуэль в современном демократическом обществе никого ни в чем не может убедить и что она не способна восстановить ничьей чести. Человек бесчестный таким и останется, он ли убьет, его ли убьют. Мы только думаем, что господин, навлекший на себя гнев и презрение всей страны, лучше сделает, если оставит навсегда пределы наших прекрасных Островов. Это будет лучше и для нас, и для него самого. Можно подумать, что сама природа возмущается его пребыванием среди нас и потому пробуждает дымный гнев нашего старого, давно дремавшего мирно вулкана».

В том же номере газеты была напечатана история любви принца Танкреда и сельской учительницы Альдонсы Жорис, история, так мрачно окончившаяся, но не смутившая Танкреда.

Принц Танкред был в бешенстве. Он потребовал, чтобы Мануэля Парладе судили за покушение на убийство члена царствующего дома. Но Виктор Лорена не соглашался на это. Он говорил:

— Конечно, дуэль запрещена законом, но институт дуэли пользуется уважением общества. Суды нашего государства никогда не рассматривали вызов на дуэль как покушение на убийство. Во всяком случае, не только вызов на дуэль, но и приготовления к дуэли не наказуются по нашим законам: наказуемы только убийство на дуэли и нанесение ран. Притом же от имени вашего высочества дан был ответ вызвавшему. Хотя и отрицательный, он все же устраняет возможность смотреть на вызов, как на попытку к убийству. Ведь с убийцами не разговаривают.

Глава шестидесятая

Карл Реймерс почувствовал, что любит Ортруду верно и навсегда и не может пережить разрыва. Ему стало страшно жить. Казалось, легкий дым вулкана заволок перед ним облаком дымным все возможности жизни. Карл Реймерс решился умереть.

Как-то вдруг пришла к нему утешительная мысль о самоубийстве. Как и у многих других, вместе с окончательным решением умереть спокойствие осенило душу, и мелочи и смута жизни отошли.

Предсмертные мысли Карла Реймерса носили чувствительный характер. Он вспоминал о своей родине, о матери. О жене, маленькой, пугливой креолке, умершей несколько лет тому назад. Рано утром он поехал на кладбище и побыл недолго в склепе, где была ее могила и где было еще место и для него самого.

Последний свой день Карл Реймерс провел на людях, с друзьями и со знакомыми. Разговаривал с ними весело, и разговоры были самые обыкновенные, всегдашние. Так как никто еще не знал о его разрыве с королевою Ортрудою, то все были особенно ласковы с ним, как с баловнем счастия.

Тоска, угнездясь где-то под сердцем, весь этот день томила Карла Реймерса, но он скрывал свою тоску. Весь город объехал, словно прощаясь. Посетил многих. Обедал в ресторане в веселой компании адвокатов, инженеров, банкиров и дам. Вина почти не пил. К вечеру простился со всеми и ушел. Его не удерживали, — думали, что он идет к королеве Ортруде, и, не завидуя, радовались втайне его счастию, — великодушные друзья!

Улицы Пальмы были шумны, как всегда. Легкий дым далекого вулкана бросал на их перспективы золотисто-серую, нежную дымку.

Карл Реймерс остался один. Уже быстро темнело. Он вышел на приморский бульвар. Море веяло в его лицо теплым дыханием. Скамья под тонкою пальмою напоминала ему о чем-то. Он сел. Призадумался.

Прошло с полчаса. Какой-то резкий звук, примчавшись издалека, разбудил Карла Реймерса. Он быстро огляделся вокруг. Почти никого не было вблизи. Только на скамейке, шагов за двадцать от него, сидели, весело и тихо болтая и тихонько смеясь, двое — студент в широкой шляпе и девушка в черной косынке — влюбленная парочка. Да еще подальше полуголый нищий примостился на скамейке и спал.

Карл Реймерс простым, спокойным движением вынул из бокового кармана маленький, красивый, как игрушка, револьвер, поднес его к виску и выстрелил.

Звук выстрела привлек прохожих. Собралась толпа. Карл Реймерс был уже мертв.

В городе говорили много о причинах этой внезапной смерти. Друзья принца Танкреда сделали из этого события предлог для ожесточенных нападок на королеву Ортруду.

Им отвечали напоминанием о покинутой принцем графине Имогене Меллало и о повешенной Альдонсе Жорис.

Врачи, конечно, удостоверили, что Карл Реймерс застрелился в припадке внезапного умоисступления. Хоронили его торжественно. Знаменитый публицист произнес на его могиле прочувствованную речь. Знаменитый поэт прочитал превосходное стихотворение, и оно произвело потрясающее впечатление на присутствовавших. Было много девушек, принесших цветы. Смерть из-за любви всегда волнует молодое воображение.

Через несколько дней после похорон Карла Реймерса королева Ортруда облеклась в глубокий траур, чтобы посетить его могилу.

Как всегда, Ортруда прошла через подземные чертоги Араминты. Она была одна. На улице она опустила на лицо густую черную вуаль. Взяла наемный экипаж до кладбища.

Тоскуя, вошла она в каменные ворота. Тоскуя, шла среди могил.

Аллея кладбища мирною своею тишиною отвеивала грусть Ортруды. Какая успокоенность там, в земле!

Ортруда нашла кладбищенскую контору. На скамье у входа в дом сидели, разговаривая, несколько сторожей с галунами на воротнике и на рукавах. Они встали, увидевши подходящую к ним нарядную в черном даму. Ортруда сказала:

— Покажите мне могилу Карла Реймерса.

— Я знаю, — сказал угрюмый старик. — Это в моем участке. Недавно хоронили. Как же, знаю!

Взял ключи, повел Ортруду. Бормотал:

— Рядом с женой положили. Не очень-то он долго о жене сокрушался. Королеве Ортруде приглянулся. Да королева его разлюбила. Не вынес, бедняга, застрелился. Много на его могилу дам ходит. Цветы носят. Нужны ему цветы!

Скрипел, пересыпался сухой песок под ногами Ортруды, скрипела, сухо пересыпаясь в ее ушах, старческая воркотня. Ах, сказка города — любовь королевы Ортруды! Сказка, чтобы рассказать с полуулыбкою, легкая, забвенная сказка — вся жизнь королевы Ортруды! Пройдет легким дымом, словно только приснилась кому-то, — синеокой, далекой, счастливой Елисавете.

Прямы, расчищены дорожки. Цветы у могил. Кирпичные склепы, как нарядные дачки, в зелени прячутся. У них узкие окна, у них железные двери, над железными дверьми благочестивые надписи из святой книги, да имена, полузабытые близкими; за дверьми мрак и молчание.

Остановился старый, сказал:

— Здесь. Шли, шли, да и пришли.

У входа в склеп Карла Реймерса цвели красные цветки кошенильного кактуса — красные, как только что пролитые капли благородной крови. Ортруда цветок сорвала, палец уколола, — капля крови на белом пальце красная выступила. Маленькая капелька крови за всю его любовь, за всю кровь его!

Старик долго гремел ключами и ворчал тихонько что-то. Наконец он подобрал ключ и открыл дверь. Сказал Ортруде:

— Войдите. Осторожнее — дверь низкая. Пять ступенек вниз. Я тут близко побуду, подожду.

Ортруда одна спустилась в прохладно-влажный сумрак

склепа, — и холодны были ступени.

Две каменные плиты рядом. Одна засыпана свежими цветами. Золотые буквы сложились в его имя, из-за цветов едва видны.

Долго стояла, безмолвно тоскуя, Ортруда над гробницею Карла Реймерса. Она вспоминала о своей любви, об его любви. Казалось ей, что проклятие чье-то тяготело над этою любовью.

Те радости и утехи жизни, которые Танкред брал шутя, отчего она не могла брать с такою же безмятежною легкостью?

И за что она отвергла его, осудила? Так поспешно осудила, словно спеша, уйти от него. Куда уйти? К кому, к чему?

Его честолюбие? Его интриги? Перед бледным ликом смерти, под черным покровом печали, как все это казалось ей теперь ничтожным! И думала она:

«У Карла Реймерса была нежная и гордая душа. На высоту хотел взойти он, чтобы оттуда господином и победителем смотреть на широко синеющие дали жизни и мечтать о прекрасном и высоком, недоступном вовеки. Но не хотел, он скупо и мелочно торговаться с жизнью. Когда она его обманула, когда она посмеялась над ним, он спокойно и гордо ушел».

Шептала Ортруда:

— Прости меня, как я тебя прощаю.

Стала на колени, склонилась к его могильной плите, заплакала и шептала:

— До свидания в лучшем мире.

Слезы падали на холод камня. И, как этот камень могильный, холодна и спокойна была душа Ортруды.

Опустивши черную вуаль на лицо, Ортруда вышла на аллею кладбища. Ясно было вокруг и тихо. Синевато-золотая вечерняя грусть смиряла душу.

Старик, бренча ключами, из-за могил подошел к Ортруде. Бормотал:

— Долго ждал, а все-таки дождался. Да мне что ж! Я все равно при деле, — посмотрю, поправлю. Я не заглядываю в дверь, как другие.

Ортруда молча положила старику в руку золотую монету и пошла к воротам.

Спокойная и холодная, возвращалась домой Ортруда.

Старик долго смотрел вслед за нею. Смотрел на золотую монету, качал головою и думал:

«Должно быть, это сама королева Ортруда. Приходила поплакать, помолиться, побыть с милым».

Он поплелся домой, тряся дряхлою головою.

Сидя опять на скамье со своими товарищами, он долго бормотал что-то невнятное. Лицо его было желто и строго. Молодой могильщик сказал:

— Скучно что-то стало! Хоть бы ты, старина Хозе, рассказал нам про старые годы.

— Старина Хозе! — ворчливо ответил старик. — Хозе, ты думаешь, простой человек? Хозе служил самой королеве Ортруде, отворял ей двери опочивальни.

Молодые люди смеялись. Но старик сказал строго:

— Над старым Хозе не надо смеяться. Старый Хозе умрет сегодня. Старый Хозе знает больше, чем надо.

Перестали смеяться и смотрели на старого с удивлением. Старик, тяжело шаркая подошвами пыльных башмаков, пошел в свою каморку. Там он положил золотую монету к ногам деревянной Мадонны в белом кисейном платье.

— Старый Хозе служил самой королеве Ортруде, — тихо говорил он Мадонне. — Сама милостивая королева Ортруда подарила старому Хозе золотую монету. Моли Господа Бога, пресвятая Дева, за грешную душу королевы нашей Ортруды.

Изнемогая от сладкого восторга, чувствуя, как вся сила оставляет его, старый Хозе склонился на пол к ногам деревянной Мадонны в белом кисейном платье, вздохнул глубоко и радостно, как засыпающий тихо ребенок, — и умер.

Говорили потом суеверные могильщики:

— Старый Хозе был праведник. Прекрасная дама в трауре приходила возвестить час его смерти.

Глава шестьдесят первая

После смерти Карла Реймерса мысли о смерти стали привычными Ортруде. Часто останавливалась королева Ортруда перед портретом белого короля и всматривалась в изменившееся, словно покрывшееся серым пеплом из далекого вулкана лицо убитого мальчика.

Спокойно думала Ортруда:

«Умру. Умру и я».

И не могла жалеть умершего.

Темная страстность томила ее, словно внушенная дымною страстностью старого вулкана.

Полюбила Астольфа. И эта любовь представлялась ей почему-то как еще одна ступень к смерти.

Кратким сновидением мелькнули дни ее любви к Астольфу — и погасли.

И к Танкреду не было той острой, злой ненависти, как прежде.

Светозарному молилась все чаще в эти дни Ортруда, — то на высокой башне гордого замка, то на широком морском берегу.

На краткие минуты отвеяло легким ветром дымный полог от Островов, где томилась королева Ортруда, — и стали ясны для нее опять впечатления тихого бытия.

В ясный час предвечерний, надевши белый простой наряд, вышла Ортруда на морской берег. Она села на невысокую мраморную скамью у морских волн. Склонилась просто и спокойно, к легким стопам стройных ног опустила обнаженные руки, такая гибкая, такая милая, как нимфа тихих вод, случайно принявшая тяжелый человеческий облик. Сняла свои сандалии и пошла вдоль берега. Мелкий песок, согревающий нежно, пересыпался, слегка вдавливаясь под тихими стопами ее легких ног.

Случайно и принц Танкред вышел один в этот час на берег. Они встретились. И были оба смущены.

Ортруда сказала кротко, как давно уже не говорила она с Танкредом:

— Я скоро умру. Может быть, меня убьют. Может быть... ах, да мало ли как смерть приходит!

— Ортруда, — начал Танкред.

Ортруда остановила его повелительным движением руки и продолжала:

— Тогда у вас, принц Танкред, будут большие шансы на корону моих милых Островов. Но подумайте много, прежде чем принять эту корону. Надеть корону легче, чем носить ее. Она очень тяжелая, принц Танкред. У вас обширные замыслы. Время покажет вам, что было в них суетного и ложного.

Принц Танкред жестоко смутился. В его голове заметались пугливые, короткие мысли:

«Кто проболтался? кто выдал? кто мог это сделать? кому это

могло быть выгодно?»

Он сказал с нескрываемым волнением:

— Милая моя Ортруда, отгоните от себя эти мрачные мысли. Я виноват перед вами, правда. Я знаю, что недостоин вас. Но годы проходят, время охлаждает безумный пыл необузданной страстности. Клянусь вам, я исправлюсь.

Тихо и просто спросила Ортруда:

— Зачем это вам?

Танкред воскликнул:

— Клянусь вам, Ортруда! Спасением моей души клянусь, что я буду вам верен.

Ортруда молчала. Загадочно улыбалась. Смотрела на Танкреда с неизъяснимым, волнующим его выражением.

— Ортруда, — страстно говорил Танкред, — будем опять любить друг друга нежною, умудренною любовью, будем опять кроткими и милыми, как дружно играющие дети, в забвении жизненной суеты и прозы.

Он целовал тонкие руки Ортруды. Она молчала и не отнимала от его губ своих рук, — и они казались усталыми и робкими, — бедные руки рано утомленной жизнью королевы! И нежно обнимал ее Танкред и уговаривал долго и нежно.

Ах, эти слова, столько раз повторенные!

Улыбнулась Ортруда, так печально, так нежно, как умирающая улыбается в ясном небе, догорая, заря. Спросила Танкреда:

— Вы так хотите, милый Танкред?

— О, милая Ортруда, — воскликнул Танкред, — хочу ли я счастия, жизни, солнца, хочу ли я вашей улыбки, Ортруда!

— Хорошо, — сказала Ортруда, — будем нежны друг к другу во что бы то ни стало. Перед лицом жизни и под холодным взором смерти будем нежны и кротки. Для каждого из нас когда-нибудь наступит ночь, когда наши мертвые придут к нам.

— Что вы говорите, Ортруда? — спросил Танкред.

Не понимал ее слов, ее настроения, ее внезапной мягкости. Тяжким было ему бремя притворства. Ортруда смотрела на него спокойно и нежно и говорила тихо:

— Будем нежны, будем божественно-незлобны. Наш земной удел — измена.

Не понимал ее Танкред, — но он знал слова, — так много слов очаровательных и нежных. Он говорил:

— Верность, Ортруда, клянусь вам, верность в измене. Мы изменяем, потому что очаровываемся призраками давних переживаний, но мы всегда верны, потому что связаны цепью пережитых жизней.

Ортруда улыбнулась. Глаза ее были печальны и кротки. Она говорила тихо и медленно:

— Мы неверны, как дети, и невинны, как боги, как это небо, как эти волны. Подобна стихиям душа человека, изменчивая и чистая, сотканная из стихий, всегда невинных.

— О, я понимаю вас, Ортруда! — притворно-искренним голосом воскликнул Танкред.

— Не знаю, понимаете ли вы меня теперь, — сказала Ортруда. — Надеюсь, Танкред, что вы поймете меня когда-нибудь. А теперь для вас, для вас, Танкред, у этих дивных волн, с этими смеющимися волнами, под этим ликующим солнцем, зажженная его золотыми лучами, среди зеленеющей лазури волн и голубой лазури неба я спляшу танец зыбкой изменчивости и сладкого забвения.

С этими словами Ортруда подошла к той же мраморной скамье у морских волн. Она сняла с себя свои одежды и положила их на скамью. Посмотрела, любуясь нежно, на свое тело и пошла нагая по мелкому песку к берегу. Когда первая волна плеснулась об ее стройные ноги, Ортруда остановилась, и засмеялась, и начала легкую пляску. Она плясала у воды, — то отбегала от волны, то опять бежала за волною. Она плясала и хлопала мерно ладонь ладонью маленьких рук. Волны плескались о ее тонкие милые ноги, холодные волны, равнодушные к бедной земной красоте, и одной только покорные высокой Очаровательнице, грустными очами вздымающей грудь океанов. И был еле видим уже занесенный над миром серп Очаровательницы, — а солнце еще ликовало, склоняясь устало и томно к черте темно-синей, к вечному кольцу роковому.

В это время тихо и плавно, как легкое полуденное явление из мира призрачного бытия, из-за розовато-серого утеса выплыл розовый на ясном свете солнечном парус — и показалась рыбачья легкая лодка. В ней сидели двое юношей и мальчик. Они засмотрелись на милую плясунью, играющую с волнами. Залюбовались стройностью ее обнаженного тела. Смеялись радостно и звонко. Рукоплескали, радуясь солнцу, волнам, и зыбкой, милой пляске, и легкости прелестных ног.

Налетел порыв внезапного ветра. Склонился бело-розовый парус. Край лодки черпнул воду.

Лодка опрокинулась.

Перестала плясать Ортруда. Стояла на песке прибрежном и в ужасе смотрела на хлопающий по волнам парус, на людей, которые бились в волнах, пытаясь плыть к берегу, и на далекую ладью, которая уже спешила им на помощь.

— О, — сказала Ортруда, — несчастная какая стала теперь я! И смех мой губит.

— Не плачьте, Ортруда, — сказал Танкред, — людей спасут.

Людей спасли. Но не утешилась королева Ортруда.

И опять надвинулся мрачный, дымный полог, и легкий пепел закружился на берегу.

Глава шестьдесят вторая

Вскоре после этого кардинал, архиепископ Пальский, монсиньор Фернандо Валенцуела-Пуельма, обратился к королеве Ортруде с просьбою о приеме: он имел надобность переговорить с нею о весьма значительных предметах. День приема был немедленно назначен Ортрудою.

Это посещение кардинала было решено в кружке заговорщиков за принца Танкреда. Люди, замышлявшие свергнуть с престола королеву Ортруду, находили полезным, чтобы потом можно было говорить:

— Королеву Ортруду предупреждали, что ее поведение вызывает неудовольствие в народе. Она была глуха к добрым советам, и вот она пожинает, что посеяла.

Посещение кардинала было неприятно королеве Ортруде. Она не любила этого лукавого старика. Но она приняла его любезно, как и подобало его высокому положению в церкви. Королева Ортруда сразу поняла по выражению лица кардинала, что он скажет ей что-то неприятное. Таким неискренним и напряженным было выражение румяного лица этого князя церкви, тучное тело которого свидетельствовало о его любви к благам жизни. Хитрая, притворно-льстивая улыбка змеилась на чувственно-алых губах кардинала. Голос у него был тихий, змеино-вкрадчивый. Так крокодил ласково и тихо говорил бы, если бы ему надо было словами улещать свои жертвы, прежде чем полакомиться ими. Острый взор блестящих глаз сверкал порою из-за полуопущенных ресниц. Кардинал говорил:

— Бог изменяет течение времен. Предкам вашего величества церковь говорила от лица всемогущего Бога.

Кардинал сделал значительную паузу, и королева Ортруда спросила:

— А вы, ваше преосвященство?

— Конечно, и я также, — ответил кардинал, — но я прибавлю к моим представлениям вашему величеству и новый аргумент.

— Какой? — спросила королева Ортруда очень тихо и спокойно.

В ее улыбающихся устах краткость этого вопроса, произнесенного небесно звучащим голосом, не казалась нелюбезною. Кардинал говорил:

— Народ, наш добрый и благочестивый народ, недоволен некоторыми прискорбными вольностями в поведении вашего величества.

— Да? Неужели? — спросила королева Ортруда. Легкая, очаровательно-любезная улыбка смягчила слегка насмешливый тон ее слов. Кардинал продолжал:

— Говорят в народе, что эти вольности, — простите, государыня, — оскорбляют добрые нравы.

Королева Ортруда спокойно сказала:

— Я вижу, что вы хотите говорить со мною о нравственности.

— Да, — сказал кардинал, слегка наклоняя голову. — И я льщу себя надеждою, что ваше величество послушаетесь голоса святой матери нашей, церкви.

Королева Ортруда холодно спросила:

— Вы хотите, чтобы я послушалась голоса церкви в том, что относится к моему поведению? И чтобы я признала, что поступаю дурно?

Удивление и неудовольствие слышались в звуке ее голоса. Кардинал ответил:

— Да, государыня. Ваши поступки, к сожалению, бывают иногда столь смелы, что переходят уже в область запрещенного правилами доброй нравственности.

— Например? — спросила Ортруда.

Лицо ее было спокойно, и уже улыбки не было на ее губах. Кардинал помолчал немного и с легкою запинкою заговорил:

— Верующих смущает, государыня, ваша близость с Афрою Монигетти. Дочь открытого врага и хулителя святой церкви

Христовой, она унаследовала его ненависть к христианству. Говорят, что она, несмотря на свою молодость, оказывает дурное влияние на ваше величество и обучает вас нечестивому ритуалу.

Королева Ортруда сказала просто и спокойно:

— Я люблю Афру.

— Это очень жаль, — говорил кардинал. — В интересах церкви и государства и в ваших собственных интересах вашему величеству было бы лучше расстаться с этой прекрасною аморалисткою, и расстаться как можно скорее.

— Зачем? — гневно спросила королева Ортруда.

Кардинал торжественным голосом ответил:

— Чтобы не навлекать на себя праведного гнева Господня. Пути Господни неисповедимы, но и слабый разум человеческий, просветленный благочестием и верою, различает иногда признаки Божьего гнева и Божией милости. Неплодие женщин бывает иногда указанием на немилость Всевышнего. Народ ропщет, что все еще нет наследника престола.

Презрительная улыбка легла на алые губы королевы Ортруды. Холодно глядя прямо навстречу острому блеску глаз кардинала, она спросила:

— Что еще хотите вы поставить мне в упрек?

Кардинал говорил:

— Верующие смущены также и основанием учебно-воспитательного заведения, названного Лакониумом, где все проникнуто языческим духом и где нагие отроки и девы, как говорят, воспитываются вместе до такого возраста, когда эта откровенная близость может быть уже опасною для их нравственности. Говорят и о многом другом.

— А именно? — холодно спросила королева Ортруда.

Придавши лицу выражение смущения и неловкости, выражение, вовсе не идущее к его благодушной, румяной сытости, кардинал говорил, понижая голос:

— Говорят, что королева собирает женщин и девиц и пляшет вместе с ними голая, как вавилонская блудница. Говорят, что, не довольствуясь для этих неистовых забав залами замка, королева выходит на морской берег и обнаженная пляшет там при народе.

Гневно краснея, сказала королева Ортруда:

— Пусть говорят! Пусть лучше говорят о моих радостях, чем о

моем горе и о моих слезах.

Кардинал возразил:

— Тела первых людей в раю были наги, но в нынешнем греховном состоянии рода человеческого нагота тела соблазнительна и безнравственна.

— Почему? — спросила королева Ортруда. — Если я сниму одежды и нагая моему народу явлюсь, почему это нехорошо? Я люблю мою красоту и готова радовать ею всех.

Кардинал сказал сурово:

— Это осуждено Богом и людьми.

Королева Ортруда, насмешливо улыбаясь, спросила:

— Богом, создавшим это тело?

Кардинал говорил тоном наставника:

— Изгнавши праотцев из рая, Бог повелел им носить одежды, потому что, совершивши грех, они познали стыд.

Королева Ортруда возражала:

— Простодушные люди в жарких странах, люди, которых мы называем дикими, ходят же голые и не стыдятся этого, хотя чувство стыда не чуждо им.

— Так, государыня, — ответил кардинал, — но цивилизация приучила людей из стыдливости носить одежды и стыдиться наготы. Соблазны обнажения осуждаются, таким образом, и Богом, и людьми.

— И людьми! — воскликнула королева Ортруда. — Да разве люди бестелесны! Не потому ли и соблазняет их нагота, что они привыкли носить одежды? Тайною привыкли люди облекать свое тело, и мысли, и дела свои, но противна истине тайна. Только злое дело и порочная плоть боятся света.

Кардинал говорил:

— Люди считают наготу соблазнительною. Правы они или нет, — все равно. Важно то, что нагое тело является для многих источником соблазна. О соблазне и в Писании сказано: если око твое соблазняет тебя, вырви его. Сказано там: горе миру от соблазнов. И особенно повелевается оберегаться от того, чтобы соблазнять малых, детей и простонародье, по своей психике подобное детям. Если кто соблазнит единого из малых сих, лучше было бы ему, если бы он с тяжелым камнем на шее был брошен в воду. Таково относительно соблазнов учение Христа, и так оно сохраняется святою церковью Христовою.

Королева Ортруда сказала:

— Каждый думает по-своему. Меня нагота не соблазняет; она меня только возбуждает и веселит, как вино, — и я хочу наготы и красоты телесной.

Кардинал возразил:

— Выше наших хотений стоит наш долг. За добрые дела мы ждем награды, а злые дела навлекают на нас кару.

— Какая же она бедная и слабая, ваша мораль! — презрительно сказала королева Ортруда. — Нет, моя свободная мораль не знает санкций и обязательства. Добрая природа создала меня невинною, и узы ваши способны только исказить черты природной, милой чистоты.

С видом сердечного сокрушения ответил кардинал:

— Если бы идеи, развиваемые вашим величеством, к несчастию, восторжествовали, то это повело бы к полному упадку морали и религии.

Королева Ортруда сказала решительно:

— Нет, в моей свободе я вижу обещание расцвета морального и религиозного творчества. Насилие в вопросах морали немыслимо. Если, вы принуждением заставите людей быть нравственными, — какая же будет цена этой нравственности?

— Вы ошибаетесь, государыня, — возразил кардинал, — мораль основана всегда на понятии долга, в понятии же долга неизбежно присутствует элемент принуждения. Человек всегда слаб и немощен, — святая церковь указывает ему верные пути к спасению.

— Было время, — сказала королева Ортруда, — когда и я подчинялась указаниям церкви и смирялась под суровою дисциплиною моего духовника. Но теперь я не хочу предуказанных путей, и властолюбие служителей церкви стало мне ненавистным.

Кардинал сказал, как поучающий:

— Но иначе невозможно спастись и войти в царство небесное.

С досадою ответила ему королева Ортруда:

— Я и не хочу спасаться в вашем смысле этого слова. Я не хочу воскресения, мне не надо рая. Хочу жить свободно и свободно умереть.

На лице кардинала изобразился ужас, точно он услышал страшное кощунство. Он сказал, крестясь благоговейно:

— О, ваше величество! Это — слишком смелые слова. Да сохранит нас Бог от того, чтобы эти речи услышал кто-нибудь из ваших подданных.

Королева Ортруда горячо говорила:

— Лучше я буду грешницею по своей воле, чем склоняться под вашею ферулою. Я слишком выросла для этого. Я не хочу, чтобы меня пасли. Между мною и моим Богом нет и не должно быть никакого посредника.

Кардинал сказал строго и внушительно:

— Вы проповедуете лютеранство, государыня!

Королева Ортруда засмеялась.

— О, нет, — живо сказала она. — Я очень далека от этих благочестивых ересей.

— И даже, государыня, — с выражением ужаса говорил кардинал, — говорят о вашем люциферианстве!

— Ни лютеранкою, ни люциферианкою, — сказала королева Ортруда, — я хочу быть только человеком. Свободным человеком.

Кардинал снисходительно улыбнулся и сказал:

— Но вы, государыня, не только человек. Вы — королева и вы — женщина!

Королева Ортруда спросила с удивлением:

— А королева — не человек?

— Кто имеет верховную власть над людьми, — говорил кардинал, — тот более чем человек. Он к ангелам приближен, и благие мысли внушает ему Бог. Человек прост и покорен; он боится строптивой мысли, и за всю свою преданность и малость он требует от своих вождей и повелителей только величия. Короли не должны никогда забывать, что они более чем люди.

— И что им большее позволено? — спросила королева Ортруда.

— И область позволенного, и область запрещенного, — ответил кардинал, — для них шире, чем для других людей, потому что вся сфера их деятельности шире.

— Если так, — сказала королева Ортруда, — то церкви ли судить меня! О том, хороша ли я, как королева, может судить, только мой народ в его целости.

— Короли призваны подавать высокие примеры своим народам, — сказал кардинал. — Короли судят, народы повинуются. Не дай Бог, чтобы в нашей стране стало наоборот.

Королева Ортруда повторила:

— Пусть меня судит мой народ. Не надо мне иного судии, и не хочу иного.

— Народ осудит, — строго сказал кардинал.

— Вы позаботитесь об этом? — презрительно спросила королева Ортруда.

Кардинал смиренно склонил голову и сказал:

— Мой долг — говорить то, что повелевает закон святой церкви Христовой.

Королева Ортруда встала.

— Я очень жалею, — сказала она, — что наш разговор не указал ничего, на чем я могла бы согласиться с вами.

Кардинал с видом благочестивого сокрушения благословил королеву Ортруду и ушел. Он и не ждал иных последствий от этой беседы: раскаяние королевы Ортруды было бы чудом, и о таком чуде кардиналу не хотелось молиться. Это чудо не было нужно для тех интересов, которые заботили кардинала.

Скоро слухи об этом разговоре стали распространяться в народе.

Глава шестьдесят третья

Разрыв принца Танкреда с Имогеною Мелладо оживил надежды графини Маргариты Камаи. Она стала вновь добиваться сближения с принцем Танкредом. Но принц Танкред уже опять увлекся новою красавицею, молодою еврейкою с томными глазами и ленивым гортанным говором, женою инженера, добивавшегося какой-то концессии в Африке. С этою красавицею познакомила принца Танкреда опять все та же маркиза Элеонора Аринас на одном из своих вечеров. Весь отдавшись новым чарам, принц Танкред был совершенно холоден к Маргарите. Ее бестактная навязчивость угнетала Танкреда.

После одной неприятной встречи с Маргаритою принц Танкред приехал днем к королеве Кларе. По легким, едва уловимым признакам королева Клара поняла, что принца Танкреда что-то волнует. Она спросила:

— У вас опять какая-нибудь неприятность, милый Танкред?

Принц Танкред грустно улыбнулся, вздохнул и ответил:

— Графиня Маргарита Камаи чрезмерно надоедает мне. Она очень навязчива, но не очень умна. Она не хочет понять, что все на свете кончается.

Королева Клара просто и спокойно сказала:

— Пусть ее убьют. Она вредная и злая женщина и может сделать вам еще много затруднений.

Жестокая по природе, королева Клара без ужаса думала об убийствах. Она была уверена, что цель оправдывает средства.

Принц Танкред улыбнулся спокойно, поцеловал руку королевы Клары и заговорил о другом. Участь Маргариты Камаи была в эту минуту решена. В тот же вечер начальник тайной службы при принце Танкреде получил должные указания.

На другой день королева Клара пришла исповедоваться в капеллу своего дворца. Мил и радостен был теплый мрамор колонн, улыбалась венчанная золотом мраморная Мадонна, и с мудрою благосклонностью умирал на черном кресте желто-белый Христос. Светлая тишина благостно наполняла капеллу, — и только двое были в ней, патер и королева. С сердечным воздыханием и со слезами, утопая коленями в мягкой упругости красной бархатной подушки, королева Клара говорила молодому, красивому иезуиту:

— Я дала злой совет с благою целью. Возлюбленного сына моего принца Танкреда, столь ревностного к процветанию святой церкви, преследует грешною любовью графиня Маргарита Камаи. В минуту слабости моего любезного сына Маргарита обольстила его злыми очарованиями. Когда же он раскаялся и отверг ее, она не смирилась и не последовала его благому примеру. Она распускает о Танкреде злые, лживые слухи, она поссорила его с королевою Ортрудою, и от этого положению Танкреда грозит большая опасность. Я даже боюсь, что принц Танкред, этот верный и преданный сын церкви, будет вынужден покинуть нашу бедную страну, и святая церковь на Соединенных Островах лишится своего доблестного защитника. А это особенно печально в наши дни, когда семена неверия и мятежа так усердно сеются врагами церкви и государства. И вот я дала совет убить эту злую, нечестивую женщину. На моей душе будет великий грех, но этим грехом я освобожу от злой распутницы и принца Танкреда, и ее несчастного, обманутого мужа, и послужу славе церкви нашей.

Легкий стыд и сладострастный, как всегда на исповеди, приятно волновал королеву Клару. Сладострастие томило ее жгучими и пряными своими соблазнами. Разжигая в душе своей подобие страха, с притворным сокрушением кающейся грешницы смотрела королева Клара на красивое, строгое лицо духовника с пламенными черными глазами.

Духовник говорил ей:

— Всемилостивый Господь Бог наш видит с высоты небес сердца и помышления наши и оценивает дела людей по их намерениям. Вменяя ни во что даже и добрые дела еретиков, неверных и иных врагов церкви. Он милосерден к прегрешениям верных чад церкви Христовой, и особенно милостив к тому, кто и греха не убоится для наивящей славы Божией. Неложно сказано: только тот спасет свою душу, кто погубит ее. За помышление злое я наложу на вас эпитимию и разрешу вам грех, благая же цель злого дела милосердным Богом будет зачтена вам в заслугу.

Злые мысли носились в те дни по воздуху, словно демоны вулкана торопливо сеяли их в смятенные сердца людские.

Вечером королева Ортруда, уже влюбленная в Астольфа Нерита, призвала его к себе. Лаская, она спрашивала его нежно:

— Милый Астольф, ты любишь меня?

— Люблю, — страстно сказал Астольф. — Люблю, — повторил он и от восторга и от волнения не знал, что еще сказать.

— Все для меня сделаешь? — спросила королева Ортруда.

Она побледнела, и робкая мольба звучала в ее голосе.

Астольф, трепеща от счастия, говорил:

— Все, все для тебя сделаю! Только скажи.

Королева Ортруда внимательно и тревожно смотрела на него. Какое-то злое внушение, еще не ясное ей самой, мучительно томило ее. Она спрашивала себя:

«Что могут сделать для меня эти руки? Руки преданного, унаследовавшего верность многих поколений слуги?»

В памяти королевы Ортруды вдруг возник ненавистный образ графини Маргариты Камаи. Ярко и больно ожила в душе королевы Ортруды память того дня, когда отняли от Ортруды счастливое ее неведение, когда узнала она об изменах ее Танкреда, когда навеки затмился для нее облаком дымным и смрадным светлый, солнечный образ ее героя.

Королева Ортруда обняла Астольфа, прильнула к его уху, шепнула едва слышно:

— Убей графиню Маргариту Камаи.

И, отклонившись от Астольфа, сказала вслух:

— Отомсти за меня, Астольф. Отомсти!

Астольф задрожал. Королева Ортруда отошла от него и у зеркала поправляла свои волосы. Пальцы ее рук слегка вздрагивали, погружаясь в ночь темных кос. Астольф смотрел на нее в ужасе. В зеркале видела королева Ортруда его побледневшее лицо, его напряженный взор. Черные глаза Астольфа казались ей огромными; две фиолетово-оранжевые тени темнели под ними, и тяжелые брови, черные, сходились, морща смуглость лба тенями раздумчивых складок.

Королева Ортруда печально вздохнула. Говорила тихо, отрывисто, словно задыхаясь:

— А, ты не хочешь! Не хочешь! Конечно, это — грех. И не надо, если не хочешь. Я думала, ты меня любишь. Я думала, ты меня хочешь. Но ты не хочешь.

Лицо Астольфа озарилось темною радостью, и злые огни жестокой воли зажглись в глубине черных пламенников его зардевшегося темным румянцем смуглого лица.

— Хочу, хочу! — воскликнул он.

Королева Ортруда говорила:

— Если ты это сделаешь, я буду твоя. Ты будешь приходить ко мне всегда, когда захочешь, и будешь делать со мною все, что хочешь. А я научу тебя радостным играм и забавам любви. Я подарю тебе дни светлых ожиданий и ночи легкого счастия, если ты сделаешь это для меня.

Астольф, улыбаясь, погруженный в сладкую задумчивость, смотрел на королеву Ортруду. Она обняла его и тихо спросила:

— Милый Астольф, ты боишься греха?

Целуя ее похолодевшую от волнения щеку, сказал Астольф:

— За тебя, Ортруда, я и душу погубить готов.

— Грех на мне, — говорила королева Ортруда, — я тебя посылаю.

Недолгою была быстрая смена чувств и мыслей в душе Астольфа, — и уже думал Астольф, что за один ласковый взгляд королевы Ортруды стоит отдать все радости жизни, и самую жизнь, и все утешения светлого рая.

— Да, Ортруда, — сказал Астольф, — я сделаю это.

Как тогда королева Ортруда, он приник к ее уху и тихо-тихо прошептал:

— Я убью графиню Маргариту Камаи. Я отомщу за тебя.

Отойдя от королевы Ортруды, чтобы видеть ее

обрадованное, нежно улыбающееся лицо, Астольф сказал громко:

— В эту же ночь.

И уже он был в восторге, что исполнит волю королевы Ортруды. Словно мгновенная зараза, охватила его душу ненависть к злой Маргарите Камаи, которая омрачила печалью его добрую, милостивую госпожу королеву Ортруду.

Была ночь, темная, благоуханная, жаркая. Раздражающим пряным запахом крупных белых и оранжевых цветов полон был влажный воздух.

Астольф один шел по дальним улицам столицы, по одежде похожий на простого мальчишку, который возвращается из города в рыбачью слободу под Пальмою. В складках широкого пояса он прятал небольшой, узкий, с обеих сторон острый кинжал. Он не боялся, что его узнают, — улица в тихом приморском предместье Пальмы, где стоял окруженный широким садом дом графа Камаи, была тиха и безлюдна.

В эту же ночь около дома графа Камаи бродил наемный убийца, поджидая часа, когда все вокруг совсем затихнет. Его подкупили на убийство графини Маргариты Камаи тайные агенты принца Танкреда.

Это был один из тех потерянных людей, которые шатаются утром в гавани, а вечером сидят в тавернах, ища более или менее легкого заработка и не брезгая ни воровством, ни убийством. При помощи таких людей нередко сводились слишком запутанные счеты, и непримиримая вражда порою разрешалась предательским из-за угла ударом кинжала. Профессиональная этика этих бездельников была очень строга. Они не выдавали никогда своих нанимателей. Впрочем, и искушений к тому почти не бывало, — убийцы эти попадались совсем редко. Полиция на Островах более любила следить за анархистами и социалистами, чем за убийцами и ворами. Воры и грабители были даже выгодны для низших полицейских агентов, — при дележе награбленного перепадало и блюстителям порядка.

Разбойник уже собирался приступить к своему делу. Вдруг он услышал легкий звук шагов по плитам тротуара и увидел тихо подходившего к дому мальчика, лицо и ноги которого смутно белели в темноте. Разбойник отошел от дома. Он знал свое ремесло, прятался искусно, и потому Астольф не увидел его, подходя к дому графа Камаи. Разбойник ждал, когда мальчик пройдет мимо, и удивился, увидевши, что Астольф остановился у этого же дома.

Астольф стоял у калитки, ведущей в сад, и соображал, как удобнее перелезть через железную решетку. На всякий случай он взялся за ручку калитки, попробовать, не откроется ли она.

Разбойник, притаившись за выступом стены соседнего дома, размышлял:

«Кто же это? Мальчишка, которого послали воры на разведку, а при удаче и на промысел, — или слишком молодой любовник?»

Астольф радостно удивился: калитка в сад оказалась не замкнутою на ключ. Об этом заблаговременно позаботились организаторы убийства. Они зазвали садовника и его помощника в кабачок, притаившийся в одном из узких, грязных переулков близ торговой гавани, и так подпоили обоих, что ленивые слуги забыли о своих обязанностях. Когда кабачок поздно ночью закрывался, оба они уже были мертвецки пьяны. Собутыльники кое-как вытащили их из кабачка, взвалили на плечи, отнесли подальше, к каким-то загородным пустырям, и там оставили их мирно спящими в канавке под забором.

Разбойник неотступно следил за Астольфом и прокрался за ним в сад.

Астольф тихо шел вдоль темного дома по теплым росам трав, чтобы его ноги не оставили следов на тонком песке аллей. Он смотрел, где удобнее проникнуть в дом. Одно окно показалось ему закрытым неплотно. Астольф влез на выступ стены и толкнул раму. Она открылась. Астольф пробрался в дом. За Астольфом влез в то же самое окно и разбойник.

По темным комнатам осторожно шел Астольф. Он не знал расположения комнат, и потому раза два или три пришлось ему возвращаться назад. Не подозревал Астольф, что за ним крадется убийца.

Вот и спальня графини Маргариты, и в глубине против окон — кровать. Огонек зеленой лампады мерцал слабо и бросал на все предметы неверный, коварный свет. В теплой темноте, напоенной пряными благоуханиями изысканных духов, слышалось ровное дыхание Маргариты.

Астольф осторожно подвигался вперед. Он задел какой-то легкий стул у окна. Ножки стула с легким шумом передвинулись по скользкому паркету. Маргарита проснулась и спросила сонным голосом:

— Это ты, Роберто?

Астольф ответил тихо, голосом сдавленным, глухим от волнения:

— Это — я.

Решительно и быстро Астольф подошел к кровати, напряженно всматриваясь в белевшуюся на ней смутно женщину, полуприкрытую легким белым покрывалом.

— Спать не даешь, — ворчала Маргарита.

Астольф, держась за рукоять кинжала и дыша возбужденно и часто, наклонился над Маргаритою. Она лежала на спине, закинув под голову тонкие, смуглые руки. Лицо ее с полузакрытыми глазами казалось бледным и неживым.

Вдруг темный страх резко и зло схватил Маргариту за сердце. Глаза ее широко раскрылись, черные, чернее, чем ночь, — и она всмотрелась в чужое, в полутьме наклонившееся над нею лицо. В горле, словно сдавленном чьею-то рукою, стало сухо. Маргарита спросила тревожно:

— Кто это?

Хриплый голос ее был тих, — липкий страх заливал горло, душил грудь и мешал языку двигаться. Чужой молчал. Огромные глаза его были беспощадны. В движении его рук около пояса было что-то непонятное, страшное.

Маргарита сделала порывистое движение, чтобы подняться. Но Астольф выхватил кинжал из ножен и быстрым движением слева направо разрезал ее горло. На руки Астольфа брызнула теплая, липкая влага. Маргарита слабо забилась и вдруг словно застыла. Слышалось прерывистое хрипение, — но и оно скоро затихло.

Разбойник стоял, таясь в углу.

Астольф торопливо и осторожно убегал. На коврах темных комнат были бесшумны его быстрые ноги.

Разбойник подошел к постели. Тело Маргариты холодело.

— Сделано чисто, — еле слышно проворчал разбойник. — Смелый чертенок!

Разбойник принялся осторожно шарить в этой комнате и рядом, ища, что бы можно было захватить ценного и некрупного. Острый, трусливый огонек потайного фонаря шмыгал по полу и стенам, как огненный призрак лукавой домашней нежити.

Потом разбойник выбрался из дому тем же путем.

Глава шестьдесят четвертая

Вечерние горели огни, и краски всех предметов при огнях изменились, жесткими стали, томящими взор. Королева Ортруда смотрела на ярко-красный цветок в волосах камеристки Терезиты, на ярко-смуглый румянец ее щек, на ее дебелую шею, слегка изогнутую вперед, — и все тяжелое, сильное, ловкое тело молодой вдовы рождало в душе Ортруды странную зависть.

«Забыла Терезита своего мужа, бравого сержанта, — думала королева, — и другие утешают ее. И жизнь для нее легка».

Спросила:

— От кого, Терезита, этот цветок в твоих волосах? Милый подарил?

Ответила Терезита, — и непривычною печалью звучали низкие звуки ее голоса:

— Сегодня память королевы Джиневры.

Села у ног королевы и говорила тихо:

— Любила, — и убила. Посмела убить.

Тихо сказала Ортруда:

— Нельзя убивать того, кого любила.

Терезита смотрела в лицо королевы Ортруды, и жалость была в глазах Терезиты, и преданная любовь. И тихо, тихо сказала Терезита:

— Пошли меня, милая королева, — я вырежу его сердце и принесу его тебе на конце кинжала.

Ортруда встала. Сказала сурово:

— Я знаю, ты меня любишь. Но этого не надо.

Приподнялась Терезита, стояла на коленях и с тоскою смотрела в лицо королевы Ортруды. Ортруда сказала:

— Иди.

Поздно вечером королева Ортруда была одна. Тоска томила ее, тоска воспоминаний и предчувствий.

Королева Ортруда думала о том, что умрет графиня Маргарита Камаи. Древняя, жестокая душа, разбуженная в ней, трепетала от злой радости и от звериной, дикой тоски, — душа королевы Джиневры, царствовавшей за много столетий до Ортруды. И вспомнила королева Ортруда жестокую повесть жизни королевы Джиневры.

Как и Ортруда, королева Джиневра унаследовала престол своего отца и была обвенчана с чужестранным принцем. Этот принц, как и Танкред Ортруде, изменял Джиневре. И, как Ортруда, долго оставалась Джиневра в счастливом неведении. Однажды застала королева Джиневра своего мужа в объятиях одной из придворных дам. Обезумев от ревности и от гнева, королева Джиневра вонзила свой кинжал в сердце вероломного мужа и злую разлучницу тем же умертвила кинжалом.

Рыцари и монахи, друзья убитого принца, низвергли Джиневру с престола и судили ее, и свиреп был приговор их. Джиневру вывели нагую на площадь и беспощадно бичевали на том месте, где стоит ныне ее статуя. Плакали многие в толпе, жалея любимую королеву, но вступиться не посмел никто. Потом Джиневру заточили в монастырь, где злая игуменья подвергала ее жестоким истязаниям и унижениям. Но вскоре Джиневра была освобождена оттуда своими друзьями и еще долго и со славою царствовала.

Душа, прошедшая весь пламенный круг любви и злобы, нестерпимых страданий и высокого торжества, душа Джиневры оживала теперь в груди королевы Ортруды. Думала королева Ортруда:

«Вот путь мой, — ступень за ступенью к смерти. Настанет скоро день, — умру и я под кинжалом убийцы. Или казнят меня за что-нибудь по приговору революционного трибунала, — и отрубленная острым ножом гильотины голова моя упадет в пыль торговой площади. Что ж, умру спокойно».

Раздался легкий стук в дверь. Странно и жутко прозвучал он в ночной тишине древнего замка.

— Войдите, — сказала королева Ортруда.

Терезита открыла дверь, впустила Астольфа и скрылась. Но успела заметить королева Ортруда выражение свирепой радости на угрюмом лице верной служанкиВошел Астольф, бледный и радостный, в той же простой, короткой одежде, в которой проник он в дом графа Камаи.

Королева Ортруда задрожала. Смешанное, темное чувство охватило ее. Страх перед убийцею, любовный восторг перед ним, кровавое сладострастие, ненависть к убитой, радость мести, тоска о злом деле — все в сердце королевы Ортруды смешалось в какую-то дьявольскую, пряную, горькую смесь.

Широко открытыми глазами смотрела королева Ортруда на подходившего к ней Астольфа. В руке Астольфа было что-то, обернутое в белый платок, в белый с темными пятнами платок.

Королева Ортруда спросила:

— Что это?

Голос ее был страстно звучен, и тонкие руки ее дрожали. Уже знала королева Ортруда, что она увидит сейчас, знала, что покажет ей Астольф.

Астольф неторопливо развернул платок и показал королеве Ортруде кинжал. На лезвие кинжала темнели свежие пятна крови. Тихо сказал Астольф:

— Я убил графиню Маргариту Камаи.

На лице его изображалась дикая радость.

И уже спокойно улыбалась королева Ортруда, и радостно смотрела на Астольфа и на его кинжал. Астольф зарделся вдруг, устремил на королеву Ортруду нетерпеливый, страстный взор и сказал ей нежно и дерзко:

— А когда же мне будет награда, милая Ортруда?

Королева Ортруда улыбнулась нежно и грустно. Шепнула:

— Награжу. Не бойся.

Она взяла Астольфа за плечи и привлекла к себе. Целовала лицо Астольфа. Целовала его руки.

И долго в тот вечер, и страстно королева Ортруда целовала и ласкала Астольфа.

Когда Астольф ушел, королева Ортруда долго не могла заснуть и сидела, мечтая нежно и жестоко. И думала королева Ортруда:

«Вот и еще одна ступень к моей смерти — Астольф, отрок с окровавленными по моей воле руками».

Шептала:

— Что скажешь мне ты, Светозарный?

Утром нашли в постели труп графини Маргариты. По-видимому, убийство совершено было с целью грабежа. Было украдено несколько драгоценностей и сколько-то денег. Но граф Роберт Камаи был уверен, что это — дело агентов принца Танкреда. Никому не говорил он о своих подозрениях, но таил жажду мести.

Об убитой жене граф Камаи не очень сокрушался. Любовные связи между ними уже давно порвались, а строптивый характер Маргариты нередко бывал причиною неприятных размолвок и ссор. Но в этой женщине граф Камаи терял верную пособницу его карьере, — и еще не мог он учесть, как эта смерть отразится на его положении.

Конечно, граф Камаи притворялся, что он убит горем.

Весть о смерти графини Маргариты Камаи быстро разнеслась по городу. Почему-то все в городе говорили, что графиня Камаи убита по приказанию принца Танкреда. И никого это не удивляло.

Говорили одни:

— Так ей и надо!

Говорили другие:

— От этого человека чего же иного можно было бы ждать!

Друзья принца Танкреда уверяли, что это — дело анархистов. Никто, конечно, не верил.

Общая уверенность в том, что в убийстве графини Маргариты Камаи замешан принц Танкред, была так велика, что полиция и судебные власти не особенно усердствовали в расследовании дела. Было сделано, по-видимому, все, что предписывается для таких случаев законом, — но все это делалось только формально, и сыщики не проявили свойственной им проницательности.

По приказу судебного следователя арестовали садовника и его помощника. Но ни один из них не мог сказать ничего путного о людях, которые их напоили. Не могли указать даже таверны, где они пьянствовали, и сбивались в числе своих собутыльников.

Садовник говорил:

— Было их двое, оба с черными бородами.

Его помощник говорил:

— Нет, их было трое, — двое черных и один рыжий, в очках.

Садовник говорил:

— Рыжий в очках пришел позже.

Его помощник спорил:

— Позже пришел четвертый, бритый.

Тогда предположили, что эти сообщники-убийцы были искусно загримированы.

Дело заглохло бы понемногу. Но им занялись оппозиционные газеты. Какому-то ловкому репортеру посчастливилось даже открыть наемного убийцу. Из этого, конечно, ничего не вышло, — разбойнику дали еще денег и помогли эмигрировать в Аргентину.

С того дня каждый вечер Астольф приходил к королеве Ортруде, и они проводили вдвоем долгие часы, радостные для Ортруды и проникнутые жутким ужасом.

С образом Астольфа соединялось для Ортруды всегда представление о Смерти.

Ах, прекрасный образ Смерти для королевы Ортруды, — влюбленный в нее страстно и пламенно паж королевы Астольф! Лицо у него прекрасное и темное, лицо веселого мальчишки, загоревшего под солнцем; глаза у него черные и пламенные, глаза того, кто убивает; одежда у него белая и короткая, одежда пажа, который приходит услужить прекрасной даме; ноги у него обнаженные и стройные, ноги, чтобы легко и бесшумно под облаком дымным страшный пройти путь, из которого принесет верный капли крови королеве Ортруде, — кровь королевы Ортруды.

И ласкала Астольфа королева Ортруда, и, лаская, обнажала его тело, стройное, тонкое тело милого убийцы. Вся отдавалась ему, все одежды свои отбросив, нагая приникала к страстной теплоте его тела, — тело и душу предавая умерщвляющему нежно.

Астольф переживал тогда минуты сладчайших восторгов. Ярки и многоцветны были его мечтания — о бесконечности счастия с Ортрудою, для Ортруды. Сосуд многоценной крови, обнаженное тело королевы Ортруды радовало взоры Астольфа. О, это тело, которое так наслаждается и так страдает! и так услаждает, и так мучит! И этот трепет дыхания в груди и в горле под яркими поцелуями жадных губ! И эта кровь, которую так страшно пролить и которой так жаждет душа умерщвляющего! И этот жуткий страх, и этот зыбкий стыд!

Смотрела на Астольфа королева Ортруда, любуясь, — и вдруг стыдно становилось Астольфу того, что они обнажены. Он прятался за тяжелыми завесами. Но был радостен и легок этот внезапный стыд.

Смеялась его стыду Ортруда, смеялся и он. Легким, зыбким смехом разрешался легкий, зыбкий стыд. И они играли и резвились, как шаловливые дети.

Иногда утром уходили они на берег моря и там, как дети, у воды смеялись и радовались, и чего-то искали в воде, и находили что-то. И плескуч был шумный смех волн, вечный смех стихии, и широк был ясный простор поднебесный.

Для королевы Ортруды готов был Астольф совершить всякое безумное и опасное дело и без конца умножать преступление. Не раз спрашивал он королеву Ортруду:

— Хочешь, Ортруда, для тебя я убью принца Танкреда?

Улыбалась королева Ортруда и говорила:

— Не надо, мой милый. Принц Танкред не уйдет от своей судьбы.

Однажды королева Ортруда привела Астольфа в огороженный высокою стеною участок королевского сада около ее мастерской. И сказала Ортруда Астольфу:

— Здесь, среди этих деревьев, под этим высоким небом я напишу картину, и ты будешь для нее моделью. Красота твоя будет жить в веках.

Астольф радостно покраснел. Королева Ортруда сказала:

— Разденься, Астольф.

Астольф радостно и поспешно повиновался. Королева Ортруда рассказала, как ему надо стоять. Нагой отрок с флейтою в опущенной руке прислонился к пальме и задумался. Тело его было прекрасно, — тело, созданное для игры, пляски и бега.

Охваченная волнением работы, Ортруда быстро зарисовала его фигуру, торопясь взяться за кисть. Застенчивый, тихий, стоял Астольф, — и застенчивая, тихая мечта мерцала в черной тьме его широких глаз. Выражение застенчивости перенесла Ортруда и на картину. Нагой и смуглый, как живой возникал он под ее уверенною, неторопливою кистью.

Было тихо. Ничей нескромный, враждебный взор не мешал творчеству любви и красоты, и никто не говорил темных, тусклых слов.

Дракон небесный смеялся в багряно-голубой вышине, словно он знал, что будет. Но он не знал. Только творческая мечта поэта прозревает неясно дали незаконченного творения.

Вероника Нерита скоро узнала, — конечно, позже посторонних, — о связи ее сына с королевою Ортрудою. Тщеславная женщина радовалась этому чрезмерно. Она думала, что связь с королевою принесет их семье большие милости и выгоды. Уже она распустила яркие павлиньи перья высокомерия и думала, что все матери в Пальме завидуют ей.

Но старый гофмаршал Теобальд Нерита не радовался. Он

думал, что королева Ортруда огорчена открытием любовных похождений ее мужа и потому ищет забвения и развлечения в мимолетных связях то с одним, то с другим, — что она будет влюбляться еще во многих, постоянно томимая разожженною в ней страстностью, но никого надолго не полюбит, — что ее увлечение Астольфом будет так же кратковременно, как и ее связь с Карлом Реймерсом, — и что конец этого нового ее увлечения будет так же печален.

Старый гофмаршал позвал к себе сына и говорил ему строго:

— Берегись, Астольф, ты стоишь на опасной дороге.

Астольф угрюмо смотрел вниз, багряно краснел и упорно молчал. Теобальд Нерита продолжал:

— Говорю тебе, Астольф, послушайся меня, избегай королевы Ортруды. Смотри, чтобы и с тобою не было того же, что с Карлом Реймерсом. Королева Ортруда любит красивых. Найдется человек красивее тебя, и более подходящий к ней по возрасту.

Астольф молчал упрямо, и уныло склоненное лицо его не выражало ничего, кроме скуки.

Теобальд Нерита досадливо говорил ему:

— Что же ты молчишь? Скажи что-нибудь. Или сказать тебе нечего, и ты сам сознаешь, как нелепо твое увлечение?

Тогда Астольф поднимал на отца упорный взгляд широких глаз и говорил коротко:

— Ортруда меня любит, и я люблю Ортруду. Я не могу жить без Ортруды. Для Ортруды я готов на все.

Гофмаршал, покачивая головою, говорил:

— Глупый! Только и знаешь твердить: Ортруда, Ортруда, люблю, люблю. Скоро бросит тебя твоя Ортруда.

Астольф улыбался и отвечал отцу:

— Не знаю. Пусть бросит, если захочет. Пусть будет что будет. Теперь я счастлив. А потом хоть умереть, мне все равно.

Отец горько упрекал Астольфа.

— Не жалеешь ты старого отца, — говорил он. — Ты еще так молод. Тебе надо учиться.

Астольф отвечал угрюмо:

— Я учусь.

— Как ты учишься! — говорил Теобальд Нерита. — Голова у тебя набита глупыми мечтами, только Ортруда у тебя на уме. Не до книг тебе теперь. Хоть и тяжело мне будет на старости расставаться с тобою, но я все-таки отправлю тебя на днях доучиваться в Италию или во Францию.

Астольф отвечал решительно и резко:

— Ни за что не уеду отсюда. Лучше в море брошусь.

По мрачному блеску его глаз видел отец, что Астольф не задумается сделать, как говорит.

Такие разговоры повторялись часто и нередко заканчивались бурными сценами.

И другие невзгоды скоро стали омрачать счастие Астольфа.

Глава шестьдесят пятая

Афра томилась в эти дни странною, жестокою ревностью. И раньше досадовала Афру любовь королевы Ортруды, сначала к принцу Танкреду, потом к покойному Карлу Реймерсу. Относительно принца Танкреда эта ревнивая досада находила себе оправдание еще и в том, что Танкред обманывал королеву Ортруду, и в том, что он был ненавистен Афре. Любовь королевы Ортруды к Карлу Реймерсу жалила Афру больнее, и уже Афра понимала истинную причину этого темного чувства. И вот теперь нестерпимо горька стала Афре любовь королевы Ортруды к этому красивому, страстному мальчишке.

Уже давно поняла Афра, как сильно то странное чувство, которое привязывает ее к королеве Ортруде и которое влечет ее нежные уста к целованию Ортрудиных ног. Но только теперь эта неясная дотоле влюбленность в королеву Ортруду зацвела в Афре багряным цветом. Любовью разжигалась в ее сердце ревность, — ревностью еще пламеннее разжигалась любовь.

Одиноко переживала Афра свои ревнивые муки, гордо скрывая их ото всех. Да и кому же о них рассказать? Разве самой Ортруде пожаловаться? Но какая же в том польза! Да еще и поймет ли королева Ортруда признания Афры? Может быть, только удивится этой неожиданной страсти, может быть, только улыбнется.

Но все-таки порою Афра не могла удержаться и невольно проявляла свою ревность — неловкостью движений, смущенностью взглядов и даже иногда неожиданно-резкими словами вызывавшими недоумевающий взор королевы Ортруды.

Тихий вечер мглисто-золотой и алый, плыл над землею, облелеянною теплою влагою. Солнце быстро склонялось к закату. Королева Ортруда и Афра одни шли медленно по ясным аллеям королевского сада. Как тихий сон, все было вокруг них. Земля и трава казались синевато-красными в скользящих косвенно и низко лучах багряного заката. Листва деревьев окрасилась пепельно-голубыми и сероватыми тонами.

Восхищенными глазами смотрела Афра на королеву Ортруду и любовалась ею, идущею тихо в багряных лучах заката. И знала Афра, что нежная мечта в душе королевы Ортруды зажжена образом милого пажа Астольфа, и потому так мечтательно мерцают глаза тоскующей Ортруды. Тихою тоскою и ревнивою грустью полно было смятенное сердце Афры.

Королева Ортруда сказала:

— Посмотри, Афра, какая здесь красная земля и какая здесь угрюмая зелень! Словно кровавый дождь прошел здесь недавно и еще не выпила крови пресыщенная земля.

Афра отвечала:

— Сквозь легкий дым и пепел вулкана так багрово светит солнце. Твоя белая одежда, Ортруда, вся пламенеет как багряница.

Образы убитых и умерших опять вставали в душе королевы Ортруды. Больно и горько ожили воспоминания дел порочных и жестоких. Какая грусть!

— Мы несчастны и порочны, — говорила королева Ортруда, — и земля наша залита кровью. Но придут иные поколения, — на земле будут жить счастливые, чистые люди. Утешающая мечта, тебя зовут настойчиво, тебя творит печаль!

— Они придут, эти счастливые, чистые люди, — сказала Афра, — только потому, что мы живем. И они будут такими, какими мы их воображаем, потому что это наша воля хочет воплощения нашей мечте.

Радостно развивая радостное оправдание зла и несовершенств нашей жизни, говорила королева Ортруда:

— Так, Афра, это верно и радостно. Всю звериную злобу первобытной, дикой земли мы изжили, а тех, кто приходит после нас, мы, хотя и злые сами, увлекаем в наше устремление от зверя к божеству. Жестокую нашу душу мы преобразим в дыхание ароматов, потому что смрад наших дел сгорит в огне наших непомерных страданий.

— Все, что мы можем дать будущим, сказала Афра, — это наша суровая и прекрасная работа, подвиг нашего устремления.

Королева Ортруда сказала с мечтательною улыбкою:

— О чем я мечтаю всегда, это о воспитании суровом и прекрасном.

— Путь сурового и прекрасного воспитания один, — сказала Афра, — в простодушной телесной наготе.

— В моем Лакониуме, — говорила Ортруда, — мальчики и девочки будут жить вместе, всегда нагие, как первые люди в раю. Кардинал жестоко упрекал меня за это.

Афра улыбнулась презрительно и сказала:

— Он не может и не хочет понять, что земной рай не в прошлом, а в будущем человечества. Нагие отроки и девы будут невинны и простодушны, как первые люди в раю, и нагота их будет целомудренна.

— Рай — сад, насажденный людьми, — тихо сказала королева Ортруда.

Солнце коснулось мглистой черты горизонта. Багровым и унылым стал его догорающий свет и грустные наводил мысли. Королева Ортруда призадумалась. Спросила:

— Афра, а что мы скажем, если в их душах зажжется страстность? И если сладострастие затлеется в их крови?

— Разве это страшно? — сказала Афра. — Я верю в целительные силы природы. Пусть сладострастие и похоть зажгутся, когда придет жестокая, страстная пора. В жестокости истощится сладострастие, суровое станет радостным, и, истощаясь в жестокости, само себя умертвит сладострастие. Разум человечества, вечно ведущий его вперед сквозь мрак и облак дымный к незакатному свету Истины, верховный Разум, которому мы поклоняемся и служим, светозарный и благостный, говорит нам, — и не ложно его слово, — что экстазы пламенные есть и будут для очищений человека.

Опять обрадованная слушала Афру королева Ортруда, и опять милая в ее душе зажглась мечта, и радостная.

— Как прекрасен Астольф! — мечтательно сказала королева Ортруда.

Жестокая! Она и не знала, какою болью сердечною ужалили

эти слова Афру, так утешавшую ее в этот мглисто-тихий вечер.

— Ты любишь, Ортруда, этого мальчишку? — спросила Афра.

Голос Афры был сурово-жесток, и ревнивая злость зажглась в ее глазах.

— Люблю, — сказала Ортруда. — Люблю так, как еще никого никогда не любила. Словно полюбила в первый раз, и в первый раз узнала, что значит любить. Но почему ты так опечалилась, Афра? Почему ты спросила меня об этом таким гневным голосом? Почему так бледно и сурово твое лицо?

Афра молчала. Ревнивые слезы блеснули на ее ресницах.

— Ты ревнуешь? — печально спросила Ортруда. — Какая же ты глупая, Афра! Ведь я же и тебя люблю. Разве чувство наше не свободно? Разве, душа у нас не широка, как мир? И даже больше мира она и вмещает в себя все творимое ею по воле. Я люблю тебя, Афра. А ты меня любишь?

Королева Ортруда нежно склонилась к Афре, и целовала ее жаркие щеки, ее влажные от слез глаза.

— О, милая Ортруда, как я люблю тебя! — воскликнула Афра.

И целовала руки и лицо королевы Ортруды. И к ногам Ортруды склонилась Афра, милые лобзая стопы.

Солнце скрылось; быстро темнело. Бесшумно и внезапно, в белой одежде пажа, подошел к ним Астольф. Он бродил задумчивый и грустный по аллеям, где сумрак сгущался, и увидел королеву Ортруду и Афру только тогда, когда подошел к ним совсем близко.

Увидел Астольф их поцелуи, слова любви услышал. И убежал, ревниво плача, и звук быстрых ног его по песку дорог был подобен плеску и шороху легких волн на песчаном берегу морском.

Недолго наслаждался Астольф счастием любви. Испуганный страстными ласками королевы Ортруды, отравленный легкими дымами далекого вулкана, скоро затосковал Астольф.

Нежность королевы Ортруды к Афре постоянно распаляла его тоску. Астольф зажегся жестокою ревностью. Он вспомнил тот разговор с Афрою, когда она говорила, что любит королеву Ортруду.

Ревность, преждевременная любовь, угрызения совести — все эти фурии терзали страстного мальчика.

Убитая им графиня Маргарита Камаи не давала теперь покоя

Астольфу. Иногда по ночам она приходила к нему, — стонать на пороге комнаты, где он спал.

Иногда Маргарита легкою тенью скользила мимо Астольфа в темных переходах древнего замка, зыбким смехом дразнила Астольфа и говорила ему:

— Зачем же ты убил меня? Королева Ортруда тебя разлюбила.

А королева Ортруда все сильнее с каждым днем чувствовала в себе влечение к Афре. И отрадные слова великой нежности были наконец сказаны.

Чувства Астольфа к Афре двоились: он ненавидел Афру за то, что ее любит Ортруда, — но и любил Афру, потому что и Ортруда ее любит, и еще потому, что в самой Афре было для него какое-то очарование.

Картина, изображавшая Астольфа, была окончена.

— Тебе нравится, Астольф? — спросила королева Ортруда.

— О, да! — воскликнул Астольф.

— В этой картине есть большой недостаток, — сказала Ортруда.

— В ней нет никакого недостатка! — возразил Астольф. — Она прекрасна.

— В самом замысле картины есть недостаток, — говорила Ортруда. — Юному мечтателю недостает девы. Я напишу вас обоих, тебя и Афру.

На другой день Астольф и Афра стояли в том же уединенном саду королевы Ортруды, — перед юным мечтателем явилась первозданная дева, улыбалась ему, и он смотрел на нее нерешительно и робко, потому что она звала его от его мечтаний к неведомым ему творческим совершениям. Он был более удивлен и восхищен, чем обрадован, — прекрасна была первозданная дева, но что-то в ее взорах страшило.

Смуглое тело Афры восхищало Ортруду еще более теперь, чем тело Астольфа. Оно было законченнее, совершеннее. Астольф понимал это и томился ревностью.

— Смотри на нее, как влюбленный, — сказала ему королева Ортруда.

Астольф отвечал досадливо:

— Я в нее не влюблен, — она толстая.

Афра смеялась, и смех ее досаждал Астольфу.

— Ты ошибаешься, Астольф, — сказала Ортруда, — правда, она не такая тонкая, как ты, но ведь она не мальчик.

Ортруда сказала Афре:

— Завтра утром приди одна. Я задумала еще картину, где ты одна будешь мне моделью.

— А как же эта картина? — спросил Астольф.

— Кончу, не бойся, — улыбаясь, сказала Ортруда.

Астольф ушел опечаленный.

Ортруда была с Астольфом в этот вечер очень ласкова. Но Астольфу казалось, что это из жалости.

Опять был вечер, и снова трава и земля стали багряны. Погруженный в грустную задумчивость, тихо и одиноко шел Астольф по тенистым аллеям дворцового сада. Мглисто-золотое солнце склонялось к далекому шуму волн. Багряная мгла разливалась в сумрак сада. Воспоминания о ночном убийстве опять горько томили Астольфа. Чей-то докучный голос, скучный и однозвучный, шептал за его спиною:

— Зачем же ты убил бедную Маргариту? Ортруда тебя разлюбила.

Чьи-то легкие шаги чудились Астольфу, — он оборачивался, но никого не было. Неприятно-резкий крик какой-то птицы преследовал Астольфа. Астольфу казалось иногда, что он опять слышит за собою предсмертный хрип Маргариты.

Астольф знал, что ему некуда бежать от этих призрачных преследователей, оставивших прохладный покой небытия только для того, чтобы измучить Астольфа.

Вдруг он увидел Альдонсу. Испуганная короткая мысль метнулась в его голове: «Как же Альдонса здесь? Ведь ее повесили».

Краснощекая, дебелая, такая красная и толстая, какою никогда не была Альдонса при жизни, она смотрела прямо на Астольфа и беззвучно хохотала, вся сотрясаясь от смеха. Сначала Астольф увидел только одно ее лицо. Он удивился, что лицо Альдонсы видно так низко над мглою тихих трав. Но потом Астольф различил в багряной мгле и всю Альдонсу. Присев на корточки над клумбою, она поливала цветы.

С удивлением и с ужасом смотрел на нее Астольф. Но он преодолел свой страх, подошел к Альдонсе близко и спросил:

— Зачем ты здесь, Альдонса? Что ты здесь делаешь? Кто пустил тебя в этот сад?

Резким, злым голосом, похожим на зловещий крик черной птицы, ответила ему Альдонса:

— Тебе-то что! Меня повесили, и я теперь хожу, куда хочу. Меня не зарежешь.

Астольф воскликнул, крестясь:

— Именем Господа заклинаю тебя — исчезни!

Вдруг исчезла Альдонса, словно растаяла, словно и не было ее. И только оставила в душе Астольфа странную тоску.

Дивясь и тоскуя, возвращался Астольф домой. Он думал: «Приходила за мною, звала меня. Образ грубого бытия показала мне, чтобы я понял, что жить не надо».

«Да, — думал Астольф, — надо любить, мечтать, творить, — а жить на этой земле не надо».

Вся жизнь Астольфа стала теперь одним предсмертным томлением.

Такая милая, радостная жизнь, — неужели отвергнуть ее? Такая прекрасная земля, — неужели оставить ее? Легкий, такой сладостный воздух земной жизни, — неужели перестать дышать им?

Наконец Астольф решился умереть. Он думал тоскуя: «Умру самовольно, но не так, как умер Карл Реймерс. Никто не узнает, что я сам себя умертвил, — и не упрекнут за мою смерть жестокие, злые люди милую мою, хоть и неверную Ортруду».

Был вечер, королева Ортруда ждала Астольфа, — и не дождалась.

Неясно тоскуя и томясь, Ортруда тихою тенью блуждала из комнаты в комнату. На столе у ее постели, увидела она, белело что-то, выдаваясь углом из-под книги. Ортруда подошла. Это было письмо.

Горькое предчувствие сжало ее сердце. Прочла письмо. Так, это от Астольфа. Только две строчки.

«Ты уже не любишь меня, — как же мне жить!»

И больше ни слова. Даже подписи не было.

Испуганная Ортруда послала спросить, не болен ли Астольф. Но дома о нем ничего не знали. Знали только, что он уехал с товарищами на прогулку в горы.

К ночи принесли его труп, — и с ним печальный, сбивчивый рассказ.

Мальчики остановились обедать на высокой лужайке над скалою, откуда видны были далеко берега Острова и море. Все были веселы. Вдруг — несчастный случай. Астольф подошел слишком близко к обрыву, чтобы посмотреть на морской берег внизу. Обернувшись на голоса товарищей, он сделал неосторожное движение и сорвался со скалы. Его подняли уже мертвым, с разбитою о камни головою.

Опять гроб, и опять надгробное рыдание.

В гробу Астольф лежал бледный, прекрасный, осыпанный белыми, благоуханными цветами. Королева Ортруда приходила плакать над ним и не таила своей печали.

Теобальд Нерита казался помешавшимся от горя. Вот грустный конец древнего, славного рода! Кто же теперь наследует ключи королевского замка и тайну подземного хода?

Вероника Нерита рыдала над гробом своего сына слишком театрально. Ее жалели, но, к сожалению, о ней у многих примешивалась презрительная усмешка. Вероника Нерита была еще очень моложава, и траур удивительно шел ей к лицу. К удивлению многих, через несколько дней она умерла от тоски по сыну. Говорили, что Вероника Нерита отравилась.

Глава шестьдесят шестая

Вулкан на острове Драгонере дымился все сильнее и сильнее. Прежде выдавались все-таки дни и даже целые недели, когда дым над его тупою, раздвоенною вершиною истончался, таял и вовсе исчезал. Теперь же вулкан дымился постоянно. Уже много столетий безмятежно дремавший, изредка только испускавший немного дыма и пепла, вулкан дивил теперь упорством и продолжительностью своих темных, дымных вздохов, неистощимостью своего медлительного гнева.

Вблизи, из города Драгонера и с берегов острова, дым вулкана казался густым и черным. Казалось, что он заволакивает тупую вершину горы словно черною, мохнатою шапкою, над которою, далеко откинутое по ветру, веет длинное, черное перо, вырванное из крыла гигантской, живущей в облаках птицы. Издали этот дым представлялся легким и тонким, как и раньше.

На пространстве всего государства Соединенных Островов стали заметны в воздухе странные, неприятные изменения. Все явственнее различался разлитый над всею страною горьковатый запах. Дни стали тусклыми, и недолгие зори пылали багряно, румянцем умирающих. Многоцветные прежде пейзажи Островов окрашивались сначала в оранжевые тона, а теперь становились тускло-сероватыми.

На острове Драгонере начались угрожающие явления — подземные гулы, легкие сотрясения почвы. У подножия вулкана и на его склонах несколько домов обвалились. И уже люди в деревнях этого острова и в городе Драгонере стали бояться извержения вулкана. Тогда великое беспокойство Охватило испуганных жителей Драгонеры, быстро сменив их прежнюю беспечность.

Припоминались и перетолковывались на все лады старые рассказы о городах, засыпанных пеплом вулканов. В газетах печатались статьи об известных в истории землетрясениях и извержениях вулканов.

Школьники торжествовали: взрослые охотно слушали теперь их рассказы по учебнику и со слов старательных учительниц о Геркулануме и Помпее, о Содоме и Гоморре, о поглощенной океаном великой Атлантиде, о раскопках на месте древних городов, и даже, кстати, о всемирном потопе, о столпотворении вавилонском, и об изгнании первых людей из рая.

В семьях только и разговору было, что о вулкане. Эти разговоры усиливали общее угнетенное, тревожное настроение. Семейная жизнь стала невыносимою. Женщины плакали. Мужчины, ссорились с ними и друг с другом и предавались отчаянному распутству.

Мальчики — народ всегда и везде беззаботный и легкомысленный — ленились и проказничали напропалую. Каждую ночь целыми толпами они тайком удирали из родительских домов и бежали к вулкану, чтобы к восходу солнца пробраться поближе к широким краям кратера. Возвращались они оборванные, грязные, с обожженными руками и ногами, и родители дома нещадно били их.

Девочки нервничали, плакали и влюблялись в распустившихся мальчишек, которые казались им теперь большими героями. Взрослым было не до того, чтобы заботиться о детях. Угнетенные страхом родители о них почти забывали, и даже учителя и учительницы в школах просиживали целые часы в учительских комнатах, вкривь и вкось рассуждая о вулкане.

Скупые крестьяне, владельцы виноградников, расположенных на склонах горы, не знали, что им теперь делать. Корысть приковывала их к наследственным, возделанным трудами многих поколений садам на плодородной почве склонов вулкана, страх гнал прочь. Но куда идти? Переселяться на другие острова? Для этого надо продать свою землю и дома, а кто теперь станет покупать землю на склонах просыпающегося вулкана? А если кто и купил бы так разве только за полцены.

Патеры устраивали в Драгонере процессии, чтобы усиленными молитвами умилостивить разгневанное Небо. Набожные женщины молили святую Агату смирить гнев старого вулкана.

Местные газеты еще более усиливали тревогу. Газетчики радовались лишнему заработку: в газетах каждый день печатались известия о состоянии вулкана и статьи по этому поводу. Газеты выходили поэтому в сильно увеличенном объеме, и тираж их возрос еще более, чем это бывало во дни войны, мятежа, сенсационных судебных процессов или иных скандальных происшествий.

Тревожно стало на улицах и на площадях Драгонеры. Уличные ораторы свирепо громили патеров и первого министра. Доставалось заодно от них и королеве Ортруде, и принцу Танкреду.

Часто из-за ничтожных причин возникали уличные драки. Опять начались стычки рабочих с полицейскими.

Часто собирались митинги и в городе Драгонере, и в селах этого острова. На этих митингах принимались самые свирепые резолюции. Правительство обвиняли в том, что оно не принимает никаких мер.

В газетах и на митингах требовали казенных субсидий на выселение, требовали принудительного отчуждения и раздачи земельных участков на других островах желающим выселиться с опасного острова. Газета Филиппа Меччио особенно энергично настаивала на выселении. В этой газете, кроме статей агитационного характера на тему о вулкане, были помещены превосходно разработанные планы расселения жителей угрожаемого острова по всей стране Островов.

Правительство не торопилось предпринимать что-нибудь. Виктор Лорена очень хорошо понимал, что вулкан опасен. Но что же могло сделать министерство? Бюджет и так был обременен расходами на флот и на экзотические предприятия. Для крупных радикальных мер в казначействе не было денег. Да и опасались, что покупка государством у частных владельцев земли может стать началом национализации или социализации земли. Думали, что стоит сделать только один шаг в этом направлении, чтобы движение со стихийною силою охватило всю страну.

В парламенте Драгонера не имела влиятельных заступников; все депутаты от Драгонеры принадлежали к оппозиции.

Королева Ортруда настаивала на том, чтобы приняты были необходимые меры. Виктор Лорена давал ей уклончивые ответы. Наконец Ортруда потребовала, чтобы совет министров немедленно занялся вопросом о том, как помочь жителям опасного острова. Королева Ортруда сказала решительно:

— Этот вопрос я считаю неотложным. Если министерство и парламент думают иначе, то я найду необходимым осведомиться о мнении народа. Я принуждена буду в таком случае поручить составление кабинета и производство выборов в новый парламент господину Филиппо Меччио. Доктор Меччио имеет готовую программу мер помощи жителям Драгонеры.

Виктор Лорена спокойно возразил:

— Я и мои товарищи во всякую минуту готовы предоставить свои портфели в распоряжение вашего величества. Но я считаю своим долгом представить вам, государыня, как неудобно и опасно производить именно в это время рискованные опыты переустройства государства.

Королева Ортруда сказала гневно:

— Так всегда говорят люди, которым хочется, чтобы все осталось по-прежнему. В спокойное время они уверяют, что реформы не нужны и что народ благоденствует, потому и спокоен. Когда же народ начинает волноваться, тогда говорят, что надобно дождаться успокоения, и только потом дать реформы. А дождутся успокоения, хотя бы ценою крови, тогда начинается опять та же песня.

Виктор Лорена почтительно выслушал королеву и продолжал:

— Правительство и парламент стараются действовать согласно интересам и воле народа. Я не сомневаюсь в том, что и новые выборы пошлют в парламент прежнее большинство. Если ваше величество и призовете к власти Филиппа Меччио, он все равно у власти не удержится. Страна не желает опасных социалистических опытов. Доктор Меччио тем менее может рассчитывать хотя бы на случайное и временное большинство в парламенте, что в последнее время в его воззрениях произошел заметный поворот от социализма к синдикализму. В его газете на днях была помещена статья, в которой пространно и остроумно доказывалось, что только синдикалистское движение чуждо парламентской грязи.

— Как бы то ни было, мы не можем бездействовать, — сказала королева Ортруда.

— Поверьте, государыня, мы и не бездействуем, — возразил Виктор Лорена. — Правительство вашего величества весьма озабочено этим вопросом. Мы не считаем возможным принимать недостаточно обдуманные решения. Но, согласно повелению вашего величества, если вы не утратили ко мне и к моим товарищам доверия, я не позже как через сутки представлю вам отчет о мерах, которые может принять нынешнее правительство.

Виктор Лорена почему-то никогда не думал о том, что Филиппо Меччио может оказаться во главе правительства. Из слов Ортруды он заключил, что господству буржуазии грозит опасность. Виктор Лорена не сомневался, что Филиппо Меччио в должности первого министра не остановится даже перед правлением внезаконным. Во всяком случае, — думал Виктор Лорена, — Филиппо Меччио поспешит использовать ту статью конституции, которая предоставляет короне в чрезвычайных обстоятельствах, когда парламент не заседает, право принимать чрезвычайные меры и издавать декреты, имеющие силу закона до рассмотрения их парламентом. Если эта статья была до сих пор полезна только для реакционно настроенных слоев общества, то, несомненно, может наступить момент, когда она окажется пригодною и для демократии.

Виктор Лорена понял, что необходимо принять если не действительные меры, то хотя видимость мер помощи жителям Драгонеры.

Между тем по всему государству Соединенных Островов разливалось томительное беспокойство.

В селах распространялись нелепые слухи. По большим

дорогам и по проселкам шатались юродивые, блаженные и пророки. Было из них несколько человек, искренно уверовавших в святость своей миссии. Большинство же было ленивые, своекорыстные шарлатаны. Отрастивши себе длинные бороды и взявши в руки громадные посохи, они собирали вокруг себя легковерных и рассказывали всякие ужасы. С их слов стали настойчиво говорить, что вскоре вся страна Островов погибнет под волнами.

Города волновались еще больше. И в них было немало таких, которые поверили в нелепые предсказания о том, что все Острова покроются морем. Особенно легковерны, как всегда, были женщины.

Богатые и состоятельные люди многие бежали за границу. Даже и те, кто не верили в погибель всей страны, боялись, что в случае несчастия на Драгонере страна будет наводнена толпами бездомного, голодного люда и что начнутся тогда грабежи и убийства. Многие от страха сходили с ума.

В Пальме было еще беспокойнее, чем в других городах. И здесь происходили частые уличные волнения. На улицах и площадях ни днем, ни ночью не смолкали шумные гулы. В домах ни днем, ни ночью не стихали женские вопли и детский громкий плач. Сердце прекрасной страны томилось тоскуя.

Что ни день, устраивались крестные ходы. То здесь, то там с громкими визгами и с диким воем проходили нёистовые процессии кающихся. На площадях и в общественных залах раздавались вдохновенные, — а иногда и нескладные, — проповеди новоявленных пророков и пророчиц. Они грозили гневом Божиим и призывали к покаянию.

Даже радикальные газеты иногда юродствовали и помещали странные пророческие статьи о том, что скоро погибнет под волнами преступная столица, веселый город Пальма.

Среди смуты и волнения была в простом народе суеверная надежда на королеву Ортруду. Говорили:

— Если королева Ортруда захочет, она заворожит вулкан, и он успокоится. Она может. Стоит только ей захотеть.

Скептики спрашивали:

— Если королева Ортруда может это сделать, отчего же она до сих пор ничего не сделала?

Верующие в королеву Ортруду отвечали им:

— Тоскует королева наша Ортруда об измене своего мужа, и темным гневом томится сердце бедной королевы. Потому и послушный ей вулкан дымится, потому и небо облаком дымным заволакивается. Но вот полюбит королева Ортруда другого, утешится, радостная поедет к вулкану и заговорит его.

Королева Ортруда думала грустно:

«Бедный мой народ! Глупые люди, и взрослые, как дети! Как они боятся смерти! Ничтожные, — и они хотят быть свободными!»

Облак дымной печали опять сгустился над королевою Ортрудою. Суеверный ропот народа и голос его безумных надежд дошли до нее. И думала она:

«Что они хотят, то и сделаю. Пойду к вулкану, зачарую его или сама умру».

После смерти Астольфа мысль о смерти стала приятна королеве Ортруде.

После смерти Астольфа кто же еще остался у королевы Ортруды? Сколько еще смертных ступеней осталось ей пройти?

Афра осталась королеве Ортруде. Афра утешала Ортруду.

Вот еще одна ей осталась ступень к смерти — юная дева Афра. И с образом Афры тяжелое забвение скорбей опустилось облаком дымным на королеву Ортруду. И под облаком дымным тускло горела багрово-мглистым солнцем ее нежность к Афре. Каждый поступок Афры восхищал королеву Ортруду. Она не уставала хвалить Афру и находила тысячи поводов к этому. И каждое слово Афры приводило Ортруду в восторг.

Но знала Ортруда, что и Афра умрет. Думала Ортруда, что со смертью Афры последнее придет к ней освобождение, и с диким нетерпением ждала этой смерти, чтобы последнее свое совершить на этой земле дело — доброе или злое, не все ли равно! — подвиг любви к этому бедному, жалкому народу.

Говорила Афре королева Ортруда, нежно ее целуя:

— Будь со мною, не оставляй меня, иди за мною.

Тихо отвечала Афра:

— Люди осудят наш союз великой нежности и дружбы. Они не поймут его. Одни назовут его грешным, другие — порочным.

Гневно восклицала королева Ортруда:

— Грех! Порок! Не все ли мне равно, что скажут о нас злые люди!

Афра говорила улыбаясь:

— Добрые люди!

— Глупые, — возражала Ортруда, — ничтожные, рабы живых или мертвых. Только мертвые слова умеют они повторять.

Глава шестьдесят седьмая

Виктор Лорена исполнил желание королевы Ортруды. На совете министров было суждение о вулкане. На следующее утро Виктор Лорена явился к королеве Ортруде сообщить ей о решении совета — назначить ученую комиссию на Драгонеру для исследования вулкана.

Королева Ортруда улыбалась насмешливо и грустно. Невольною была ирония тихой ее улыбки. И тихо сказала она:

— Поздно.

Виктор Лорена, пожимая плечьми, сказал:

— Что же иное можем мы сделать?

— Надо выселить на другие острова всех, кто живет около вулкана, — сказала королева Ортруда. — Газеты говорят об этом много и подробно.

— Для этого нужны многие миллионы, — возразил Виктор Лорена. — Пока мы не получим заключения комиссии, мы не можем знать, необходимо ли расходование этих миллионов или их лучше сберечь для расходов, более производительных.

Королева Ортруда спросила:

— Значит, господин Лорена, мы должны ждать?

— Ждать, ваше величество, — отвечал Виктор Лорена. — Это единственное, что мы можем сделать в данном положении.

— События не ждут, господин Лорена, — грустно сказала королева Ортруда.

На другой день в Правительственном Указателе был напечатан королевский декрет о назначении комиссии для исследования вулкана на острове Драгонере. В декрете выражалась уверенность королевы Ортруды в том, что ученые и знаменитые члены комиссии оправдают ожидания страны и доверие королевы быстрым и внимательным исполнением порученного им столь важного, ответственного дела.

В том же декрете перечислены были имена призванных в состав комиссии. Председателем комиссии назначался директор Океанографического Института, член Пальмской Академии Наук, профессор Пальмского университета, доктор физики Арриго Аргенто. Это был весьма посредственный ученый, но тщеславный интриган. Он занимал выдающееся положение в академическом мире Пальмы, был украшен многими орденами, и уже давно говорили, что он при первом случае будет министром.

Членами комиссии назначены были профессора и члены Академии: европейски знаменитый астроном, прославившийся превосходными исследованиями кратеров и цирков на луне и атмосферы на Венере, — добросовестный, но очень глупый геолог, — юркий враль и карьерист, профессор химии, — и еще несколько человек, которые были ни талантливы, ни бездарны, — серые. Большинство членов комиссии были глупые, тупые педанты. Но все они были очень самоуверенны и думали, что их наука ставит их выше всего мира.

Проводы им устраивали торжественные, с банкетами, речами, цветами и овациями.

Королева Ортруда милостиво приняла членов комиссии и удостоила их любезного разговора. От такого благосклонного приема у этих господ долго кружилась голова и на всю жизнь осталась благодарная тема для рассказов.

Виктор Лорена дал большой парадный обед в честь членов комиссии. На обеде были министры, многие члены парламента и дамы.

После обеда Виктор Лорена улучил удобную минуту и отвел в сторону председателя комиссии.

— Дорогой господин профессор, — сказал ему Виктор Лорена, — внимание всей страны устремлено теперь на вас. Я уверен, что это поручение даст вам случай осенить новыми лаврами ваше знаменитое имя. Благородное отечество не забудет ваших заслуг.

Все это можно было бы сказать и во всеуслышание. Арриго Аргенто понимал, что самое главное будет впереди. На всякий случай он ответил Виктору Лорена:

— Я чувствую себя весьма польщенным, что ваш выбор, глубокоуважаемый господин министр, остановился именно на мне. По мере моих слабых сил и ничтожных познаний…

— О, вы слишком скромны, — прервал его Виктор Лорена.

Он выразительно пожал руку профессора и

многозначительным тоном сказал:

— Ваше назначение — успокоить народ.

Ловкий делатель ученой карьеры превосходно понял, что вот именно в этих словах заключается вся программа предстоящей ему деятельности. «Успокойтесь», — вот это маленькое, глупенькое слово надо было завернуть в пышное одеяние наукообразной аргументации.

Арриго Аргенто сказал:

— Мы приложим все старания, чтобы выполнить наше назначение как можно лучше. Вы можете быть совершенно уверены в этом, дорогой господин министр.

Ученая комиссия скоро отправилась на остров Драгонеру.

Педантская важность профессоров была очень забавна. По странному совпадению, все они были в очках, все желты лицом, все бриты. На пароходе все они явились в серых крылатках и в черных сомбреро. Каждого профессора провожала до пристани жена и молодой красивый приват-доцент, начинающий ученую карьеру. С каждым профессором село на пароход еще по одному приват-доценту, но эти молодые ученые были как на подбор безобразны.

Каждый профессор что-нибудь забывал на пристани, и когда пароход отчалит, то то один, то другой ученый принимался кипятиться, требуя, чтобы пароход вернулся к пристани. В затруднительном положении ученого собрата каждый раз принимали участие все профессора и приват-доценты на пароходе и все провожавшие на пристани. Поднимался неистовый гвалт, и для каждого профессора пароход пятили к пристани. Один особенно рассеянный профессор заставил проделать это дважды.

Когда уже наконец пароход удалялся от берега, и уже нельзя было различить, которым кто на пристани машет белым платком, разнесся среди ученой братии слух, что один из подающих надежды уродливых приват-доцентов забыл на пристани портрет своей невесты. Несчастный молодой человек не смел кипятиться. Он молча плакал, роняя слезы за борт, чтобы не забрызгать ими кого-нибудь из профессоров. Его патрон, добрый селенограф, вскипятился за него, вскипятил всех ученых, — и пароход вернули еще раз.

Потом весь ученый мир на пароходе рассматривал внимательно портрет невесты приват-доцента. Над приват-доцентом тонко и остроумно подшучивали, употребляя при этом преимущественно латинские и греческие выражения или термины физико-математических наук. На лице приват-доцента блуждала счастливая улыбка, а тонкий нос его от недавно пролитых слез был красен.

Комиссия наконец уехала совсем, и скоро дым парохода потонул за горизонтом.

И в народе, и в обществе с большим нетерпением ждали, что скажет комиссия. Была большая наклонность к розовым надеждам. Казалось невозможным, чтобы такое блестящее собрание людей науки не оказало действительной помощи и защиты бедным, простым людям.

В кабачках распевались куплеты очень жизнерадостного содержания.

Едва успела комиссия высадиться в Драгонере, как уже пошли разные слухи о деятельности комиссии, — нелепые в народе, странные и бестолковые в обществе. Многие думали, что ученые сумеют починить вулкан, — запаяют его, что ли, или зальют чем-нибудь. При дворе легкомысленно подшучивали над манерами ученых, над их близорукостью и рассеянностью.

Все согласно говорили, что комиссия усердно работает на месте. С утра выеежают из города к вулкану с целыми ворохами инструментов, возвращаются к вечеру с целыми грудами наскоро набросанных чертежей, заметок и вычислений, за обедом говорят только о своей работе и сидят еще над своими бумагами до поздней ночи.

Пока работала комиссия, было сравнительно спокойно в стране. Даже пророки призатихли на время, и в церквах было не так много исповедующихся женщин.

Через три недели комиссия возвратилась в Пальму, и опять на пристани собралась толпа, — хоть взглянуть на ученых. У членов комиссии был очень самодовольный вид, и лица у них были настолько веселы, насколько могут быть веселыми ученые физиономии.

Возвращение комиссии подновило волнение в стране. Все жадно ждали, что же скажут ученые. Комиссия же конечно, пыталась успокоить народ. Помнили завет первого министра. Ведь под этим внушением и все их работы на месте шли.

Репортеры газет осаждали членов комиссии, — и получали самые успокоительные сведения. Председатель комиссии покровительственно похлопывал журналистов по плечу и говорил:

— Ничего опасного не будет, можете быть уверены. В нашем докладе это обосновано совершенно точно. Так что уж вы, молодой человек, отложите надежду отличиться красноречивым описанием землетрясения, извержения и тому подобных напастей.

И смеялся с видом человека очень остроумного.

Астроном уверял:

— Я вам вот что скажу — никакого извержения абсолютно быть не может. Вы меня спросите, на чем я основываю мой вывод? А вот на чем: края кратера на Драгонере совершенно такие же, как и края лунных кратеров. Есть и много других черт сходства, и ни одной — заметьте, прошу вас, ни одной! — черты различия. Что же наука знает относительно лунных кратеров? На луне извержений не бывает, и единственный наблюдавшийся случай изменения видимого очертания лунного кратера было бы величайшею ошибкою объяснять как следствие извержения. Стало быть, нечего ждать извержения и на Драгонере. Кажется, это ясно и неопровержимо? Так вы и напишите в вашей уважаемой газете.

Геолог говорил:

— Я вполне разделяю мнение моих уважаемых коллег о невозможности извержения вулкана. Я скажу вам даже более. Произведенные мною исследования убеждают меня, что извержение вулкана, если бы оно и произошло, не было бы опасно для жителей. Лава потекла бы, несомненно, по тому склону горы, где нет поселений, и благополучно излилась бы в море.

Профессор химии говорил:

— Строго говоря, извержение вулкана уже произошло и теперь оно кончается. Извергнуты тучи дыма и пепла, много шлаков и немножко лавы, которая стынет в морщинах горных склонов. Больше ничего и быть не может. Стало быть, для жителей этого прекрасного острова нет ни малейшей опасности.

— Ни малейшей опасности! — согласно утвердили и остальные члены комиссии.

Уже на следующее утро после возвращения членов комиссии в номере Правительственного Указателя был напечатан краткий отчет комиссии — мнения отдельных ее членов, обстоятельно обоснованные, и сводка этих мнений. Все это должно было составить увесистый том, и для скорости его печатали сразу в нескольких типографиях по частям. Шрифты немножко разнились, но зато единогласие утешительных выводов достигнуто было полнейшее.

Виктор Лорена торжествовал. Обманутые люди толпились около типографий. Первые экземпляры отчета раскупились нарасхват, и вскоре понадобилось второе издание. Печатные труды пальмских академиков и профессоров никогда еще не пользовались таким блистательным успехом.

Доклад комиссии возбудил общую, по-видимому, радость. Только немногие скептики не разделяли ее, но в первые минуты голоса их не были слышны.

Членов комиссии чествовали парадными обедами. По представлению министерства, королева пожаловала всем им ордена. Все они стали очень популярны. Стало очень модным, устраивая вечера, балы и обеды, приглашать членов комиссии. Поэтому даже уродливые приват-доценты сделали кое-какую экономию в расходах на стол, но зато разорялись на предметы туалета. Дамы осыпали академиков и профессоров цветами, милые девушки, особенно из учащейся молодежи, в них влюблялись. Поэтому каждому из профессоров жена устраивала сцены. Каждый из уродливых приват-доцентов в самом непродолжительном времени уже оказался женатым.

По случаю радостных известий по всему пространству Островов давались народные праздники, спектакли, игры. На стенах домов развевались флаги, как в дни больших национальных торжеств. На улицах и на площадях устраивались вечером и ночью публичные балы, и молодежь весело плясала на мостовой.

В кабачках распевались насмешливые куплеты против боязливых. А иногда, впрочем, пелись и веселые куплеты из «Святой Простоты» против ученых фокусников, дымо-глотателей, профессоров черной и белой магии.

Слава имеет и свои неприятные стороны. Господину Арриго Аргенто и его ученым коллегам досаждали уличные мальчишки. Сорванцы стали приветствовать членов комиссии восторженными криками:

— Да здравствуют лудильщики вулкана!

— Да здравствуют паяльщики гор!

— Да здравствуют глотающие дым и пепел!

Иные из этих глупых мальчишек всерьез принимали крупные заголовки в газете Филиппа Меччио и в «Святой Простоте». Другие просто дурачились. Унять же их было невозможно, — полицейские стыдились связываться с детьми.

А вулкан дымился все сильнее, и жители Драгонеры не разделяли всеобщего восторга.

Газета Филиппа Меччио напечатала резкий протест против заключений комиссии. По словам этой газеты, излишний, вредный для народа оптимизм комиссии навеян внушениями правительства. Правительство боится плюнуть в карман расчетливому буржуа и потому не решается организовать выселение с острова Драгонеры.

Возникла тревожная полемика, в которую скоро были вовлечены и все газеты, и все ученые общества. Казенная и рептильная печать яростно нападала на газету Филиппа Меччио и на другие органы социалистической и демократической прессы. Свирепо обвиняли наемные писатели свободных в том, что они возбуждают тревогу в народе, чтобы для своих партийных целей воспользоваться народными волнениями.

Глава шестьдесят восьмая

Поздно вечером королева Ортруда, Афра и Терезита спустились потайным ходом в чертоги Араминты. Было весело и жутко и Афре, и Ортруде. Дикою веселостью опьянил их смелый, мятежный их замысел.

Босые шли они по холоду камней, облеченные в длинные белые хитоны. Их путь освещался красноватым светом фонаря, который несла перед ними Терезита. На грубо-красивом лице верной служанки отражались радость и гордость тем, что королева Ортруда доверила ей на днях тайну подземного хода. Ее сильное, стройное тело было обнажено. В руках у Ортруды и у Афры были две корзины с только что срезанными алыми розами.

Афра говорила радостно:

— Теперь мы одни. Дверь, зачарованная тайною твоего имени, Араминта, отделяет нас от всего чуждого нам мира.

Здесь было уединенно и глубоко, как в мрачной глубине душевной человека. Воистину, иной здесь был мир и иная творилась жизнь. Только отрадное, темное небо инобытия смотрело в ограду высоких темных стен. Над ними, сошедшими в таинственную глубину, иное простиралось небо, и солнце иное озаряло их, кроткое светило Лучезарного.

Радостно и тревожно было в душе Ортруды и в душе Афры. И в радость их вмешивались горькие, грустные слова — земным радостям не верила королева Ортруда.

Афра сказала:

— Ты радостна, но как будто и опечалена чем-то, милая Араминта.

Королева Ортруда грустно и нежно, глядела на Афру и говорила ей:

— И ты, милая Афра, обманешь меня, изменишь мне, уйдешь от меня. С иным человеком уйдешь от меня или с нею, с вечною Сестрою. Одна смерть не обманет.

— Милая Ортруда, — говорила Афра, — я верна тебе навеки.

— Ты — моя верная подруга и верная спутница моя в этих темных чертогах, — говорила Ортруда, — но вернейшая из подруг — смерть. Смерть не обманет. Только смерть.

Радостно и грустно звучал голос королевы Ортруды, темными отражаемый отголосками в темных высотах древнего свода.

Афра тихо повторила:

— Смерть не обманет!

Была старая келья в далекой глубине подземного чертога, близ ворот, ведущих из грота на морской берег. Это был выложенный камнем склеп в каменных стенах чертога. Каменные, широкие ступени древней пещеры опускались к самой воде подземного грота, против места, где дремала королевская яхта.

Королева Ортруда и Афра с помощью Терезиты устроили на днях в этой пещере храм Светозарного. Они принесли туда предметы тайного культа и ритуала. Теперь они спешили к этому капищу. На его каменном, холодном пороге ждала их подошедшая к капищу раньше Терезита. Она стояла неподвижно, и красные струи дымного огня перебегали по ее смуглому телу.

Королева Ортруда и Афра здесь остановились. Терезита сняла с них белые хитоны и положила их на камень у порога. Красота их смуглых тел, открытая под этим дивным, темным сводом глубинной прохладе, восторгала Ортруду и Афру, как никогда на земле. Они говорили одна другой восторженно-нежные, сладкие слова.

Радостные вошли они в склеп, и за ними вошла и остановилась у порога безмолвная Терезита. Черный кубический камень у западной стены осыпали они алыми розами.

Семь подсвечников стояли за черным камнем. Красные семь свеч зажгла королева Ортруда. И тогда красноватым мерцанием свеч озарилась воздвигнутая над черным камнем статуя нагого отрока. Ее белый мрамор затеплился алостью живой плоти.

Потом в золотой чаше разожгли они угли, и на них пролили ароматы. Благоуханный дым закутал всю пещеру. Королева Ортруда сказала:

— Жертвенный камень готов, и фимиам курится, и мы обе наги, и стоит за нами у порога готовая служить нам безмолвно, безропотно и покорно. Час исполнения настал. Начнем мистерию. Совершим то, для чего мы пришли сюда, к этому алтарю.

Афра спросила:

— Кто же из нас, милая Араминта, будет жертвою и кто жрицею?

— Я жрица, — сказала Ортруда. — Я вонзаю нож, я проливаю кровь, а ты, Афра, невинная, чистая дева, ты будешь жертвою моею, и твоя кровь прольется во славу Светозарного. Сильные руки той, которая за нами стоит, удержат тебя. Жертва ты моя и моя царица. Я пролью кровь твою, и по слову моему она, безмолвная и покорная, муками твое измучит тело, и тогда я перед страданием твоим склонюсь и ноги твои буду лобзать, как послушная рабыня.

Афра сказала:

— Да будет так, как хочешь ты, Араминта.

Она легла на черный камень алтаря, обратив лицо к ногам воздвигнутого за алтарем нагого отрока. Радость и страх начертаны были на ее прекрасном лице, и уста ее дрожали предчувствием воплей, но улыбались, и уже слезы из ее струились глаз, но восторгом сияли ее глаза. Тогда по знаку королевы Ортруды приблизилась Терезита к черному камню и положила на Афру свои тяжелые могучие руки...

Когда Ортруда и Афра возвратились наверх, радость горела в сердцах их.

Нежная привязанность к королеве Ортруде не умерщвляла в душе Афры любви к Филиппо Меччио, — быть может, даже разжигала эту любовь еще сильнее. Чем нежнее была с Афрою королева Ортруда, тем сильнее влекло потом Афру к Филиппу Меччио. Страстная и всегда невинная природа томила ее жаждою простого, немудрого, верного счастия, даруемого жене мужем.

Каждый раз после того, как Афра встречалась с Филиппом Меччио, она рассказывала об этом королеве Ортруде. И это всегда вызывало вспышки бешеного гнева в Ортруде.

Молчать об этих встречах не хотела гордая Афра. И какое-то странное, сладострастное желание вызвать гнев королевы Ортруды заставляло Афру быть всегда откровенною.

Королева Ортруда в ревнивой ярости даже била иногда Афру. Потом, томясь раскаянием и стыдом, Ортруда склонялась перед плачущею Афрою и целовала ее ноги и руки.

И от Филиппа Меччио не хотела скрывать Афра своей нежности и своей дружбы с королевою Ортрудою. Филиппо Меччио не раз уговаривал Афру, чтобы она оставила Ортруду. Печально, но твердо говорила ему Афра:

— Я не могу оставить ее, милый Филиппо. Она очень несчастна, и у нее нет другого друга, кроме меня.

Филиппо Меччио страстно говорил:

— Оставь ее, Афра, беги из этого проклятого старого дома, где, кажется, и самые стены пропитаны ядом порочных страстей. Оставь королеву Ортруду, иди ко мне. Разве меня ты уже не любишь? — спрашивал он.

Грустно и радостно говорила Афра:

— Верь мне, милый Филиппо, я люблю тебя.

Дивясь, спрашивал ее Филиппо Меччио:

— Как же это? Ты, Афра, меня любишь, а ее не можешь оставить! Что же это значит?

— Да, не могу ее оставить, — говорила Афра. — Что ж мне делать! Я сама не понимаю своего сердца.

Филиппо Меччио резко говорил:

— Это — разврат. Стыдись, Афра! Победи в себе это порочное чувство.

Простодушный демагог не понимал всех странных капризов женской души.

Афра горячо возражала:

— Свободу чувства нельзя называть развратом. Разврат

рождается только скованным чувством.

В эти дни часто и много говорили они о свободе чувства, о широте любви. Говорила Афра:

— Так бедна, так ограниченна природа человека. Мы жаждем без конца расширять ее, питая и умножая все источники радостной, свободной жизни.

— Да, такое стремление у человека есть, — говорил Филиппо Меччио. — Но мы жизнь нашу расширяем в наших социальных устремлениях.

Афра возражала:

— Душе человеческой тесно в оковах общественности. Только в своих интимных переживаниях восходит душа к вершинам вселенской жизни. И только освобожденная от власти всяких норм душа создает новые миры и ликует в светлом торжестве преображения.

К удивлению своему, почувствовал Филиппо Меччио, что он ревнует. Только теперь понял он, что любит Афру неизменною, последнею любовью, что не может жить без нее, что не отдаст ее ни другому возлюбленному, ни ее нежной подруге.

Как всегда и как у всех, ревность пробудила в душе Филиппа Меччио лениво дремавшую любовь. Десятки планов строил он, чтобы оторвать Афру от королевы Ортруды, и все они казались ему неверными, не достигающими цели. Наконец он остановился на самом безумном и решился применить опасное средство. Он замыслил погрузить Афру в гипнотический сон, выдать ее за умершую и увезти из королевского замка. Потом, надеялся Филиппо Меччио, вырванная из отравленной атмосферы этой безумной жизни, Афра не захочет вернуться к ее соблазнам и тревогам.

Друг Филиппа Меччио, доктор медицины Эдмондо Негри, согласился помочь в этом Филиппу Меччио.

Афра вдруг стала чувствовать себя очень плохо. Постоянная грусть овладела ею. Сердце ее томительно сжималось и замирало. Только грустные мысли приходили к ней и меланхолические мечты. Эти странные состояния были непривычны для нее, и она не могла понять, отчего это с нею.

Сначала думала она, что в этом сказывается злое влияние чертогов Араминты и таинственных в глубине его обрядов. Но потом увидела Афра иную связь и как-то слабо и бессильно удивилась ей. Афра заметила, что особенно слабою всегда чувствует она себя после встреч с Филиппом Меччио.

Однажды Афра познакомилась у Филиппа Меччио с доктором Эдмондом Негри. Афра знала очень многих в Пальме, но Эдмонда Негри раньше не встречала. Он учился где-то за границею и долго там жил. В Пальму вернулся он недавно. С Филиппом Меччио его соединяла старая дружба.

В этот вечер Афра вернулась домой позже обыкновенного и была в очень нервном состоянии. Темный, настойчивый взгляд доктора Эдмонда Негри неотступно преследовал ее. Она прислушивалась к каким-то тайным голосам в своей душе и мучительно старалась припомнить что-то.

«Чего он хочет?» — почему-то спрашивала себя Афра.

Точно ей непременно надо было узнать и исполнить его волю.

На другое утро Афра долго не выходила из своей спальни. Было уже поздно, когда наконец служанка решилась войти к Афре. Но не могла ее добудиться. Афра не дышала, и тело ее было холодное. Как будто случайно в это время Филиппо Меччио зашел к Афре. Он по телефону вызвал своего друга. Доктор Эдмондо Негри удостоверил смерть от паралича сердца.

И вот сказали королеве Ортруде, что Афра умерла. Острою жалостью больно сжалось сердце Ортруды. Спрашивала себя королева Ортруда:

«Последнее ли это горе посылает мне беспощадная судьба? Или без конца будет мучить и терзать меня, пока наконец не измучит меня до смерти? О, скорее бы уже свершался неизбежный удел!»

Королева Ортруда билась в отчаянии, рыдая и вопя. И вдруг свирепая радость освобождения охватила Ортруду. Стыдно было нестерпимо за эту радость. Но не могла победить ее Ортруда. Чувствовала она, что вот теперь уже она совсем свободна от жизни земной, милой, но безумной и напрасной.

После Афры смерть уже была желанна Ортруде. Ортруда была влюблена в смерть, как влюбляются в милого. Смерти жаждала Ортруда, как жаждут соединения с милым. Не потому ли и к Афре была она так нежна, что милым образом смерти проходила перед нею Афра?

Вести о вулкане радовали королеву Ортруду, как обещания пламенной смерти. Порою кошмары тоски наваливались на ее грудь, — но это жестокими кошмарами томила ее уже ненавистная ей жизнь.

И настала для нее пора умереть.

Глава шестьдесят девятая

Опять настала ночь, утешающая нежно. Королева Ортруда спустилась в чертог Араминты. Перед нею шла ее верная, молчаливая служанка Терезита, покорная, обнаженная, как рабыня. В одной руке Терезита держала зажженный фонарь с желтыми стеклами, в другой — плетеную корзину с белыми и желтыми только что срезанными розами. Холодны были камни под ногами Ортруды и Терезиты. Впереди слышался им глухой плеск воды о темный каменистый берег. Темное чувство, похожее на страх, томило королеву Ортруду. Она знала, что мертвые, близкие сердцу, придут к ней в эту ночь. Радовалась этому Ортруда, но и боялась.

На пороге темной пещеры Терезита остановилась. Она поставила фонарь на выступ скалы, опустила к порогу корзину с розами и медленно сняла с королевы Ортруды одежду, шепча слова заклинаний. Смутно в полумгле мерцая желтыми отсветами от фонаря, легла белая одежда Ортруды на камень у порога.

Королева Ортруда сказала тихо:

— Останься здесь, Терезита. Я войду одна.

Терезита покорно склонила голову. Она стала у порога и неподвижными глазами, в которых затаился страх, смотрела в глубину капища, готовая прийти к королеве Ортруде по ее первому зову. Ее крепкая, смуглая грудь, прижимаясь к скале, согревала холодный камень; левая рука, согнутая в локте, лежала на выступе скалы, а правая была опущена вдоль тела.

Королева Ортруда взяла фонарь и корзину с розами и вошла в пещеру, где так еще недавно совершила она таинственный обряд над телом Афры.

Прекрасное тело Афры! Где оно теперь? И что с ним?

Черный камень у западной стены еще хранил их дар, уже завядшие розы. Посредине камня стояла золотая чаша, и по обеим ее сторонам два хрустальные сосуда с ароматами; за чашею, на золотом блюде, лежали угли, — их принесла нынче днем Терезита.

Свежими розами осыпала черный камень королева Ортруда.

Перевитые черным крепом стояли за черным камнем у стены семь серебряных подсвечников. Свечи в них были черные, — их вставила нынче днем Терезита.

Королева Ортруда зажгла черные свечи. Желтым, тусклым огнем горели они. Их мерцание струилось по смуглому телу таящейся у порога и жутким блеском дрожало в ее глазах, упорно приковавших свой пристальный взор к телу королевы Ортруды. От этого струящегося по телу Терезиты мерцания еще более черным и таинственным казался мрак за порогом пещеры.

Над черным камнем темная статуя нагого отрока тускло мерцала в озарении свеч. Был ее мрамор желт и печален.

Обнажённая стояла королева Ортруда перед черным камнем. Ее охватывала сумрачная прохлада склепа, и на своем теле чувствовала Ортруда неподвижный взор таящейся у порога.

Ортруда бросила в золотую чашу несколько углей, разожгла их и медленно, капля за каплею, вылила на них из обоих хрустальных сосудов благоуханную жидкость. Багряным жаром теплились угли, согревая широкую чашу и вея теплом в лицо Ортруды.

Дым благоуханий заволок пещеру. Едва виден за облаками плывущего в воздухе дыма стал очерк рабыни у темного порога.

Королева Ортруда совершила мистерию Смерти одна. Слова говорила и ответа ждала.

Темный голос звучал над Ортрудою:

— Настала ночь, когда мертвые твои придут к тебе и скажут тебе то, чего ты не знала.

И приходили один за другим.

Первый предстал перед Ортрудою Карл Реймерс. Грустен был его взор и отуманен. Чувство сильнее любви и неведомое людям отражалось в глубоком взоре его очей. Карл Реймерс говорил:

— Мы не знаем, что любим. Мы не знаем, как любим. Что найдем, отвергаем и к недостижимому стремимся вечно. Но смерть успокоит.

Прислушивалась к его спокойным словам королева Ортруда, — но все глуше звучали слова, и прошел мимо черного камня Карл Реймерс, и скрылся во тьме. И бессильно упали простертые к нему руки Ортруды.

Пришел милый паж Астольф. Одежда его была белее

нагорного снега, но на руках его была кровь, и ноги его были покрыты пылью и забрызганы кровью. Астольф говорил:

— Я не жил. Я только хотел, только мечтал, только любил, — и что же мне еще надо! Не печалься обо мне, милая Ортруда.

И он исчез, — и не пыталась удержать его Ортруда.

Проходили иные. Альдонса прошла, простая, веселая, как прежде. Сказала:

— Милая моя Дульцинея, к тебе приходила я, твоя Альдонса, и ты меня не узнала. Узнаешь ли ты хоть теперь тайну, соединяющую нас навеки?

Прошел старый Хозе. Что-то бормоча, он бренчал ключами, ища того, который нужен, и, когда нашел, засветился радостною улыбкою и говорил тихо, как там, на кладбище:

— Бедная королева Ортруда, золотую монету ты мне подарила, и твое золото положил я к ногам непорочной Девы. Ты чаруешь и убиваешь, бедная госпожа земная, но сокровища твои невредимы, а злое твое отвеется вечным ветром.

Прошла Маргарита Камаи. На ее горле кровью точилась черная, длинная рана. Было залито кровью белое на Маргарите платье. Но Маргарита улыбалась и говорила:

— Любви не зальешь и кровью, бедная королева Ортруда.

После всех пришла бледная, прекрасная Афра. Она ничего не говорила. И неясен был облик Афры, словно облеченный туманом.

Распространился в народе слух, что извержение вулкана произойдет седьмого июня. Жители Драгонеры толпами бежали с острова, переполняя пароходы и лодки. В Пальме и в других городах появились тысячи выходцев. Было много бедняков. Их кое-как устроили на средства частной благотворительности. Кое-что дало и правительство.

Множество пароходов и яхт кружилось около острова Драгонеры. Большая часть их близко к берегу не подходила. Их пассажиры были преимущественно любопытные туристы. Им хотелось полюбоваться извержением вулкана — редкое зрелище и великолепное.

Однако предсказанный день прошел благополучно. Приспешники Виктора Лорена торжествовали. Многие жители Драгонеры стали возвращаться на свой остров, отчасти потому, что поверили в безопасность вулкана, главным же образом, конечно, потому, что брошенные в страхе дела и корысть влекли их домой.

Думала королева Ортруда:

«Настал мой срок идти к вулкану, заворожить его навеки, мою верховную власть над буйною распростереть стихиею. Или ничего не может человек, даже и увенчанный, против стихийных злых сил? Спрошу, что скажет мне Афра. Мертвые знают».

Королева Ортруда пришла к Афре. Холодная и бледная лежала в постели Афра.

«Отчего же ее не положили в гроб?» — подумала Ортруда.

Но никого не спросила она ни о чем. Не все ли равно!

Королева Ортруда наклонилась к неподвижному, похолодевшему лицу милой ее подруги. Сказала тихо, но с великою жаждою ответа:

— Милая Афра, я поеду к вулкану, я взойду на его вершину и дымный гнев его зачарую словами последней моей любви и великого моего отчаяния. Скажи мне на прощанье хоть одно слово.

Бледные уста Афры разомкнулись, — и одно только слово расслышала королева Ортруда:

— Иди.

Могильно-глух был тихий голос Афры. Тихо сказала ей Ортруда:

— Милая полусмерть моя, образ смерти истинной, прощай!

Королева Ортруда поцеловала бледные уста Афры и вышла.

В соседней комнате встретился ей Филиппо Меччио. Он низко поклонился королеве Ортруде. Казалось, что он хочет сказать что-то. Но королева Ортруда не заметила этого. Она быстро и молча прошла мимо Филиппо Меччио, ответив на его поклон любезною, но почти бессознательною улыбкою. Может быть, королева Ортруда даже и не узнала Филиппо Меччио.

Вернувшись к себе, королева Ортруда написала короткое письмо Виктору Лорена. Извещала его о том, что она хочет посетить остров Драгонеру и что поедет послезавтра. Просила Виктора Лорена сообщить об этом народу.

Запечатавши письмо, Ортруда велела, чтобы его немедленно доставили первому министру.

Виктор Лорена был очень встревожен этим письмом. Гибель королевы Ортруды при извержении вулкана вовсе не входила в расчеты Виктора Лорена. Как и многих других, доклад посланной на Драгонеру комиссии почти убедил его в том, во что ему так хотелось верить. Но возможность катастрофы все же была для него совершенно ясною. Уж если суждено было совершиться этому ужасному несчастию, то, по расчетам Виктора Лорена, все же было бы лучше, если бы в это время еще царствовала на Островах королева Ортруда, любимая народом.

Вообще, Виктор Лорена дорожил королевою Ортрудою по многим причинам. Даже и потому, между прочим, что ее увлечения и ошибки, как и промахи принца Танкреда, могли быть использованы им при случае.

Виктор Лорена явился в королевский замок в тот же день вечером, не в урочное время. Королева Ортруда приняла его немедленно. Она сдержанно улыбалась, глядя на его восторженное лицо. Она так и ожидала, что Виктор Лорена станет отговаривать ее от поездки к вулкану.

Виктор Лорена говорил непритворно-взволнованным голосом:

— Нельзя не преклоняться перед теми великодушными чувствами, которые побудили ваше величество принять это чрезвычайное решение. Но я позволю себе просить ваше величество, во имя высших интересов государства и династии, отложить исполнение этого намерения. Положение дел в настоящее время совсем не таково, чтобы в таком чрезвычайном акте могла представляться необходимость. Осуществление этого решения привлекло бы общее внимание и внушило бы мысль о чрезвычайной важности положения. Притом же совершенно невозможно подвергать опасности драгоценную жизнь вашего величества.

Противно было королеве Ортруде лицемерие министра, и с досадою слушала она его. Она спросила:

— Скажите, дорогой господин Лорена, на этом острове очень опасно?

Виктор Лорена ответил:

— Опасности почти никакой нет, ваше величество. Но даже и слабой тени опасности достаточно, чтобы это побуждало меня самым настойчивым образом просить вас, государыня, отказаться от этого великодушного решения.

— Стало быть, дорогой господин Лорена, опасности совершенно нет? — спросила Ортруда.

Уклончивы были пространные объяснения Виктора Лорена. Но королева Ортруда настаивала:

— Дорогой господин Лорена, я хочу знать ваше определенное мнение, насколько опасен вулкан.

Наконец Виктор Лорена сказал:

— Даже и ученые могли ошибиться. Я лично думаю, что некоторая, — скажем, довольно большая, — возможность опасности есть.

— Так я поеду, — сказала королева Ортруда. — Я думаю, что ошибались не ученые, — ошиблись мы с вами, господин министр. А теперь народ ждет от нас только одного, — чтобы я заговорила вулкан и моею верховною властью отвратила от острова опасность.

Виктор Лорена посмотрел на королеву Ортруду с большим удивлением и с осторожною почтительностью сказал:

— Ваше величество, конечно, не разделяете народных суеверий.

Королева Ортруда улыбнулась и сказала:

— Конечно, дорогой господин Лорена. Но зато какое будет торжество для науки и для династии, если я вернусь благополучно и если извержения вулкана не произойдет! Итак, это решено окончательно. Я еду.

Виктор Лорена прямо от королевы Ортруды поехал к морскому министру. В ту же ночь был отдан приказ флоту идти к острову Драгонере.

Флот был застигнут этим приказом в полной неготовности. Кое-как собрались к местам командиры и команды, кое-как наладилась спешная, но нелепая работа, — и только через несколько дней морские тяжелые посудины могли ползти к Драгонере.

От морского министра Виктор Лорена поехал к королеве Кларе, просить ее, чтобы она отговорила королеву Ортруду от поездки к вулкану. Это была, конечно, почти безнадежная попытка. Виктор Лорена знал, что королева Ортруда выслушает королеву-мать, но не послушается ее.

Принц Танкред смеялся над вулканом и над теми, кто опасался извержения. Он говорил:

— Глупо было бы не верить целой комиссии таких ученых, знаменитых людей.

Все-таки ехать к вулкану принц Танкред вовсе не хотел. Но и оставаться в Пальме, когда его супруга, царствующая королева, едет к опасному острову, было неприлично и неловко. То обстоятельство, что разрыв между королевою Ортрудою и принцем Танкредом был всем известен, только усиливало эту неловкость.

Поэтому принц Танкред притворился больным. Конечно, у него оказалась инфлуэнца. Эта любезная болезнь всегда к услугам желающих.

Королевская яхта была, — если не считать еще яхты в тайне грота, — единственным кораблем во всем флоте Соединенных Островов, всегда готовым к плаванию. Эта яхта в назначенный час утром остановилась против замка и блестела на лазури волн, как нарядная белая игрушка из стали.

Королева Ортруда еще раз пришла к Афре проститься с нею. Афра лежала белая, холодная. Уже ни одного слова не услышала от нее королева. И ушла спокойная, холодная, как уходила она от могилы Карла Реймерса.

Королева Ортруда взошла на яхту. Ее свита была невелика.

— Пусть едет только тот, кто хочет, — говорила вчера королева Ортруда гофмаршалу Теобальду Нерита.

Многие, узнав решение королевы Ортруды, заблаговременно оставили Пальму, выискавши какие-то благовидные предлоги. Поехали с нею иные из храбрости, свойственной большей части этого народа, иные потому, что были обмануты выводами комиссии и не верили в извержение, иные потому, что это были тупые рабы этикета.

С королевою Ортрудою, ко всеобщему удивлению, поехала и королева Клара. Это было тем более удивительно, что королева Клара до дня отъезда выказывала большой страх перед вулканом. Она очень настойчиво уговаривала королеву Ортруду не ехать. Теперь же, взойдя на яхту, королева Клара была совершенно спокойна.

При дворе и в обществе строились многие предположения о том, зачем поехала на Драгонеру королева Клара. Одни говорили:

— Королева Клара любит дочь и не может расстаться с нею в минуту такой великой опасности.

Другие говорили:

— Королева Клара едет из тонкого расчета.

Возражали:

— Какую выгоду можно извлечь из этой безумной поездки?

Но сторонники такого мнения говорили:

— Королева Клара очень хитрая. Она не сделает лишнего шага. Уж наверное она рассчитывает на что-нибудь.

Третьи говорили:

— Едет просто по глупости. Верит в комиссию этого шарлатана Арриго Аргенто.

Четвертые говорили:

— Суеверна королева Клара. Она поверила в деревенские бредни о том, что королева Ортруда имеет силу над вулканом.

Глава семидесятая

Королевская яхта, белая морская красавица, слегка покачиваясь на волнах, трепеща легкою дрожью от поспешной работы мощных машин, быстро подвигалась вперед. Перед нею за горизонтом медленно вырастало багрово-черное облачко дыма над Драгонерою. Легкий, еле видимый пепел носился в воздухе, ложился на одежду королевы Ортруды и ее спутников, — и от него небо красиво и нежно золотилось при солнце.

Попадалось много других пароходов — с туристами. Серые дымки этих пароходов кружились вокруг неподвижно-багрового дыма из вулкана.

По мере того как приближалась королевская яхта к Драгонере, с каждым часом все усиливались грозные признаки. Серее ложился пепел, и густое, мрачное стало доноситься грохотание подземного грома. Тревожное настроение на яхте все возрастало. Лица спутников королевы Ортруды были как притворно-любезные маски.

Королева Ортруда пригласила своих спутников к завтраку и к обеду. Ее любезная веселость только внешне оживляла их. Они были полны того страха, который почти невозможно скрывать, и только немногие остались до конца совершенно спокойны. А королева Ортруда была даже весела, как уже давно не бывала веселою.

После обеда королева Ортруда разговаривала с Теобальдом Нерита. Она сказала:

— Дорогой гофмаршал, я заметила, что за нашим обедом было как будто меньше приборов, чем во время завтрака.

Теобальд Нерита уныло сказал:

— Когда яхта вашего величества остановилась, чтобы взять

почту, в это время несколько человек высадилось. У них оказалась такая жестокая морская болезнь, что они продолжать путешествие не могли.

Королева Ортруда с улыбкою спросила:

— Сбежали?

Гофмаршал так же уныло ответил:

— Да, ваше величество. Эти люди боятся смерти.

Королева Ортруда ласково говорила, пожимая руку Теобальду Нерита:

— А мы с вами ее не боимся, — не правда ли, дорогой гофмаршал? Кто потерял так много, как вы и я, дорогой господин Нерита, тот не может бояться смерти.

Теобальд Нерита, преданный и растроганный, молча поцеловал руку королевы Ортруды, маленькую, нежную, жестокую руку. Королева Ортруда, грустно улыбаясь, сказала:

— А эти бедные беглецы! Как им будет стыдно, когда мы живы и невредимы вернемся в Пальму! Мы посмеемся над ними.

Теобальд Нерита сказал печально:

— Им будет еще стыднее, ваше величество, если мы не вернемся.

— Мы вернемся, — улыбаясь, сказала королева Ортруда.

Ночью, когда уже королева Ортруда спала, яхта подошла к Драгонере и стала на якоре в гавани.

Королева Ортруда вышла на берег рано утром. Пристань была убрана национальными флагами по случаю прибытия королев. На берегу перед пристанью выстроилась рота армейской пехоты с развернутым знаменем. На правом фланге роты стояли неподвижно за ротным командиром высокий и худой полковник и тучный маленький бригадный генерал.

С пристани город Драгонера, окутанный багрово-золотистою дымкою, казался таким же красивым, как и прежде. Его белые каменные небольшие дома раскидывались широким амфитеатром в глубине бухты. Сады у каждого дома, как и прежде, цвели бело и ароматно. Город казался мглисто-пасмурным, но оживленным, как всегда.

Как и прежде, галдели у пристани смуглые мальчишки. Вся их одежда состояла из коротких рваных штанишек. Густые, курчавые, черные волосы защищали лучше шапок их головы от зноя. Они шалили у воды или ожидали у пристани приезжих, чтобы отнести ручной багаж до гостиницы.

Ревели серые, мохнатые ослы, навьюченные чем-то. Чем-то озабоченные люди сновали по ярко-белой на солнце, шоссированной дороге вверх в город и вниз к гавани. На козлах экипажей, присланных для королев и для их свиты, гордо сидели кучера. Длинные тонкие бичи торчали в их обтянутых белыми перчатками руках. Лакированные белые цилиндры на них были блестящи, как всегда.

А там, над городом, грозным призраком тяготел вулкан. Он лежал в глубь острова, поодаль от берега, немного восточнее города. Словно ревнуя и завидуя людям и вечно созидающему творчеству их, вулкан построил над собою громадный город из дыма. В черный цвет этого дыма вмешивались багровые, пламенные цвета. Казалось, что в этом городе в вышине творится жизнь, злая, враждебная человеку. Казалось, что бешеные демоны там снуют и куют тяжелое, угрожающее что-то.

В воздухе носилось много пепла, и оттого воздух казался горьким и душным. Был аромат цветущих роз странно влит в горькое томление легкого дыма, еле видного над морем, похожего на поднявшийся с волн морских зыбкий туман рассветный.

На пристани королеву Ортруду встретил местный губернатор, высокий, худой старик в раззолоченном мундире. У губернатора были стеклянно-мутные глаза табачного цвета и такого же цвета борода, узкая, длинная. Колени губернатора странно гнулись, и он весь казался зыбким и трепетным.

Дочь губернатора, худенькая молодая девушка с матово-бледным лицом и прозрачными светло-голубыми глазами, неловко делая реверансы, поднесла королевам цветы. Обласканная королевами, она застенчиво краснела и отвечала на их вопросы с пугливою готовностью послушной девочки.

Королева Ортруда обратилась к губернатору с милостивыми вопросами, сначала о нем самом, о его службе, о его семье и потом о городе и об острове Драгонере.

Разговаривая с королевою Ортрудою, губернатор как-то странно шевелил ушами под своею расшитою золотом галуном треуголкою. Казалось Ортруде, что он весь холодеет при мысли о неизбежности катастрофы.

Губернатор рассказал королеве Ортруде, что жители города и

острова в большом беспокойстве. Страх вулкана действует на людей очень дурно и развивает в них самые низкие наклонности и страсти. На острове участились случаи воровства и разбоев, бесстыдных дел и убийств. Тюрьмы переполнены, суд завален делами.

Подали экипажи. Королевы Ортруда и Клара в открытой коляске проехали в город.

Странный вид имели улицы и площади, дымные, полутемные. Дома стояли серые от пепла. Было душно, и трудно было дышать.

Смятение царило в городе. Жители Драгонеры казались обезумевшими. Они неистовствовали на улицах. Было много пьяных. Юродивые и пророки расхаживали по улицам.

В одном месте встретилась длинная вереница бормочущих старух. Они шли одна за другою, раскачиваясь. Бормотание их сливалось в неясный, тусклый гул. Надетые на них длинные, черные хламиды с большими капюшонами казались от пыли серыми.

Мальчишки, грязные уличные оборвыши, необузданно безобразничали. Никто их не унимал. Завидев экипажи с господами и дамами, они разбегались в ворота домов и в переулки и оттуда выкрикивали какие-то нелепые слова на местном диалекте. Не разобрать было, просили они чего-то, или приветствовали королев, иди дерзкие кричали им слова. Смельчаки подбегали к королевскому экипажу и кричали:

— Сольди! Сольди на хлеб!

Губернатор бросал им медные монетки, из-за которых они принимались драться.

И в Драгонере было много верующих в могущество Ортрудиных чар и в ее власть над вулканом. Слышались иногда из толпы крики, по большей части, женские:

— Спаси нас, королева Ортруда! Зачаруй вулкан поскорее, пока его дым еще не выел нам глаза!

Королева Ортруда была рада, когда среди этого смятения и гвалта она добралась наконец до губернаторского дома, где были приготовлены покои для обеих королев.

Прежде всего королева Ортруда пригласила к себе на совещание представителей самоуправления и правительственной власти. Они собрались в зале губернаторского совета и заняли места за длинным столом, на котором лежало красное сукно с золотою бахромою.

Королева Ортруда села на кресло с высокою спинкою, стоящее перед узким концом стола. За креслом королевы висела прикрытая балдахином картина местного живописца. На этой картине была изображена королева Ортруда в короне и в порфире.

Все здесь было похоже на тот небольшой зал королевского замка, в котором собирались министры, когда королеве угодно было самой председательствовать в их совещании. Только вместо самоуверенного и всегда спокойного Виктора Лорена справа от королевы сидел жалкий, растерявшийся старик.

Королева Ортруда с любопытством наблюдала этих господ. Ее поразило их чрезвычайное смятение. Они не могли скрыть его даже и при королеве.

Местный комендант, тучный бригадный генерал, вздыхал тяжело и шумно, как по команде. Каждый раз после этого он испуганно и виновато взглядывал на королеву Ортруду.

Мэр города Драгонеры, местный купец, маленький, сухонький, ершистый старичок, ехидно улыбался, ерзал на кресле и кстати и некстати говорил:

— Не могу скрыть от вашего величества, что я — республиканец.

В петлице его фрака краснела ленточка ордена, недавно пожалованного ему. Королева Ортруда милостиво улыбалась ершистому старичку и любезно говорила:

— Различие наших взглядов, господин мэр, надеюсь, не помешает нам поработать вместе на благо дорогого моему сердцу, как и вашему, населения этого города.

Ершистый старичок вставая, прижимал руки к сердцу и низко кланялся королеве; при этом его тяжелое кресло брякало о пол передними ножками.

Муниципальные советники были бледны, глупы и безгласны. Чиновники были бойчее, но говорили вздор. Речистее всех оказался председатель местного суда. Так как он обладал, кроме красноречия, еще и долею здравого смысла, то все остальные слушали его с трепетным вниманием.

И вот королева Ортруда совещалась с этими растерявшимися людьми о том, что надо делать в виду грозящих обстоятельств. Приходилось говорить так, словно не было в стране ни конституции, ни парламента, ни министерства, ни даже газетных статей и общественного мнения. Перед грозящею, давно предвиденною катастрофою все люди на этом острове были поставлены в такое странное положение, что казалось, будто спасение их зависит только от них самих и будто связей с остальным государством у них нет.

Решено было принять немедленно меры к удалению жителей города и сел на другие острова или, по крайней мере, на западный, далекий от вулкана, берег острова Драгонеры.

Королевскую яхту королева Ортруда приказала предоставить для женщин и детей. Скоро яхта была переполнена народом и отошла в Кабреру. Ей было приказано, высадив там людей, спешить обратно.

Наскоро нанимали, где было можно, пароходы. В городе шли торопливые сборы: люди жалели оставить свои пожитки.

Королева Ортруда послала телеграмму Виктору Лорена с требованием прислать военные корабли для перевозки жителей города. Через час Виктор Лорена ответил:

«Все распоряжения отданы. Надеюсь, завтра утром эскадра будет в гавани Драгонеры».

Королева Клара в это время посещала местные церкви и потом богадельню и тюрьму, где именем королевы Ортруды освободила всех, кого было возможно освободить. С оставшихся под стражею тяжелых преступников сняты были кандалы.

Собравшихся господ королева Ортруда пригласила к своему завтраку. Ершистому мэру она сказала:

— Надеюсь, господин мэр, что различие наших мнений не помешает вам и достопочтенным муниципальным советникам выпить вместе со мною вина за благополучие прекрасного города Драгонеры.

Отказаться от королевского приглашения было неловко. Притом, — решил ершистый старичок, — королева Ортруда — прежде всего очаровательно-любезная дама; завтрак же в королевском дворце ни к чему не обязывает. Да и расходы на королевский стол оплачиваются государством, стало быть, принять участие в королевской трапезе не вредно и республиканцу.

Успокоенный всеми этими соображениями, мэр повеселел и за столом оказался интересным собеседником. Подбодряемый любезными вопросами королевы Ортруды, он рассказывал о местных делах очень занимательно.

Глава семьдесят первая

После завтрака королева Ортруда приказала подать коляску, — хотела ехать к вулкану. Напрасно губернатор, комендант и мэр согласно уговаривали ее не делать этого. Она решительно сказала:

— Я для того и приехала сюда, чтобы взойти к самому краю кратера.

Королева Ортруда села в коляску вместе с губернатором. Она взглянула на окна и стены губернаторского дома. Белые когда-то стены красивого дома над морем были теперь тускло-серы от золы и от пепла.

В одном из окон королева Ортруда увидела лицо своей матери. Королева Клара плакала горькими слезами и крестила Ортруду.

Тяжелою тоскою сжалось сердце бедной королевы Ортруды. Так захотелось вернуться в милую Пальму, на гордую башню старого королевского замка.

Королева Ортруда сказала сурово, ни к кому не обращаясь:

— Пожалуйста, скорее!

Губернатор сделал знак рукою, и коляска помчалась по улице, ведущей за город и к вулкану. Перед коляскою королевы пустили взвод конных карабинеров, а сзади ехало еще несколько экипажей с лицами ее свиты, с местными чиновниками и с мэром Драгонеры.

За экипажам королевы Ортруды долго бежали толпы каких-то воющих людей. И опять долго слышались безумные женские вопли:

— Спаси нас, королева Ортруда!

Путь к вулкану был тяжел. Дышать становилось все труднее — от пепла и от дыма, который делался гуще и гуще. Песок дороги был смешан с теплым пеплом. От этого он был вязок; колеса экипажей втягивались в него, как в жидкую резину, и еле двигались.

Потом пришлось ехать верхом. Тучный комендант, садясь на лошадь, упал в обморок. Пришлось уложить его в коляску и отправить обратно в город.

Дорога различалась с трудом. Дым клубился. Все пламеннее и багровее были его мерные колыхания, и они были похожи на дыхание гигантского зверя, смрадное дыхание, веющее прямо в лицо поднимающимся к его мрачному логовищу. Становилось ясно, что дальше опасно ехать.

Королева Ортруда настаивала:

— Вперед как можно дальше.

И вот уже подъехали к вулкану совсем близко. Лошади стали метаться, испуганные, задыхающиеся. Королева Ортруда и ее спутники сошли с лошадей и прошли еще с полсотни шагов. Лошадей пришлось отвести вниз к экипажам. Губернатор сказал:

— Дальше опасно.

Королева Ортруда быстро пошла вперед. Теобальд Нерита не отставал от нее, — только один он. Королева Ортруда сказала ему:

— Милый гофмаршал, я очень благодарна вам за то, что вы проводили меня так далеко. Но дальше я должна идти одна.

Теобальд Нерита остановился. Но когда королева Ортруда отошла шагов на пять вперед, он тихо пошел за нею, стараясь оставаться все время в одном и том же расстоянии от нее.

Вся закутанная облаком дымным, багрово-черным, королева Ортруда подошла к краю кратера. Когда она открыла рот, чтобы говорить, густой дым втеснился в ее легкие и заставил ее кашлять мучительно-долго, так что в виски стучала кровь и багряно стало в глазах. Но, тяжким усилием преодолевая тяжесть дыма, воскликнула королева Ортруда:

— Силами неба и земли заклинаю тебя, вулкан, — уйми свое неистовство, утиши свой гнев, замолкни и народу моему не грози!

Трижды повторила королева Ортруда свое заклинание. Но не внимал вулкан словам королевы Ортруды, и чары ее были бессильны. Ничто не изменилось вокруг, не дрогнул и не рассеялся облак дымный.

Королева Ортруда умолкала и стояла в бессильной печали. Нестерпимый жар охватывал королеву Ортруду. Раскаленный камешек покатился откуда-то из дымной тьмы к ее ногам. Королева Ортруда чувствовала, что сейчас упадет, задыхаясь. Оставаться здесь дольше было невозможно. Надо было и ей возвращаться.

Возвращаться, подвига своего не свершив!

Тяжело дыша, медленно приблизился к ней Теобальд Нерита.

Полная мрачного отчаяния, королева Ортруда вернулась к своим спутникам. Она была бледна и еле дышала. Казалось ей, что какая-то тяжелая, горячая влага влилась в ее поднятую дымным вздохом грудь и стоит там неподвижно, свинцовою тяжестью наливая все жилы. Кто-то суетился вокруг королевы Ортруды. Ее подняли на руки и посадили в коляску.

В состоянии, близком к обмороку, ничего не видя и не помня, королева Ортруда возвращалась в город. Сквозь дымный туман багрово-красные огни города метнулись ей в глаза. Повеял с моря ветер, брызнули капли дождя.

В городе, близ моря, дышалось легче. А улицы были еще мрачнее, чем днем. Все, кто могли, выбирались куда-то. Унылое оживление было на освещенных электрическими фонарями и все же темных улицах.

Было уже совсем темно, когда королева Ортруда вернулась в губернаторский дом. Весь вечер она деятельно распоряжалась отправкою женщин и детей на пароходы. Но пароходов было еще мало, и удалось отправить только немногих.

Королевы ужинали с губернатором и с гофмаршалом Теобальдом Нерита. К ночи всеми овладело странное, вялое настроение. Не хотелось говорить и есть, каждое движение было неприятным. Ужин длился в угрюмом молчании, прерываемом короткими вопросами и ответами.

Ночь была душная и черная. Мрачно горели свечи, тускло мерцая в пепельной мгле. Окна были закрыты. Гул моря сливался с гулом города, глухим сквозь стекла запертых окон.

Прощаясь с губернатором, королева Ортруда сказала ему:

— Я надеюсь завтра дать возможность всем выбраться отсюда. Завтра вечером, надеюсь, и мы с вами будем иметь возможность оставить это угрюмое место.

Сказавши эти немногие слова, королева Ортруда почувствовала себя усталою, точно после длинной речи.

Губернатор говорил что-то несвязное. Он благодарил за что-то, а сам был зелен и казался полумертвым.

Неспокоен и томен был сон королевы Ортруды. Она часто просыпалась.

Душная, дымная ночь пугала Ортруду. Какие-то насмешливые, злые, хитрые голоса будили ее. Они требовали от нее чего-то, чего она не могла сделать.

Тревожно просыпаясь, Ортруда звала на помощь. Слабо и

хрипло звучал ее голос. Никто не приходил к ней. Терезита спала в соседней комнате, — но сон ее был, как черное подобие смерти. Тяжелый сон лежал над всем задыхающимся городом.

Темное чувство одиночества отяготело над Ортрудою. Казалось ей, что с самого рождения своего никогда еще не была она столь одинока.

Жестокие, жуткие кошмары наваливались на королеву Ортруду. Это — мертвые приходили иногда. Не могла различить королева Ортруда, наяву ли она их видит или во сне. Сны ее с явью мешались и кошмары с действительностью.

Иногда картины сна так были безоблачны-ясны и так живы, словно тяжелое колесо времени повернулось назад и словно опять минувшие дни переживает королева Ортруда. Дни, которым, казалось, уже не будет возврата никогда.

Вот милый берег лазурного моря опять возник перед нею. На тихом берегу, под ярким сверканием оранжевых и фиолетовых скал, только двое — она и Астольф. На ней белое платье местной крестьянки. Розовыми ленточками перевязаны над тонкими стопами ее ноги, — как тогда, там, в горах.

Астольф в белой одежде. Его черные кудри вьются, его стройные ноги обнажены. Нежным шепотом попросил Астольф:

— Дай мне эти ленточки, Ортруда.

Улыбаясь ему нежно, говорила королева Ортруда:

— Сними сам и возьми.

Астольф нагнулся к ее ногам и развязал ленточки. Он жал тонкие стопы ее ног и нежно целовал их. Она склонилась поцеловать его, — но он смотрит на нее испуганными глазами. Чей-то подземный голос, гулко-звучный, спрашивает:

— Безумная Ортруда, отчего же ты не у вулкана?

Чьи-то цепкие пальцы впились в горло королевы Ортруды. Это — Маргарита Камаи. Глаза ее зелены и ненавидят, и ноздри дрожат от бешеной злобы.

Проснулась королева Ортруда. Душный вокруг нее мрак и дымный запах. Тяжело дышать.

Глава семьдесят вторая

Настало утро, и было оно еще страшнее, чем ночь.

Сквозь все скважины рам в окна губернаторского дома пробивался багровый дым. Из-за густого дыма едва видно было медленно восходящее над мглисто-серыми деревьями парка багровое, тусклое солнце. Оно не разгоняло тьмы и к ужасам мрака прибавляло ужас багрового пламени в небесах.

В это утро, вскоре после восхода солнца, началось извержение вулкана. Из кратера внезапно вылетел громадный сноп пепла и камней и рассыпался над городом. Затем начался непрерывный лет раскаленных добела камней, продолжавшийся несколько часов. Страшный грохот возрастал с каждою минутою. Город вдруг огласился криками, воплями, визгом, рыданиями. Вой ветра на улицах был подобен звериному вою. Но скоро он стих.

Королева Ортруда вскочила с постели неодетая и бросилась к окну. Она была бледная, точно серый пепел лежал на ее лице. С усилием открыла она дверь и вышла на балкон.

Даль улиц была красновато-серою от пепла. Воздух, казалось, сгущался медленно, но постоянно. Сухая, острая пыль проникала всюду. Казалось, что от нее гибнет город.

С болью, острою и резкою, входил воздух в грудь королевы Ортруды. Дым жег ее горло и глаза.

Небо, — но не было уже неба над погибающим городом. Низко, над самыми кровлями, ползли дымные тучи, оседая к земле. Из серых, клубящихся над городом дымных туч падали горячие камни, крупные и мелкие, падали частые, как град. Один из них ушиб и обжег плечо королевы Ортруды.

Сквозь тяжелый грохот и скрежет вулкана прорезывались яркие, как звуки гобоев, ужасные вопли испуганных, погибающих людей.

Смятение на улицах возрастало. Толпы полуобнаженных людей, темные сквозь пепельную мглу, бежали мимо губернаторского дома. Движения их были тяжелы, как бег во сне, когда тяжелеют ноги. Задыхаясь, люди падали на камни и умирали. Бегущие за ними падали на корчившиеся тела и на трупы и, бессильные подняться, выли хрипло и прерывисто.

Удушающий, непроглядно-густой дым буро-черною змеею медленно, злобно полз по улице. Голова его была белая, с огненными десятью глазами. Огненные языки его то возникали радостно красные, то дымно прятались опять за белыми, широкими губами.

Город погибал, задыхаясь в дыму.

Если бы чей-нибудь демонский взор проник сквозь пепел и дым, он увидел бы страшные картины агонии задыхающегося города.

На улицах и на площадях лежали убитые камнями, точно брошенные кем-то в торопливом движении. Было много погибших детей. Жалкие валялись среди пепла и камней их темные, голые трупики. Везде лежало много полуголых и голых тел. На иных горели, тускло тлея и смрадно дымясь, лохмотья одежды. Иногда и самые тела людей занимались медленным, измятым дымною пеленою огнем.

Через трубы каминов, через щели рам проникал в комнаты липкий, горячий пепел и просеивался белый, удушающий дым. Многие застигнутые врасплох погибали в домах. Тьмою полны были еще уцелевшие жилища, и было в них смятение приближающейся гибели и сознание безвыходности.

Смерть была как спасение.

Многие дома обваливались. Было много убитых обломками балок и камнями в домах и около.

Женщины, боящиеся и жалкие, как большие, но слабые дети, погибали в бессильных муках. Иные ползли по улицам, — около земли было меньше дыма. Иные в отчаянии бились головами об стены.

Вопли ужаса носились над городом. Ужас витал в домах и вне их. Дети, задыхаясь, вопили тоненькими, жалкими голосками. Больные задыхались в своих кроватях.

Были самоотверженные или горящие любовью к милым. Они пытались спасать из-под обломков и развалин и погибали сами. И были такие, которые, спасаясь, в слепом ужасе били и душили слабых. Примеры гнусного эгоизма и высокие героические подвиги самопожертвования можно было бы наблюдать рядом.

Метались и не знали, куда бежать. Море, потрясенное подземным толчком, яростно бросало волны на берег, сметая неосторожных. Остров весь был в дыму и в пепле, и раскаленные из вулкана камни осыпали весь остров и море вокруг.

Что было еще в городе живым, все было полно отчаянием близких над ужасными полуобугленными телами погибших милых или над развалинами, откуда сквозь грохоты и ужасы с неба рвались их безумные, глухие вопли. Ужасающие грохоты опять торопили бегство от милых трупов.

Повсюду возникали пожары. Медленный, дымный огонь, зажженный раскалённою злобою вулкана, пробивался сквозь пепел, но снова пепел падал, и огонь трусливо таился под серыми личинами пепла, от этого еще более злой. Скрытый жар пожаров становился невыносимым. Он стягивал кожу на лице, и в глазах было ощущение сухости и резкой боли.

И уже на всем городе лежал удушающий дым. Он заползал в квартиры и душил спрятавшихся в чуланы и подвалы.

Многие бросились в церкви. Одни думали молитвою вымолить спасение, другие хотели умереть с молитвою перед алтарем Божиим. Многие надеялись, что спасут свою жизнь под массивными сводами храмов.

Велико было смятение в церквах. Мольбы смешивались с богохульством. Фанатические патеры горячо молились, дерзновенно требуя чуда. Вопли молящихся были странно громки. Женщины бились в истерике.

Сквозь окна церквей падали громадные обломки. Рушилось неудержимо все — кровли домов и стены, памятники, церкви. Патеры, молящиеся в церквах среди грохота обвалов, словно обезумели. Они не хотели спасаться, и молитвенные вопли их были ужасны и дики.

Со своего балкона не видела всего этого королева Ортруда. Только грохот за дымною тучею да неистовый хор воя и визга слышала, да мечта рисовала ей ужасные картины.

Хриплый голос Терезиты позвал королеву Ортруду. Ортруда бросилась назад, в комнаты, Терезита кое-как закрыла за нею дверь. Поспешно что-то надевала на Ортруду и вела ее куда-то.

Была робкая надежда спастись где-нибудь за толщею стен. Напрасная надежда!

Стекла окон треснули. В окна ползли пепел и дым, серые, косматые, липкие чудовища. Хватали за горло, душили.

Кровавый, багровый туман клубился вокруг Ортруды. Кровь, отравленная угаром, тяжело стучала в жилах ее шеи. Глаза королевы Ортруды, налитые кровью, видели все вокруг в багровом тумане. В ушах тяжелые, мягкие бухали шумы. Грудь, задыхаясь, не успевала дышать. Руки судорожно хватали дымный воздух. Речь Ортруды стала хриплым шепотом.

В одной из комнат королева Ортруда встретила губернатора. Он был бледен и шел шатаясь — искал королев. На нем была серая, может быть, от пепла, домашняя куртка. Королева Ортруда сказала ему:

— Уберите эту мебель!

— Ваше величество! — бормотал губернатор. — Куда же убрать! — И не знал, что сказать еще. Тихо сказала королева Ортруда:

— Мне душно!

Быстро слезы текли по ее щекам. Жалкий лепет срывался с ее губ. Руки судорожно комкали и рвали на груди тонкую ткань. Королева Ортруда пошатнулась. Она уже почти задохлась. Губернатор и Терезита поддержали ее. Но припадок удушья прошел. Беззвучны были ее рыдания.

— Я умираю, — тихо шептала она. — Умираю. Оставьте меня. Спасайтесь.

Губернатор взял ее под руку и вел куда-то вниз. Комната с грузными сводами, без окон, словно в подвале, озарилась красноватым светом электрических лампочек. На столе под зеркалом стояли зажженные свечи. Пол комнаты был сложен из больших, уже неровных от времени плит.

Губернатор говорил королеве Ортруде:

— Прилягте на диван, ваше величество.

Королева Ортруда прошептала:

— Вот, я уже умираю!

Изнемогая, она легла на диван. Вокруг темнело. Электрические лампы погасли. Только свечи тускло освещали комнату.

Губернатор сидел в кресле неподвижно. Дыхание его было тяжело и шумно. Вдруг голова его низко склонилась. Он умер.

«Вот сейчас умру и я», — думала королева Ортруда.

На полу близ ног королевы Ортруды сидела Терезита. В полузабытьи слабо мечась, бормотала она несвязные слова и сильными пальцами теребила и рвала на высокой, тяжело дышащей груди складки одежды.

Маргарита Камаи легла на королеву Ортруду, зияя в ее глаза своею кровавою раною. Маргарита сжимала грудь Ортруды своею тяжелою, словно каменною грудью, и сжимала горло Ортруды темною, дымною рукою, глядела в ее глаза дымными глазами, и шептала:

— Умрешь и ты.

И вдруг исчезла, рассыпавшись ярким калейдоскопом красок.

Королева Ортруда вскочила в ужасе и сделала шага три вперед, мимо сидевшего неподвижно в кресле мертвого старика. Колени ее подогнулись. Она медленно свалилась на пол, роняя распущенные косы, и приникла щекою к плитам пола. Резкая судорога сотрясла все тело королевы Ортруды и опрокинула ее на спину.

Лицо королевы Ортруды восковело. Нижняя челюсть отпала и опять сомкнулась с резким стуком зубов. Это повторилось несколько раз, все слабее с каждым разом. И словно застыла, — погибла королева Ортруда. Глаза ее остались открытыми и стекленели.

В это время вошла откуда-то королева Клара. В полутьме она опустилась на пол, вгляделась в лицо лежащей и закричала хрипло:

— Ортруда! Ортруда!

Не отвечала мертвая королева Ортруда. Королева Клара в отчаянии билась над холодеющим телом дочери.

Словно разбуженная криком королевы Клары, Терезита вскочила на ноги. Задыхаясь от дыма, чувствуя приближение смерти, в слепом ужасе бросилась она бежать куда-то. На пороге она упала и умерла.

Теперь уже никого не было около королев.

Чувствуя приближение смерти, молилась отчаянными словами королева Клара. Она кричала в тоске и в ужасе:

— Возьми и меня, проклятая смерть!

Закутанные горьким дымом, были хриплы вопли королевы Клары. Она задыхалась. Теряя сознание, она тяжело упала на пол, рядом с трупом королевы Ортруды.

Тусклый свет свеч под дымом тлел, еле видный. Погасли и свечи.

Королева Клара умирала. Она хрипела тяжело и шумно. Уже ничего не сознавала. Повернулась на спину. Вытянулась. Стукнулась головою о камни пола. Лицо ее стало как воск.

Налет пепла на лицах королев увеличивался и стал как две серые маски.

Так, оставленные всеми, среди задохшихся верных, умерли обе королевы. Неподвижно лежали они обе. Дым все тяжелее сгущался вокруг них. Пепел легко осыпался на их распростертые, полуобнаженные тела. Медленно заносило их пеплом.

Замолкли последние голоса людей, и мрачное в грохоте обвалов молчание пришло и стало в королевском доме над поверженными трупами королей. В соседних покоях обваливались потолки. Но там, где лежали обе королевы, — странная прихоть случая! — все осталось цело.

Тяжкое грохотание было во дворце и окрест. Но некому было его слушать. Молчание царило в грохотах и в стихийном яростном вое.

Все, оставшиеся в городе, умерли. И уже не слышно, было людских голосов. Мертвый город томился мертвым сном.

Те, кто успел выбраться из города, бежали к морскому берегу. Отчаяние и ужас вопили в их толпах. Многие из беглецов гибли по дороге, задохшись от дыма, отравленные тяжелым воздухом или убитые камнями. Но не спаслись и те, которым удалось добраться до порта.

Почти одновременно с началом извержения вулкана произошло несколько подземных толчков о дно морское, — первый минуты через две после начала извержения и еще три или четыре с промежутками от одной минуты до двух. С каждым толчком громадная волна плескалась на берег, сокрушая пристани и легкие постройки для товаров. Бушующие волны с неистовым ревом прядали одна за другою на берег.

Вид моря с дороги из города в порт был ужасен. Безветренные страшны были волны. Ничем не гонимые, яростно бились они о прибрежные скалы. Яростный рев прибоя заглушал порою свирепые грохоты вулкана.

Неосторожно приблизившиеся к острову корабли разбивались и тонули. В этом ужасном крушении погибло много матросов, любопытных туристов и смелых газетных сотрудников, посланных жадными до сенсаций редакциями. Несчастным так и не удалось познакомить свою публику с подробностями этой редкой, удивительной картины.

Громадные волны внезапно метались навстречу бежавшим из города. Слабые тонули, сильные пытались плыть и погибали также.

Никто из бывших в Драгонере в это утро не нашел себе спасения.

Глава семьдесят третья

В Пальме был слышен издалека гул катастрофы. Море волновалось, и небо над Пальмою было пепельно-багровое. Возникшие неведомо откуда в Пальме носились смутные слухи о гибели города Драгонеры. Все настойчивее говорили о том, что обе королевы погибли.

Тревога в Пальме росла. На улицах собирались взволнованные, шумные толпы. Перед министерством внутренних дел, где жил Виктор Лорена, и перед морским министерством происходили враждебные демонстрации. Веяли красные и черные флаги. Слышались яростные речи внезапно возникших ораторов, перемежаемые диким воем и ревом беснующейся толпы. В окна величественных зданий летели камни. Звон разбитого стекла покрывался ликующим хохотом растрепанных баб и девчонок и свистом полуголых мальчишек.

К вечеру слух о смерти королев усилился. Точных сведений не было. Это доводило толпу до бешенства. Говорили, что министерство знает истину, но скрывает ее от народа. Уличные ораторы приглашали толпу вздернуть министров на фонарь. Пришлось на помощь полиции призвать войска. Несколько батальонов пехоты стояли под ружьем во дворах министерских зданий.

Но министерство еще ничего не знало: телеграф с Драгонерою не работал.

Наконец в Пальму пришло известие о катастрофе. Телеграммы из Кабреры известили о том, что город Драгонера разрушен при извержении вулкана, что там много убитых и что происшедшим одновременно моретрясением около Драгонеры потоплено много кораблей. О судьбе королев не было ни слова.

Эти телеграммы были немедленно отпечатаны и раздавались народу. Раздача телеграмм утишила волнение народное ненадолго. Всю ночь на пальмских улицах были шумные толпы. Настроение было мрачное, подавленное.

К утру были расклеены по городу афиши успокоительного содержания. В них министерство уверяло, что были приняты все меры к спасению королев. Министры, конечно, сами не верили тому, в чем хотели уверить народ. Да и никто им не верил. Толпа рвала на части лживые афишки.

В тот самый час, когда королевская яхта с королевою Ортрудою отошла от Пальмского замка, направляясь к Драгонере, — Филиппо Меччио вывез Афру, погруженную в летаргический сон, из ее комнат в замке.

Афру перевезли в городок Сольер на северо-западном берегу Майорки. Из этого города был родом Филиппо Меччио. В Сольере Афру поместили в доме сестры Филиппа Меччио, бывшей замужем за местным нотариусом.

Афра проснулась в тот же вечер, как ее привезли в этот дом. Двое суток она пробыла в тяжелом состоянии полусознательности, похожем на состояние дрессированного человекоподобного животного. Афра одевалась и ходила, разговаривала любезно и весело, даже выходила из дому, но смотрела тупо и все сейчас же забывала. Потом в ее памяти ничего не осталось от этих двух темных дней.

Совсем пришла в себя Афра только в вечер после извержения вулкана. Первый, кого она сознательно увидела, был Филиппо Меччио. Афра сказала с удивлением:

— Как странно! Вот вы, Филиппо, и это я, но все вокруг неожиданно чуждо и ново. Что же это, Филиппо?

Филиппо Меччио ответил ей:

— Это город Сольер, о котором я вам рассказывал много. Мой родной город.

— А это — ваш дом? — спросила Афра.

— Милая Афра, — ответил Филиппо Меччио, — мой дом еще недостроен. Здесь вы находитесь в доме у моей сестры. Надеюсь, вам здесь понравилось.

— Я очень рада, — ответила Афра, — что вижу вас, милый Филиппо. Но как же я попала в Сольер? И где королева Ортруда? Что с нею?

Филиппо Меччио спросил осторожно:

— А не кажется ли вам, милая Афра, что королевы Ортруды и не было никогда, что она вам снилась и что этот сон не повторится?

— Ах, Филиппо! — воскликнула Афра. — Сны, которые нам так сладко снятся, действительнее самой жизни. Но я догадываюсь, почему вы об этом говорите, — моя бедная Ортруда погибла.

— Будем надеяться, что ее спасут, — сказал Филиппо Меччио. — Королева была в Драгонере накануне извержения и пыталась спасать жителей. Бесчестное правительство оставалось в безопасности в Пальме. Ортруда была великодушная, смелая женщина. Но она была слишком молода для такого высокого поста. И не ее вина, что волею избирательной машины возле нее был поставлен этот подлец Виктор Лорена.

— Моя Ортруда погибла! — тихо сказала Афра.

И заплакала горько. Утешая, целовал ее нежно Филиппо Меччио.

В эти страшные дни любовь щедрою рукою рассыпала свои чарующие цветы. Кто не любил, влюблялся. Кто уже любил, в том еще сильнее разгоралось пламя страсти. Имогена и Мануель Парладе, Афра и Филиппо Меччио — слаще и радостнее стала им любовь их, цветущая под сумрачным небом общенародного бедствия.

Извержение к ночи прекратилось, грохот вулкана затих, рев моря стал стихать, и уже рано утром на другой день многие отправились на пароходах к Драгонере.

Всем военным кораблям приказано было идти к Драгонере и оказать помощь.

Еще неизвестно было, кто погиб, — но уже во многих семьях царила предвещательная, никогда не обманывающая тоска. Казалось, вся Пальма, такая веселая и беззаботная в обычные дни, охвачена была тягостным томлением.

Только принц Танкред, прикованный к постели притворною болезнью, предвкушал ликующую радость, которую принесет ему весть о смерти королевы Ортруды. Принц Танкред не сомневался в том, что Ортруда умерла, и был уверен, что путь к престолу для него чист. Но Танкред должен был лицемерить, выказывать тревогу, делать взволнованное и грустное лицо.

Его друзья сочувственно твердили:

— Бедный принц! Он страдает сильнее всех нас.

Был, впрочем, краткий срок, когда лицо принца Танкреда стало взволнованным непритворно: разнесся слух, что королева Ортруда спаслась и на миноноске прибыла в Кабреру. Было несколько минут радостной надежды в обществе. Думали, — если спаслась королева, то могли спастись и другие.

Но скоро опять стали говорить, что королева Ортруда

погибла и что миноноска нашла на берегу Драгонеры только обугленный труп королевы. Никто не знал, откуда идут эти слухи.

Тревога росла. Толпа бушевала на улицах. Были кровавые стычки, насилия и убийства. Нападали на дам, одетых нарядно, срывали с них пестрые шляпки и цветные ткани, и побитые, помятые модницы спасались с трудом. Особенно яростны к нарядным дамам были дамы с центрального рынка, торгующие зеленью и рыбою.

В министерстве спорили о том, что делать. Министры растерялись и говорили, что надо подать в отставку. Один Виктор Лорена был спокоен. Он говорил:

— Уличные зеваки покричат и успокоятся. Ну, подадим мы в отставку, — но кто же назначит новый кабинет? У королевы Ортруды нет наследников, некому быть регентом, и потому теперь мы являемся единственною законною властью в стране.

И министерство решило остаться на месте.

Политики и биржевики спекулировали на катастрофе. Курс государственных займов понизился немного и твердо стоял на этом уровне. Зато бумаги промышленных и колониальных предприятий стали предметом жестокой спекуляции. Эти бумаги то повышались стремительно, то так же стремительно падали, в зависимости от того, высоко или низко оценивались биржею шансы принца Танкреда на корону.

Биржа кишела, как муравейник. На улицах было необычайное смятение.

В самый день смерти королевы Ортруды, в кружке единомышленников принца Танкреда уже зашел разговор о его кандидатуре на престол. Собравшись у постели мнимобольного принца, господа, злоумышлявшие против королевы Ортруды, выражали притворную скорбь. Они даже довольны были королевою Ортрудою: ее гибель спасла их от опасностей задуманного ими переворота. Теперь восхвалять ее достоинства им было не так уж трудно.

Герцог Кабрера говорил:

— В этом ужасном мраке, объявшем нашу страну, единственный луч радостной надежды, это — вы, ваше королевское высочество.

Кардинал тихо промолвил:

— Бог устраивает все к лучшему.

И с молитвенным смирением потупил хитрые глаза.

Принц Танкред посмотрел на него с неудовольствием. Ему показалось, что это уже слишком. Но ловкий архиепископ продолжал, нисколько не смущаясь:

— Так и болезнь вашего высочества, повергавшая нас в глубокую скорбь, явно послана Богом, чтобы спасти нам эту драгоценную жизнь.

Принц Танкред возразил:

— Что ж моя жизнь! Теперь мы должны думать только о том, как спасти наше дорогое отечество, а моя жизнь принадлежит ему.

Наконец, и сам Виктор Лорена в сопровождении морского министра и еще двух членов кабинета взошел на миноносец и отправился к острову Драгонере. Быстрый ход миноносца позволил ему приблизиться к городу в числе первых.

Виктор Лорена и его спутники стояли на верхней рубке и в бинокли осматривали город Драгонеру. Они казались опять налетевшими, неугомонными туристами, которым любопытно посмотреть на невиданное зрелище. Город Драгонера издали казался малопострадавшим. Но когда вошли в гавань, то увидели полную картину разрушения.

Миноносец остановился на якоре. К берегу были посланы шлюпки. На одну из них сел и Виктор Лорена. Расчетливо-храбрый, очень спокойный, хорошо владеющий собою человек, он подавил в себе жуткую тревогу опасностей. Теперь он казался отважным и юношески-смелым.

Его отговаривали от поездки в город. Говорили:

— Пусть сначала матросы почистят дорогу и укрепят стены в тех местах, где они угрожают падением.

Виктор Лорена решительно сказал:

— Теперь я должен быть впереди всех на опасном месте.

Он делал эффектные жесты и искусно произносил эффектные слова. Это производило сильное впечатление.

Виктор Лорена высадился не без труда, так как берег был завален обломками пристаней, амбаров, лодок и грудами каких-то мелких поломанных вещей. Слои сажи и пепла лежали на всем. Виктор Лорена и его спутники через пять минут были уже совсем черны от пепла. Они пошли в город, увязая в пепле. Но уже скоро пришлось вернуться к берегу.

Послали расчищать путь. Матросы работали усердно.

Наконец по расчищенному шоссе можно было добраться до города.

Многие дома казались снаружи совершенно целыми. Но все в городе было засыпано камнями и пеплом. Неживые улицы были загромождены какими-то бесформенными обломками. Жутко было прислушиваться к царящему в городе унылому безмолвию.

Город имел зловещий, мрачный вид, — город мертвых. Страшные картины разрушения и смерти попадались на каждом шагу. Повсюду лежали трупы, полузасыпанные пеплом, обгорелые, с посиневшими лицами. И везде был смрад гниющих трупов. Людей не было нигде.

Виктор Лорена и его спутники медленно подвигались по улицам. Во многих местах приходилось прорывать рвы в пепле.

Так как многие полуразрушенные дома грозили падением, то приходилось подвигаться вперед с бесчисленными предосторожностями.

Наконец добрались до губернаторского дома.

Понижая голос, как говорят в доме, где есть покойники, кто-то сказал:

— Королевы остановились здесь.

Виктор Лорена тихо ответил:

— Будем, надеяться, что королевы живы.

Он почтительно и грустно приподнял шляпу и наклонил голову.

Фасад губернаторского дома был полуразрушен. Стекла уцелевших окон были разбиты, и осколки их кое-где странно и тускло блестели в полуобгорелых рамах. Кровля с правой стороны, ближайшей к вулкану, была цела, с другой стороны — обвалилась.

Послали в дом солдат саперов. Прошло около часу томительного ожидания. Виктор Лорена нервно постукивал тростью по камням, курил папиросу за папиросою и ходил взад и вперед на небольшом пространстве наскоро расчищенной улицы. Его спутники уселись на каких-то обломках. Разговаривали пониженными голосами, и почему-то все о неинтересных мелочах пальмской жизни.

Наконец молодой поручик доложил Виктору Лорена, что потолки и стены в ближайших комнатах губернаторского дома укреплены, что найдены трупы двух служителей и что работы в дальнейших комнатах продолжаются.

Виктор Лорена вошел в дом.

Груды извести и мусора валялись повсюду. Воздух был тяжел и противен. Известковая пыль набиралась в легкие и в ноздри. Дышать было тяжело, точно тяжелая тоска давила грудь. Был неподвижен запах тусклого, сдавленного тления. Два найденных трупа лежали в стороне, на каких-то досках.

У всех на уме был один тревожный вопрос:

— Где же королевы?

Чтобы проникнуть дальше, в глубину дома, пришлось еще долго и осторожно работать, разбирать развалины и груды камней и пепла. Подняли еще несколько измятых и полузасыпанных пеплом трупов. Ничего не нашли в верхних покоях дома, где могли быть комнаты, отведенные для королев. Наконец спустились вниз, в коридоры и помещения полуподвального этажа. Работали с факелами и с фонарями.

Дверь одной комнаты была полуоткрыта. У ее порога увидели распростертое на каменном полу тело мертвой женщины. Узнали камеристку Ортруды, Терезиту. Предвещательное волнение охватило всех. Эта умершая у порога женщина казалась трогательною жертвою преданности. Здесь, конечно, должна быть и ее госпожа.

Тело Терезиты положили на носилки и вынесли. Тогда Виктор Лорена и его спутники молча переступили порог.

В этой комнате с низкими, грузными сводами воздух был еще более тягостен и смраден, чем в других покоях этого дома. Было очень темно. Виктор Лорена тихо и отрывисто приказал:

— Осветить.

И в ту же минуту, словно предупреждая его приказание, по стенам комнаты метнулись отблески внесенных солдатами фонарей. Кто-то сказал негромко:

— Здесь.

Ряд огней по обе стороны Виктора Лорены развернулся полукругом, освещая страшное и жалкое зрелище. На полу лежали полунагие тела обеих королев, покрытые серым, липким слоем пепла. Над ними в кресле виден был сухой и тонкий труп губернатора.

Солдаты осторожно подняли тела королев. Их положили на носилки и бережно вынесли на улицу. Там, в странном сверкании солнечных, косых на закате лучей, сквозь тусклую, серую пыль тела обеих королев были так же недвижны и жалостны, как и тела других умерших.

В толпе солдат и чиновников громко рыдал кто-то, преданный и взволнованный. И у других лица стали грустны и глаза влажны.

Глава семьдесят четвертая

Невозможно было в короткое время похоронить множество трупов. Смрад от их гниения мешал оставаться в городе. Виктор Лорена и его спутники спешили поскорее выбраться отсюда.

И вот обе королевы в тяжелых, свинцовых гробах и гробы их на той же нарядной яхте, которая привезла их на остров разрушения и смерти. Неторопливо двигалась яхта, — быстро бежал по морю, обогнавши ее, миноносец с министрами.

На другой день яхта, везущая тела королев, остановилась перед Пальмою. Ярко и сквозь радужно-серую дымку легкого пепла сиял близкий к зениту пламенный Змий, ликующий и смеющийся. В его сиянии эта стройная яхта рядом с другими кораблями казалась туманно-легкою морскою красавицею. Траурные флаги на ее мачтах веяли весело и гордо.

Толпы народа уже с утра ждали на морском берегу. Уже с утра готовы были траурные колесницы для перевезения тел в капеллу королевского замка.

Когда поставлены были на колесницы два гроба, в толпе слышны были вопли и рыдания. Пышное зрелище стало мистериею народной скорби.

Совет министров собрался в тот же день, когда Виктор Лорена вернулся в Пальму.

Утром в Правительственном Указателе появилось официальное извещение о смерти королевы Ортруды Первой и вдовствующей королевы Клары и о том, что, согласно конституции, управление государством приняло на себя министерство впредь до принесения присяги новым королем или регентом государства.

Трагическая гибель королев произвела чрезвычайное впечатление в государстве и везде в мире, где читаются газеты. Героизм, с которым встретила смерть королева Ортруда, был бы очень полезен для династии, если бы у королевы оставался ребенок. Но наследника престола не было.

Печаль была в народе непритворная. Траур носили все, — вся страна покрылась трауром печали. Печально торжественные службы совершались в церквах перед затянутыми крепом алтарями. И были слезы жен и дев, и слезы Афры, и слезы Имогены.

Красивою казалась даже и притворная печаль принца Танкреда. Змий, в небе пылающий, прекрасен и сквозь грозовые тучи. Так и змея, умеющая чаровать, красива и в облаке скорби, — змея земная.

Печальное событие было на руку принцу Танкреду, потому что интрига за него уже была очень развита.

В день погребения королев была напечатана в газетах и расклеена по городу прокламация принца Танкреда, озаглавленная: «Моему любезному народу». Принц Танкред изливался в красноречивых выражениях скорби, растерзавшей его сердце. Он сердечно благодарил народ за любовь, которая окружала его супругу и государыню, покойную королеву Ортруду Первую, при ее жизни, посвященной неусыпным трудам и заботам о благе народа. Благодарил всех и за участие в его скорби. Заявлял, что готов служить государству и стране, которую считает своею второю родиною, так же преданно и верно, как служил раньше, в славное царствование возлюбленной и незабвенной королевы Ортруды Первой.

Это заявление все поняли в том смысле, что принц Танкред выставляет свою кандидатуру на вакантный престол.

Министерство объявило, что необходимо приступить к избранию короля, и для этого, согласно конституции, назначило выборы в новый парламент, который имел бы на то полномочия от населения Соединенных Островов.

Началась усиленная агитация за избрание в короли принца Танкреда. За него стояло несколько влиятельных групп населения. Прежде всего за него были аристократы, кроме тех, кого оскорбляли его любовные похождения. В агитации участвовали усерднее всех знатные дамы. Маркиза Элеонора Аринас развернула все свои таланты закулисных интриг и тайных влияний. За принца Танкреда была значительная часть войска и так называемая военная партия. Особенно преданы были принцу Танкреду моряки. Они ждали для себя славы и почестей, которые они добудут в войнах. Принца Танкреда поддерживала крупная буржуазия, заводчики, биржевики и финансисты и его многочисленные кредиторы. Сильная клерикальная партия была также за принца Танкреда. За него же были и многие простаки либеральных взглядов, очарованные его любезностью.

Пока еще не было известно, как отнесутся великие державы к кандидатуре принца Танкреда. В Пальме даже боялись иностранного вмешательства. Говорили, что многие державы опасаются агрессивных замыслов принца Танкреда.

К Островам двигались с разных сторон эскадры нескольких держав. Английский крейсер вошел в одну из гаваней на Кабрере. Посланники в Пальме ежедневно собирались, совещаясь.

В народе принц Танкред был явно непопулярен, и потому его избрание не казалось несомненным. Приверженцы принца Танкреда побаивались, что в стране восторжествует республиканская идея. Но все-таки сильно надеялись на раздор между социалистами и синдикалистами.

Оппозицию события захватили врасплох. Притом же в ней не было того единства, которое обеспечивало бы необходимую согласованность действий.

Отсутствие единства обусловливалось различием интересов оппозиционных групп населения: интеллигентного пролетариата, рабочих и крестьян; к оппозиции же примыкала значительная часть мелкой буржуазии. Поэтому оппозиция делилась на три основные группы, боровшиеся между собою: синдикалисты, социалисты и радикалы, приверженцы буржуазной республики или парламентарной монархии. У каждого течения были свои газеты, свои клубы. Каждая партия устраивала митинги. Положение было очень сложное и неопределенное. Ни одна партия не имела большинства в стране. Республиканская идея была скомпрометирована неудачею восстания.

По мере того, как приближались выборы в новый парламент, усиливалась и предвыборная агитация. Определилось четыре течения: за избрание в короли принца Танкреда, за буржуазную республику, за социалистический строй и за синдикатские коммуны.

Агитация республиканцев сосредоточивалась преимущественно в селах и в небольших городах. В больших городах больше внимания привлекали споры синдикалистов и социалистов.

Буржуазная радикальная партия сначала высказывалась за избрание короля, но не принца Танкреда. Впрочем, не отвергала и мысли о республике. Были долгие споры на тему: республика или монархия?

Комитет радикальной партии, после долгих споров, кто за республику, кто за принца Танкреда, решил, что удобнее выбрать короля, но не Танкреда. Не знали, однако, кого противопоставить принцу Танкреду. Долго и внимательно перебирали всех европейских принцев либеральных взглядов. Почти все казались опасными. Иные принцы казались слишком военными людьми. У других слишком было большое родство. Принцы свергнутых династий могли вовлечь Соединенные Острова в неприятные отношения с их родными странами.

Прошел слух, что посланник одной великой державы выставил кандидатуру одного из сыновей азиатского эмира или хана. Но эта кандидатура почему-то никому не нравилась. Говорили, что этот кандидат любит сажать людей на кол и что он не может обойтись без большого гарема.

Склонялись к республике.

В газетах и на митингах в Пальме возник спор по основному вопросу о власти в обществе. Что делать с нею?

Одни стояли за то, чтобы захватить власть в государстве и доставить господство пролетариату. Другие, наоборот, находили необходимым уничтожить всякую общественную власть путем ее игнорирования и путем свободной организации общественных служб.

Друзья Филиппо Меччио стояли за провозглашение республики, чтобы сделать вторую попытку овладения властью в пользу социалистического переворота. Сам Филиппо Меччио не высказывался определенно. Его симпатии к синдикализму очень усилились, и в партии на него стали уже глядеть подозрительно.

Синдикалистская газета «Дружно вперед», издававшаяся под редакциею доктора Эдмонда Негри, уже давно и настойчиво развивала мысли о том, что власть государства должна быть совершенно уничтожена и что отношения между свободными людьми следует заново построить на таких основаниях, которые были бы лишены элемента принудительности.

В день погребения королев состоялось в Пальме много людных и оживленных собраний синдикалистов и социалистов. Собирались преимущественно в рабочих предместьях. Казалось, что этот день, отмеченный собраниями всех оппозиционных партий, символизировал в сознании их членов пышное погребение останков отжившего буржуазного строя.

Собрание синдикалистов, после недолгих прений, вынесло резолюцию за уничтожение государственной власти и за восстановление самодержавия автономной личности, властной или вступать в общественные договоры с другими людьми, или оставаться вне всякой общественной организации.

Синдикалисты оказались довольно сильными в прекрасной стране Соединенных Островов. К этой партии примкнуло большинство интеллигентного пролетариата, и значительная часть рабочих тех производств, где требуется большая степень умственного развития и специальных навыков и знаний. Этой партии весьма симпатизировал и доктор Филиппо Меччио. Впрочем, он еще продолжал оставаться в составе центрального комитета социал-демократической партии.

Другие главари социал-демократов уже давно были настроены недружелюбно к Филиппо Меччио. Для этого, кроме обычного в людях, по слабости человеческого сердца, недоброжелательства слабейших к сильнейшему, были и более основательные и достойные причины, как в теоретических колебаниях Филиппа Меччио, так и в его поступках. О беседе Филиппо Меччио с королевою Ортрудою скоро узнали. За эту встречу его очень упрекали и в партии, и в обществе. Одно время упорно держались слухи о том, что Филиппо Меччио принужден уйти из партии. Центральный комитет социал-демократов опроверг эти слухи, когда они стали повторяться и в печати. Но все же положение Филиппа Меччио в центральном комитете было довольно неприятное.

В широких же слоях общества и в народе в эти дни, несмотря ни на что, и как бы вопреки всем толкам о его ошибках, очень возросла популярность Филиппа Меччио. Самые колебания его привлекали к нему сердца многих. В нем видели не человека программы, а человека живого дела. Женщины с особенною страстностью оправдывали его визит к покойной государыне, как поступок рыцарский по отношению к женщине.

В лавочках и у разносчиков газет продавались портреты Филиппа Меччио. На открытках он был изображен в десятках поз. В кабачках пели куплеты, прославлявшие его прошлое. В салонах и на общественных собраниях повторяли его «слова», более или менее острые, — а многие из этих словечек никогда не были им сказаны. Дошло до того, что старые анекдоты и выдумки новейших остроумцев все без исключения приписывались одному Филиппу Меччио. Ежедневно в разных концах Пальмы и в других городах происходили многолюдные и шумные манифестации в честь Филиппа Меччио.

Каждый день собирались толпы народа перед домом, где жил Филиппо Меччио. Ему приходилось выходить на балкон и говорить речи. Каждый день в двери его квартиры стучались толпы девушек и женщин, приносящих ему цветы, — и были тут и праздные нарядные барышни, дочери адвокатов и инженеров, и быстроглазые, просто одетые работницы, учительницы и студентки, и скучающие дамы, и труженицы, которым некогда скучать.

Глава семьдесят пятая

В то же время и в Пальме, и вне столицы начались частые манифестации против принца Танкреда.

Одна из этих манифестаций в Пальме была особенно бурною. Толпы рабочих со своими женами и дочерьми шли из предместий по улицам и кричали:

— Долой Танкреда!

— Пусть он убирается из Пальмы!

На площади, где стоял-памятник королевы Джиневры, перед зданием парламента сошедшиеся с разных сторон толпы соединились. Мальчишки сложили костер у самого подъезда парламента и на нем сожгли портреты принца Танкреда. Девушки и женщины с хохотом и песнями плясали вокруг этого костра.

Отсюда толпа двинулась прямо к королевскому замку, где жил принц Танкред.

Министерство послало против манифестантов отряд войска. Недалеко от королевского замка солдаты преградили дорогу минифестантам.

Мерный строй и звуки барабанов произвели не особенно сильное впечатление. Толпа остановилась. Но не расходились. Приказов разойтись толпа не слушала.

Среди солдат поднимался угрюмый ропот. Генерал, командовавший отрядом, нашел, что необходимо скорее кончать. Он тихо сказал своему адъютанту:

— Открыть по мятежникам огонь.

Адъютант почтительно выслушал приказ. Потом, нервно сжимая левою в белой перчатке рукою узду своего красивого вороного коня, он приблизился к батальонному командиру, который стоял на тротуаре у стены чьего-то дома за рядами своих солдат, и передал ему приказание генерала.

Раздались звуки рожка, предупреждавшего, что будут стрелять. В толпе смеялись. Были уверены, что стрелять не посмеют.

Тогда послышалась команда. Но солдаты стояли неподвижно и команды не исполняли.

Офицеры были смущены. Генерал пришел в ярость. Кричал:

— Расстреляю!

Но очевидно стало, что никакой дисциплины нет и что солдаты в рядах не менее опасны, чем рабочие в толпе.

Ряды солдат расстроились. Передние смешались с толпою. В толпе слышались дружелюбные крики:

— Да здравствует армия!

— Да здравствует народ!

Солдаты браталась с рабочими. Менялись медными образками. Целовались. Молодые работницы осыпали солдат цветами.

В королевском замке принц Танкред, облеченный в свой мундир дивизионного генерала, украшенный звездами, орденами и медалями, здешними и иностранными, беседовал с друзьями. Принц Танкред и его друзья лихорадочно ждали событий.

Сюда приехал Виктор Лорена и еще несколько министров.

Ожидание выстрелов было напряженным. Принц Танкред то и дело посылал адъютантов узнать, не началась ли стычка солдат с манифестантами.

Смутные гулы из города рождали в замке смятение. Наконец стали приходить вести о том, что случилось на площади королевы Джиневры и на улице перед королевским замком.

Сначала это были какие-то неопределенные слухи. Потом стали получаться донесения адъютантов. Наконец явился комендант города. Его доклад произвел потрясающее впечатление.

Ждали, что толпа нападет на замок. Генералы горячились. Они предлагали самые крайние и крутые меры — пустить в ход артиллерию, залить возрождающийся мятеж потоками крови.

Министры были осторожны. Виктор Лорена говорил:

— Рабочие не вооружены. Это — простая манифестация, правда, неприятная, но вовсе не опасная. Покричат и разойдутся. А завтра полиция и комендант примут надлежащие меры.

Виктор Лорена один был спокоен. Остальные стали подумывать о бегстве.

Был смутный говор, что из замка есть подземный ход. Но никто не знал тайны чертогов Араминты.

Принц Танкред гневно восклицал:

— Я говорил тогда! Меня не послушались, — и вот результат налицо. Надо без всякой пощады разделаться с этою сволочью, повесить этого разбойника Меччио.

Граф Роберто Камаи сказал самоуверенно:

— Мы одолеем!

В душе его была тихая злорадная злость. Он был бы рад, если бы толпа ворвалась в замок и убила принца Танкреда.

Герцог Кабрера упорно молчал. Его серое лицо бледнело, ничего не выражая, кроме страха.

Меж тем толпа хлынула на площадь перед дворцом. Долго раздавались угрожающие крики. Но напасть на замок не решались. К ночи разошлись.

Also available from JiaHu Books:

Chekhov – Short Stories to 1880

English - 9781784351373

Russian - 9781784351212

Dual - 9781784351380

Chekhov – Short Stories of 1881

English - 9781784351489

Лучшие русские рассказы — 9781784351229

Дядя Ваня — А. П. Чехов — 9781784350000

Три сестры — А. П. Чехов — 9781784350017

Вишнёвый сад — А. П. Чехов - 9781909669819

Чайка — А. П. Чехов — 9781909669642

Дуэль — А. П. Чехов — 9781784350024

Иванов — А. П. Чехов — 9781784350093

Шутки - А. П. Чехов — 9781784350109

Остров Сахалин - А. П. Чехов — 9781784351120

Русланъ и Людмила — А. С. Пушкин - 9781909669000

Евгеній Онѣгинъ — А. С. Пушкин — 9781909669017

Пиковая дама, Медный всадник, Цыганы — А. С. Пушкин — 9781784350116

Капитанская дочка — А. С. Пушкин — 9781784350260

Борис Годунов — А. С. Пушкин — 9781784350291

Стихотворения: 1813-1820 — А. С. Пушкин — 9781784350864

Анна Каренина — Л. Н. Толстой — 9781909669154

Детство — Л. Н. Толстой — 9781784350949

Отрочество — Л. Н. Толстой — 9781784350956

Юность — Л. Н. Толстой — 9781784350963

Смерть Ивана Ильича — Л. Н. Толстой — 9781784350970

Крейцерова соната — Л. Н. Толстой — 9781784350987

Так что же нам делать? — Л. Н. Толстой — 9781784350994

Хаджи-Мурат — Л. Н. Толстой — 9781784351007

Царство божие внутри вас... — Л. Н. Толстой — 9781784351113

Записки из подполья — Ф. Достоевский — 9781784350472

Бедные люди — Ф. Достоевский — 9781784350895

Повести и рассказы — Ф. Достоевский — 9781784350901

Двойник — Ф. Достоевский — 9781784350932

Вечера на хуторе близ Диканьки - Николай Гоголь - 9781784351755

Рудин — И. С. Тургенев — 9781784350222

Записки охотника - И. С. Тургенев — 9781784350390

Нахлебник - И. С. Тургенев — 9781784350246

Отцы и дети — И. С. Тургенев - 978178435123

Ася — И. С. Тургенев — 9781784350079

Первая любовь — И. С. Тургенев — 9781784350086

Вешние воды — И. С. Тургенев — 9781784350253

Накануне — И. С. Тургенев — 9781784350512

Мать — Максим Горький — 9781909669628

Человек-амфибия — А. Беляев - 9781784350369

Рассказ о семи повешенных и другие повести — Л. Н. Андреев — 9781909669659

Жизнь Василия Фивейского — Л. Н. Андреев — 9781784351182

Соборяне — Н. С. Лесков - 9781784351939

Леди Макбет Мценского уезда и Запечатленный ангел - Н. С. Лесков - 9781909669666

Очарованный странник — Н. С. Лесков — 9781909669727

Некуда — Н. С. Лесков -9781909669673

Мы - Евгений Замятин- 9781909669758

Санин — М. П. Арцыбашев — 9781909669949

Двенадцать стульев — Ильф и Петров - 9781784350239

Золотой теленок — Ильф и Петров - 9781784350468

Мастер и Маргарита — М.А. Булгаков - 9781909669895

Собачье сердце — М.А. Булгаков — 9781909669536

Записки юного врача — М.А. Булгаков — 9781909669680

Роковые яйца — М.А. Булгаков — 9781909669840

Горе от ума — А. С. Грибоедов - 9781784350376